女人之间

任青 著

新世界出版社
NEW WORLD PRESS

图书在版编目（ＣＩＰ）数据

女人之间 / 任青著.-- 北京：新世界出版社，2015.6
ISBN 978-7-5104-5372-4
Ⅰ.①女… Ⅱ.①任… Ⅲ.①长篇小说－中国－当代
Ⅳ.①I247.5
中国版本图书馆 CIP 数据核字(2015)第 158768 号

女人之间

作　　者：任青
责任编辑：黄倩
责任印制：李一鸣　　黄厚清
出版发行：新世界出版社
社　　址：北京西城区百万庄大街24号（100037）
发行部：(010) 6899 5968　　(010) 6899 8733（传真）
总编室：(010) 6899 5424　　(010) 6832 6679（传真）
http://www.nwp.cn
http://www.newworld-press.com
版权部：+8610 6899 6306
版权部电子信箱：frank@nwp.com.cn
印刷：北京中印联印务有限公司
经销：新华书店
开本：710MM×1000MM　1/16
字数：250千字　　印张：18.75
版次：2015年8月第1版　2015年8月第1次印刷
书号：ISBN 978-7-5104-5372-4
定价：34.00元

版权所有，侵权必究

凡购本社图书，如有缺页、倒页、脱页等印装错误，可随时退换。
客服电话：(010) 6899 8638

[目录] Contents

001…… 第一章
010【五年前 早春 初遇】
014…… 第二章
018【五年前 春 格子间的女人】
026…… 第三章
029【五年前 夏 画中的女人】
037…… 第四章
039【五年前 夏 画展】
045…… 第五章
050【五年前 夏 裸体女人】
059…… 第六章
061【五年前 秋 目光如炬的男人】
069…… 第七章
073【五年前 冬 爱情最霸道的地方】

080…… 第八章
082【五年前 冬 等爱的女人】
088…… 第九章
090【四年前 早春 一场闹剧】
104…… 第十章
108【四年前 春 画展风波】
123…… 第十一章
126【四年前 夏 那封信】
138…… 第十二章
140【四年前 秋 美女作家】
147…… 第十三章
151【四年前 初冬 搬家】
163…… 第十四章
170【四年前 最冷的那个冬天】

181……第十五章

184【三年前 初春 抽丝剥茧】

192……第十六章

194【三年前 夏 心软】

201……第十七章

204【三年前 秋 吞噬】

209……第十八章

212【三年前 初冬 聚会】

218……第十九章

224【两年前 早春 万念俱灰】

229……第二十章

233【两年前 春 女人之间】

245……第二十一章

248【两年前 夏 闪婚】

258……第二十二章

260【两年前 初秋 焚心以火】

267……第二十三章

271【两年前 秋 送别】

275……第二十四章

277【两年前 冬 如此姐妹】

283……第二十五章

289【一年前 春 时间的灰】

291……第二十六章

第一章

晚餐刚吃了一半,便接到了小慧打来的电话,没头没脑就来这么一句:"如简,不好了,子淇失踪了!"

刚喝到嘴里的汤差点没喷出来,如简定了定神,责怪道:"胡说什么呢,她不是去度假了嘛。"

"小姐,度假是三个月前的事了,现在早该回来了!这几天一直联系她参加大学毕业五周年聚会的事,结果谁也没联系上她。你最近跟她联系了吗?你们俩走得最近,你要再不知道那真完了。"小慧那口气令人心里发紧。

如简脑中迅速搜索关于子淇的一切,竟然都想不起来最后一次是何时联络子淇的。最近在广告公司换了部门,小环境刚刚适应,又接连出差,忙得团团转,竟也没顾得上和她联系。脑中一片混乱,只好说:"我在外面吃饭呢,这边乱糟糟的,我回去赶紧和子淇联系一下,有什么情况我告诉你……"

一回到家,如简忙给子淇发微信,没回;再发QQ,没回;再发 E-mail，没回；再打电话，停机……再点开子淇的微信相册，确实好几个月没有更新了。接下来连呼吸也开始急促了，如简心里打鼓，难道真出了事？三个月前她说要和老公去欧洲度假的，是否还未返程？或者她已回国，因为倒时差，还没联系众人？……忽然，如简拍了拍脑袋，加拿大和中国相差十几个小时时差，或许她还没来得及回复。这样一想，心情便稍稍放松下来。

打开她们的通信记录，如简的记忆一晃跳到五年前。那时刚刚大学毕业，子淇刚出国，如简刚开始工作，一切都那么新鲜。

点开最早的一封信——

DEAR 如简：

住我家感觉还不错吧？别光顾着享受啊，有空记得打扫，阳台上的花也要记得帮我照顾好。回国后，我可是要检查啊。

我刚到加拿大，忙着安顿，现在才有时间给你写信。我与一个中国女孩合租了一个房子，租金也不便宜。那个女孩也是师大的，比咱们小一届，人还算 NICE，是我网上找来的。我们申请的同一所学校，都学新闻。还有几天就开学了，很兴奋！也希望能尽快忘掉那个人！

你怎么样？工作还顺利吗？不顺心就换个工作，别勉强自己。最近有艳遇没有？BF 怎么样了？随时告诉我你的好消息。

对了，有寄给我的信帮我收着，重要的告诉我，不重要的你就扔掉吧。

MISS YOU！

子淇

那时如简刚搬进子淇的房子，子淇被男人伤，逃到国外疗伤。如简那时始终也不能明白，那个男人究竟好在哪里。令她这样生不如死。

子淇总说："等你交了男朋友，你就明白了，别人永远不知道自己喜欢的男人有多好。"

一涉及这个话题，比子淇小两岁的如简总是恨铁不成钢地怨自己二十二了仍没正经谈场恋爱。其实脸蛋不算难看，只是身材总是没发育的样子，桃花运一直欠佳。

子淇就不同，C CUP，长腿，1米72的个头，走到哪里都是焦点。

临行前，子淇一脸认真地对她说："如简，你也该搬出来自己住，总在父母身边，你怎么交男朋友？"

子淇把钥匙递过来，"搬来我这儿住吧，房租八折。"

"还八折，你杀熟啊，怎么也得半价吧。"两个女人在机场讨价还价。

"傻瓜，尽管来住吧，当姐的还能跟妹要房租啊。"

子淇说完，如简竟然鼻子一酸，泪就下来了。

"干吗？感动啊。"子淇挑着眉毛。

"到那边好好照顾自己！"

……

最后两人还是抱头恸哭。女人没出息的地方就是拥抱起来，眼泪只会更多。

那时子淇失恋，如简刚刚碰到一个心仪的男人。

还记得五年前的那个黄昏，那天如简迷迷糊糊回了家，刚推开楼道的防盗铁门，一个高大的男人霍地像幽灵般出现在如简面前。一个进，一个出，两人差点撞个满怀。

如简"啊"的一声，仿佛真的撞到鬼，正要发作，男人开口了："你没事吧？"

那男人小麦色的皮肤，衬得牙齿又齐又白；眼睛黑黑的，不大不小，炯炯有神；头发也是黑黑的，不长不短，直直地垂下；鼻子又高又挺，在五官中最为突出。好久没看到这么养眼的男人，如简一时语塞，竟也忘记要回答什么，便匆匆走了进去。进了家才后悔，至少应该说句"没关系"之类的客气话，显得自己太没素养了。如简那个脸红心跳的样子，现在想来都是滑稽。

那时几乎天天与子淇视频聊天，子淇笑她思春过度，再不交男朋友，早晚也变态了。

如简说不过她。子淇是乐天派，而她时尚不足，传统有余。为此，总有小小的自卑。

视频里，子淇向她炫耀新买的比基尼。

"太性感了吧。"如简盯着屏幕嗔她。

"在国外，穿连身游泳衣的女人像怪物，这你都不知？如简，你呀什么都好，就是太保守了，男人会怕的。"子淇取笑她。

"我骨子里就是传统的人，这也是拜我老爸老妈所赐，从小他们就这么教育我，叫我怎么改？"如简有些无奈。

"你们家也管你太严了，这次他们同意你搬出来住，我都挺吃惊呢。在他们眼中，你永远就是长不大的小女孩，你都二十二了，也该自立了。女人要想长大就得交男朋友，你今天遇到这个帅男邻居，记得可要主动哦，下次碰面，一定要主动打招呼。"

"知道了，啰唆……"如简冲她吐舌，心里却真的对那个人七上八下。

谁又能想到，日后那个叫池原的男人，竟成了如简身上的一道疤，多年后都抹不去那份疼痛。

记得刚去加拿大的时候，子淇开始抱怨那边的男人太保守，从不主动与她搭讪。班里的同学也都熟悉了，没有一个是她的STYLE。她反而开始羡慕如简拥有帅男邻居。

"八字还没一撇呢,羡慕个鬼。"周末两人在QQ上聊天,斗嘴。

"你不是带了比基尼吗?怎么没派上用场?"如简逗她。

"别提了,那天真想穿来着,结果在宿舍里一试,把带子给弄断了。我还没工夫收拾它呢。看来为了我的终身幸福,我也得赶快把它修补好,下周一定得穿上。"

"那你下周肯定有戏,谁能敌得过你的火辣身材。"

"但愿!你那个帅男邻居呢,还没搞定啊?"

"我可不像你,我要细水长流。"

"小心被别人捷足先登。"

"乌鸦嘴!"

"你们周末可以约着一起郊游啊!"

"那太明显了吧,除非他主动约我。"

"大小姐,都什么年代了,你还这样?!小家碧玉早不流行了。"

"那我做不出来啊。我会不自在。"

"枉费你跟我在一起那么多年,皮毛都没学到。"

"你还说我,好了伤疤忘了疼。"

"你说找老外好吗?我还真没跟外国人谈过恋爱。"

"可能倒跟你的性格合适,试试吧。"

"我也是这么想的。上帝保佑我,快出现一个好男人,金发碧眼,身材高大……"

"德行!"

……

时光停留在那段斗嘴的日子里。女人之间可以肆无忌惮地互相攻击,又彼此在意对方最细微的心思。那份美好扑面而来,任何时候回忆起来,都温暖身心。

记得出国前帮子淇收拾行李时,如简突然翻出一双滚轴旱冰鞋。

"你不会要把它也带去吧?"如简的眼睛瞪成铜铃大。

"当然要带了,昨天我好不容易才买到的。现在国外都流行穿它,这叫代步工具。"

"天哪,你这是去留学,还是去勾引老外啊?"如简骇笑。

"二者并不冲突啊。"子淇娇俏地一笑。

"你最好身穿比基尼,脚踩旱冰鞋去上课,那场面真是一道风景了。"如简止不住地笑起来,"估计当天你就出名了,老外得排队向你求婚了。哈哈!"

"哎,你这是帮我收拾行李,还是来取笑我呀?看我走后谁还管你……"

收拾完行李,两人肆无忌惮地躺在一张大床上,摊开手臂,四脚朝天。

子淇俏皮地问:"我现在这个姿势请你猜一个字。"

如简瞥她一眼,"那还用猜啊,一个'大'字。"

"那如果换成男的摆这个姿势,再猜一个字。"子淇接着问。

"那还是'大'字啊,这还用问。"如简发笑地答。

子淇一脸坏笑地冲她说:"错,应该是'太'字。"

如简捶她一拳,两人笑得天翻地覆……

子淇没出国的那段日子、两人耍贫嘴的日子还真让人有些怀念。

再点开最后一封 E-mail,来自一年前——

如简:

我马上要结婚了,真没想到我能这么快找到想结婚的对象,签证马上就要到期,如果再不结婚就很难留下,上帝还是眷顾我的。他是葡萄牙人,黑头发黑眼睛,超帅的。回头给你发照片!好兴奋啊!

对了,我开通了微信,加你,以后微信上和你联系了。

子淇

一年前子淇把洋老公带回国请大伙吃饭,那个欢愉热闹的场面好似昨天……

如简真心为她高兴。她终于摆脱了那个叫袁桐的男人。

大四那年,子淇突然带来一个大她十年的男人,开着好车,西装革履,风度翩翩,羡煞旁人。之前子淇的几任男友不是师哥就是学弟,像这样的成功男人,还是头一个。子淇认真地宣布,她正式恋爱了!

之后他们便住在一起,她毅然搬出宿舍,为这个男人煮饭洗衣,毕业答辩都差点错过。

见过袁桐两次。第一次是子淇正式介绍那次。听子淇说他从农村考到北京,全家人的生活都由他照料,大学毕业从卖袜子开始起家,一步步做到了今天。如今别墅都有了,也把父母接到了北京。说到底是个努力又孝顺的孩子。

总之在子淇眼中他永远是最优秀的。可如简总觉得他们身份背景差异太大,年龄又悬殊,总觉得不是特别般配。子淇反驳她:"你就知道看外表,男人的外表能当饭吃吗?长得好看的男人几天就看腻了,还不如名车别墅看得舒坦。"

如简骂她太物质,她骂如简太不现实。最后她们还是达成共识:萝卜青菜各有所爱,谁也不干涉内政,至少做到不拆台。

如简当然要给足子淇面子,第一次见袁桐,还是往好里夸的,至少不能让气氛尴尬。

第二次见面是在子淇家,就在这间屋里他们三个人沉默而坐。子淇刚做完流产手术,虚弱地躺着。袁桐在一旁沉默不语,闷声抽烟，若无其事一般。如简想痛快地骂出来，却被子淇制止，最后不欢而散，男人摔门而去。

子淇想结婚，那男人不想。那次手术之后，谁都以为子淇会放弃，没想到有一天看到她正在熨男人的衣服。如简疯了似的把衣服扔到地上，什么臭男人的衣服还给他熨?! 那次如简真生气了，闺蜜之间头一次吵架，竟是为一个臭男人。子淇默默地把衣服捡起来重新熨烫。她说男人给她钱了，一个月两千块呢，干这么点活儿就能挣两千块，多划算。

"子淇，你疯了是不是？你忘了他怎么伤害你了，连去医院做手术都是我陪你去的，要他有什么用，就为了性？还是为了钱?!"如简说得很难听，有点控制不住。

子淇也不生气，她仍旧默默地熨衣服，好一会儿她才说："我都不生气，你气什么？他爱我，我也爱他，你不明白的。"

那天本想给子淇过生日，可放下蛋糕如简就走了。她这个火暴脾气就是这样。

可子淇一点儿脾气都没有，更令如简着急。

受了委屈哭出来也好，她越是这样平静，如简越是担心。

"我只是怕你再受伤害。"第二天如简不放心，仍去找她。

"我知道，你是为我好，放心，我会注意避孕。你不了解的，我真的离不开他。"子淇眼神涣散，避开如简的目光。

"精神离不开，还是肉体?!"如简却瞪视着子淇质问一般。

"精神离不开，肉体更离不开，这么说你满意了吧?!"子淇终于抬起头来，脸上终于有了情绪。

"喂，你看你说话的表情好淫荡啊。"如简骂她。

子淇不理会，脸色一整，又恢复平静地看着她说："如简，你不明白的，男女之间一旦有了那事，是断不了的。"

"怎么可能断不了？"两人的眼神没有交集，那一刻心里有了一种莫名的距离。

子淇突然认真起来，说："所以，如简，你一定不要学我，你一定要守住，决不能轻易跟男人上床。等你交了男朋友你就知道，男人就想要这个。太轻易地给他真不是好事，但你不给他你们可能又交往不下去……记住，如简，除非你已经死心塌地地爱他，否则一定不要轻易给他，不要后悔，明白吗？"

"放心，我才不会像你那样。"如简拉下脸来。

"那倒是，像你这样的女孩儿真的打着灯笼都难找了。你知道袁桐说你什么吗？他说你是机器，不是女人。"子淇的脸上浮出坏笑。

"你们还在背后说我，真够讨厌的——"

稍稍缓和了情绪，为一个男人破坏姐妹的情绪确实犯不上。可一想子淇对那个男人死心塌地的样子，如简就有一种挫败感，总觉得是自己口才不好，才没能说服她。两个女人骨子里都是倔强的，谁也无法说服谁。

后来如简才能明白爱情不是能被说服的，爱情不是说停就能停的。陷在爱里不能抽离的女人并不只有子淇一个。遇上爱情就像中了蛊，情令智昏的道理只有等真正爱上一个男人时才能明白……

屋子里静得很，微信、QQ都没有任何响动。窗外的大厦在夜幕中变成了重重叠叠的剪影。一晚无眠。

第二天，仍然没有子淇的任何消息。子淇就这样毫无征兆地失踪了。

往事浓淡，经年悲喜，全部涌出来。

时光倒转回五年前……

【五年前　早春　初遇】

　　一整晚，楼上都很安静。夜里，忽然涌起一种味道，淡淡的橄榄油味，又有点松节水的味道，不能确定的一种特殊味道。如筒躺在床上翻来覆去，仿佛今天才注意到这个味道。并不好闻，倒也不讨厌。
　　好像来自那个男人，那个与她擦身而过的男人。
　　真的是抽风了，如筒暗暗嘲笑自己。
　　太过兴奋也是睡不着，翻开书，杨绛的《洗澡》——
　　按西洋风俗，每当闰年，女人可向男人求婚。男方如果不答应，得向求婚的女人赠送一套绸子衣料。
　　看到这里如筒一笑，这好风俗怎么就没延续下来？
　　周末回父母家改善伙食。
　　分开一段再见面，果然有些距离美。问长问短，气氛热闹。
　　只是突然话题一转，男友问题提上日程。
　　"到底什么时候找个男朋友带回来啊？"父亲急急地问。
　　"你们不是不让我找吗？"如筒赌气似的。
　　"谁不让你找了。大学我是说过不让你找，那是让你专心学业。现在你都工作了，该考虑这个问题了。"父亲义正词严的。
　　"噢，想找就能有啊。天上能掉馅饼吗？"如筒有些对抗情绪。
　　"如筒，那你也得留心啊。你们公司有没有合适的？"母亲在旁插了一句。

"干吗找同事啊，兔子不吃窝边草。再说，国企就没什么优秀的。"如简并不合作。

"国企怎么就没有优秀的啊？你也太偏激了。你这种态度怎么找啊？丫头，你得端正态度啊。"父亲口气又加重一层。

"我才二十二，着什么急啊！妈，你快管管你老公，还吃不吃饭了？你们要这样，我可不回家了。"

"爱回不回，回来也是蹭我们的饭。"父亲没好气道。

"行了，你们俩一人少说一句。不见面就想，一见面就掐，真搞不懂你们两个。"妈妈终于说了句公道话。

不知从什么时候开始，如简跟老爸的战火永远在见面半小时内定点爆发。

这次战役自然也没好结果，如简饭后急匆匆地赶回了子淇的家。

怎么年纪越大，跟父母沟通越发困难？

如简想不通，倒不如像子淇那样，赤条条来去无牵挂多好！

或许早年父母离异，子淇才会有这般成熟。可见这也不是坏事。有时父母双亲的爱太多太满，反倒成了负累。

此时，手机响起来，如简以为是父母追来的电话，一接竟是子淇。

她从加拿大打来，竟然说控制不住想那个男人，心里很难受。

"发生了什么事？他找到你了？"如简问。

"没有。我想给他打个电话。"子淇声音微颤。

"你可千万别打！再打有什么意义？他都说不会娶你了，这种男人理他干吗。叫你堕胎的男人还有人性吗？！"如简心里不忿，这个子淇，怎么还泥足深陷？

"这几天我总是梦到他，不知怎么了。我出国是为了躲他，可越这样我越是想他。我发现平静一段时间后，我想到的都是他对我的好。"子淇有些哽咽。

"子淇，你是太寂寞了，等你在那边交到新朋友，你就会忘了他了。这种男人真不值得你这样！你忘了他怎么动手打你了？你怎么好了伤疤忘了疼！"如简语气坚决。

电话那头沉默了，那道伤应该还在的，怎么就能轻易忽略掉呢？

"如简，有时我真的好羡慕你，无牵无挂，无忧无虑，多好！不用为男人烦恼，只为自己开心。什么时候我才能回到你的那个状态？可能永远都回不去了。"今天的子淇真的有些崩溃。

"我这状态有什么好，天天被老板骂，又没男朋友关心，父母又不理解，我多想成为你呢，到国外读书，潇洒自在，多好！"

如简能隐约听到电话那头的啜泣声，这个话题再难谈下去。

如简想不明白，也说不清楚。明知她中了毒，却又不能为她找到解药。也许寂寞的时候总会脆弱些，一旦热闹起来，就会平复。想想自己的伤心从来是来得快，去得也快，单纯得一塌糊涂。

如简盯着天花板并无睡意。自己这个年纪竟不知相思滋味，子淇只大她两岁，怀孕、堕胎、失业、出国、留学，样样都体验过了。想到这儿，如简的自卑感从头涌到脚，心里空空的，就如这间房子。除了一个较好的外壳，什么都没有。

那夜失眠了，看着月亮来了又走，什么也没带走，只留下一片更加忧悒的空白。

这天，回到家已是六点半，就在身心俱疲、一脸菜色地推开楼门的一瞬，一个男人幽灵般地出现在面前。天哪，是他，那个小麦色皮肤的男人！如简迅速振作起来，不自然地说道："你好——"

男人笑笑，露出雪白的牙齿，应道："你好。"

一个进来，一个出去，没有了上次的混乱。可就是这样了，也再没别的可能。

恍惚地走进房门,如简的五官在这漫长的一分钟里倏然生动起来。她又鲜明地捕捉到了那种味道——淡淡的橄榄油味,又有点松节水的味道。对,就是这个味道——来自那个男人。这个味道令他特别。

就在如简穿上连衣裙的那天,那个小麦色皮肤的男人又出现了。这一次他们相互交谈了。如简心乱如麻,欣喜若狂。

他叫池原,池水的池,平原的原,广东人,偏偏又很高大。是位画家,主要画油画,偶尔也为杂志画些插图。难怪他身上有那股特殊的味道。好笑的是如简竟为这种颜料的味道痴迷了好一阵。最大的惊喜是他竟然单身,就住在楼上,也是跟朋友租的房子。

那天短短的几句交谈,弄得如简脸红脖子粗的。回到家赶紧敷面膜,真是小鹿乱撞啊。

第二章

晚上和小慧见面的时候，彼此都没有带来任何好消息。子淇仍是音讯全无。

"你说要不要报警？"如简担心道。

"报什么警啊，她人在加拿大，你总不能跑到那儿去报警吧？你在北京报警谁理你呀。"小慧泼冷水。

"那怎么办？不能眼睁睁地看着子淇失踪吧？"如简眉心紧皱。

"我倒觉得可能是出了什么事她躲着咱们吧？一个宿舍住了四年，还能不了解吗？子淇那个人满肚子主意，心机又重，真出了什么事她也不会告诉咱们的。她绝对是报喜不报忧的。"小慧冷静地分析。

这点如简倒没否认，出国这几年，很少听到子淇带来什么不好的消息，永远都是你为她欢欣鼓舞的调调。偶尔一两次脆弱也是在刚刚出国那一阵，之后，她又是自信满满，魅力四射。

"可是她能遇到什么事呢？竟然谁也不想联系了？"如简不明白

这点。她们两个最要好,即使子淇不跟小慧联系,也该跟她说一声。怎么连她也见外了?

"谁知道呢,我觉得肯定不是什么好事……"

两人正说着,邻桌来了新客人。如简只瞥了一眼,便心头一窒。

小慧顺着如简的目光看过去,落座的是一个四十多岁的方面孔女人,一身女土豪打扮,看上去像是个老板领导之类。

小慧凑近说:"怎么?你认识?"

"我以前的主管,化成灰都认得。"如简赶紧把头低下去,她可不想与这个女人面对面。

最怕什么,就来什么。那女人显然也看到了如简,竟然仪态万方地朝她走过来。

"哟,这么巧,这不是沈如简吗?"方洁朝她打招呼,眼角皱纹明显地挤在一起。她也没想到如简辞职后,居然还能在同一家餐厅碰到。

如简只好抬起头,故作轻松地说:"方总,怎么您也到这家小店来吃饭啊?这儿档次多低呀。"话落,如简才发现她只身前来,并没有结伴儿,便又说,"怎么您一个人来吃饭?您老公呢,没陪您出来吃啊?"

这丫头还是一副心比天高的样子,方洁面色一沉,"像你没结过婚不知道,这天天腻在一起也烦啊,偶尔自己出来吃个饭也是情调。"

"没想到方总变得这么有情调了,以前还真没看出来。"如简笑笑,连她自己都觉得笑得好假。

"以前你的心思都放在跟我作对上了,哪还有工夫观察我的情调啊。"方洁嘴不饶人。不知怎的,只要一跟这丫头面对面,她的斗志就起来了。

"跟你作对？你又不是我的情敌，我干吗跟你作对？我还真不记得了，看来我记忆力越来越差了。"如简不甘示弱道。

方洁小声哼了一下。她也不气，反而还关心地问："你现在找着新工作了？"

"当然，外企，高薪。"如简说得面不改色。

"那还不错，行了，你好好干吧，有空也回公司看看，以前的同事还都念叨你呢。"方洁口气软下来，她真觉得肚子有些饿了，也懒得再跟这丫头废话了。

"行，等我哪天路过你们公司上去坐坐。到时方总你可得接待我呀，可别将我拒之门外。"如简故意道，现在她也学会见人说人话，见鬼说鬼话了。

"那怎么会，就怕你不来呢。行了，我吃饭去了，你们接着聊。"方洁心想凡是跟我斗的人，有几个好下场？还不都是辞职走人。早掂量自己的分量夹着尾巴做人，也不至于到今天。现在的职场新人，以为仗着自己年轻漂亮就想走捷径攀高枝，门都没有。方洁最见不得走捷径的人，别人管不了，至少她手底下的人就得安分守己，凡是不听话的，都得一招制胜，免得后患。想到这儿，她一脸胜利者的姿态扭着腰走了。

对面的小慧这才吁出一口气，"妈呀，你原来就在她手下干呀？可真够难为你的。"

"嘘，小声点，她那耳朵隔着墙都能听见……"

说完如简赶紧起身结账走人。

"这种人惹不起，咱躲得起。"如简边走边在小慧耳边小声嘟囔。

临走时，方洁还不忘冲她挥挥手，挤出一个公式化的笑，倏而又摇了摇头，心想，二十几岁的小姑娘一心想着跟领导斗，能有什么好果子吃，还不是灰溜溜地走人。

"你们俩都那么僵了,她怎么还过来跟你说话,成心吧?"小慧出了餐厅门口才大声说。

"当然是成心……"

往事一下子又涌出来,漫天漫地,那苦涩的滋味又有谁说得清。

【五年前　春　格子间的女人】

早晨一出门，浓浓的花香馥郁袭人。春天的气息令人着迷。昨夜并未睡好，可谁又能拒绝春天的阳光。

如简松松垮垮地走在阳光下，赶走一切疲乏。迈进了办公室的格子间，春天的气息立刻荡然无存。

方面孔女人一见到如简，便下了命令："沈如简，到我办公室来！"

如简汗毛一立，刚来难道就有新情况？

"昨天是你最后一个走的吧。"方洁瞪视着她，那口气不容置疑。

"……是。"如简唯唯诺诺。

"保安说你走时没关窗户。"方洁不依不饶。

"是吗？我好像关了吧。"如简声音微颤。

"什么叫好像？你知道你这么做后果有多严重吗？万一有小偷进来，丢了东西你能负责吗？你才刚毕业参加工作，就是这种工作态度，谁敢重用你？你说说，你这是什么态度？你心里是怎么想的？"方洁正式批评起来。

"不就是没关窗吗？我下次注意就是了。"如简忍耐住。

"你这是什么口气？！一点儿认错的态度都没有，别以为总经理把你招进来你就可以嚣张了！"批评开始往吵架上演变。

"我嚣张什么了？不就是忘了关窗吗，有什么可小题大作的？你为什么要这么跟我针锋相对?!"战争开始爆发。

"你还用这种口气跟我说话，你们师大出来的学生就是这种素质?！太让人失望了！……"

眼看着战火愈烧愈烈，如简的眼泪终在副主任走进来的那一瞬涔涔流下。

副主任李锐见状忙一番劝和。方面孔女人终于放低了声音，最后还不忘加一句："以后注意，我不想再看到第二次！年轻人一点儿责任感都没有！写个检查，明天交给我！"

一整天如简都在委屈和伤心中度过。

不知为什么，自从踏入这家公司起，这个叫方洁的主管上司就极难相处，如简不知问题出在哪里。平日不是挑剔她的穿着，就是挑剔发型，再就是挑剔工作，似乎在她身上永远有不满意的地方。

跟子淇讨教过几招，如简也想"化敌为友"，动了一番心思。比如下班请她吃饭，甚至还亲手织了围巾、手套送给她上幼儿园的女儿……

可一切似乎没有任何改变，方洁对她仍然百般刁难，毫不领情。今天竟能为一扇窗户跟她翻脸。

气鼓鼓地坐回位子上，如简又气又狼狈。周围的同事看着她梨花带雨，百般同情，却也无人向她伸出援手。这个时候谁出头，谁就是自寻死路。国企的氛围向来如此。

一整天，如简都在踌躇惶惑中。她暗暗发誓，必须要改变现状，再这样下去，自己在这家公司怎么安身？

想来想去，只有用这一招：申请调动部门。不在沉默中爆发，就在沉默中灭亡，绝不能再忍了！如简下定决心，她准备先找副主任李锐谈谈。四十多岁的李锐对她一直和善，找他帮忙几乎是唯一可行的办法了。

下班回到家,如简连饭都不想吃。明知道不该用别人的错误惩罚自己,可就是没有力气吃饭了。

浑浑噩噩地,如简窝在沙发里。

不一会儿,那个方面孔女人又来了。她喋喋不休地教训着,声音过大,又难听,唇边一根发黑胡子也跟着一上一下,唾沫星子满天飞……

想小睡一会儿,竟然方洁也会过来捣乱。

如简醒来这才发觉饿了,她胡乱从冰箱找出一袋面包,狼吞虎咽起来。

填饱肚子之后,再没睡意了。

继续看那本《洗澡》——

我国有句老话:"写字是'出面宝'。"凭你的字写得怎样,人家就断定你是何等人。在新中国,"发言"是"出面宝"。人家听了你的发言,就断定你是何等人。

果然有共鸣,像我这种口拙之人,一张口就要输下去。而方洁就不一样,她既能口吐莲花,又能把人骂得死去活来,全都厉害在嘴上。嘴皮子厉害了,无理也能赢三分。如简想着,又生出些气来,那一夜又失了睡意。

与副主任的谈话还算顺利,他态度一向友好,只是他建议最好别急着换部门,还是要改善与领导的关系。

回到座位上,如简有些沮丧,这场谈话其实并没有交集,只有一点点的安慰。

幸好一天方洁都不在,听同事说她病了。唯有她不在时,才能有片刻喘息。

子淇劝她:"早就该进外企,国企就是这样,什么都论资排辈,领导看你不顺眼,你就别想翻身。"

如简也知自己的软肋是英语，尤其是口语不灵光又如何能在外企生存。还是子淇有远见，从大一就开始苦读英语，即使别的科成绩都不理想，可毕业就她找的工作最好，进了五百强的外企，全靠她英语底子好。再加上子淇外在条件又美，当然是双料。

"喂，如简，你怎么得罪咱们头儿了？我那天找她签字，你猜她跟我说什么？她说你不是工作能力的问题，是人品问题。我就奇怪你人品有什么问题？"同事莉莉悄声跟如简打小报告。

"她真这么说？真是变态！不行，我非要找她问清楚！"如简绷不住地站起来。

"喂，你疯了，你这么做不是把我给卖了吗？你冷静点儿！你仔细回忆一下，你到底哪儿得罪她了？"莉莉把她按住。

"我哪儿也没得罪啊？她就是看我不顺眼。"这个问题她不是没想过，想来想去也没找到原因。

"可能是你长得太漂亮了，所以她嫉妒你吧。"莉莉分析道。

"我漂亮？咱们公司比我漂亮的多了，她怎么就看我不顺眼啊？你那么漂亮，我看她对你也挺好的啊。"如简不服气道。

"我哪是漂亮，我就是比较听话而已。其实你也挺能干的，也不知她为什么看不上你。按理说她才四十多岁，也不到更年期啊？"莉莉说到这儿突然停顿下来，俯身凑到如简耳边，悄声道，"我猜她有可能就是被那事折磨的——哎，你知道吗，听说她正闹离婚呢。"

"真的？我看也是，哪个男人能受得了她啊！"如简一肚子怨气发不出来。

"嘘，小声点儿，别让人听见……"

莉莉总是时不时地把方洁的言论及时反馈过来。如简听一回气一回。几次之后，如简也烦了，只要莉莉想说什么，立即叫她打住，既然不能做到眼不见，那就做到耳不闻吧。

第二天一早，方洁布置工作：

"沈如简，这是昨天开会的录音，你整理一下，明天给我。"说着指了指桌上的七盘录音带，"你赶紧弄出来，总经理要看。"最后一句格外加重语气。

什么？七盘录音带要一晚上整理出来，简直把我当超人了吧?!如简在肚子里反抗，想了想她说："方总，昨天的这个会是小王参加的，您并没让我参加啊，是不是让她做更好些？因为哪些人发言我也对不上号。"

"让你做什么你就做什么，这是工作，还挑三拣四的。小王有别的工作安排，不用你替她安排。"方洁不容置疑道。

如简只好争取道："那能不能再给我两天时间？一个晚上根本也整理不完。"

"那行，再给你两天时间，周五给我。"说完又补充一句，"对了，别在办公室里做，回家整理，别影响别人工作。"

如简回到座位上肺都要气炸了。七盘录音带怎么整理？还不能在办公室做，这又不是我私人的事，凭什么要回家做？凭什么?!

莉莉看着她那张臭脸做出了同情的表情，"可怜的孩子，天将降大任于斯人也，必先苦其心志，劳其筋骨，饿其体肤……"

"你别气我了好不好？"如简有气无力的。

"如简，你别急啊，听说过一段会有人事调动，没准你的苦日子快到头了。"莉莉悄声安慰道。

"早就听说要调动了，这都几个月了还没见动静。你说她能调走吗？我看不可能。"低眉敛首的如简像个十足的失败者。

"放心，面包会有的，一切都会有的。咱们看着吧。"莉莉露出一副唯恐天下不乱的表情。

"你就知道说风凉话，有空你不说帮我整理整理。"如简企求地看着她。

"你饶了我吧，这哪儿是人干的活儿啊，晚上我还有约会呢。"莉莉促狭道，"哎，给你出一个好主意，快交一个男朋友，让他帮你干，这岂不省事？"

"你别气我了，站着说话不腰疼。"如简白了她一眼，"莉莉，你说这女人是不是上了四十岁就变态啊？"

"不，是丑女人上了四十岁就变态。"莉莉坏笑道。

"也是。你说你长得丑吧，就别那么张扬了，可能别人还看着舒服点。可她怎么自我感觉那么良好啊，太可怕了！一想到她那条大粗辫子和那身红黑绿相间的中式衣服就倒胃口，怎么看怎么像芙蓉姐姐。"

"是芙蓉奶奶。"莉莉咧嘴补充一句。

如简铁青的脸被莉莉这一说，绷不住地笑开了。

不知从什么时候开始，谈到方洁，如简和莉莉越来越有共同语言。总是发泄一通之后，以开怀大笑收场。这种精神胜利法屡试不爽。唯有这样，才好在格子间里支撑下去，不然能否活下去都成问题。

周五，当如简把四十七页的A4纸交到方洁手里的时候，她都不敢相信自己竟有这样的耐心，简直可以当小说出版了。

"整理完了？就放这儿吧。"方洁接过来翻了翻，面上竟有一丝不易察觉的笑意。

如简暗暗琢磨，难道是意外我把活儿干得这么出色？

几天后，如简才知道那丝笑意意味着什么。

那天找方洁签字，刚进门，如简赫然看到垃圾桶里扔着那一字一句整理出来的四十七页的A4纸。瞬间她就崩溃了。签完字，她压住火，平静地问："方总，我整理的录音，您怎么放到垃圾桶里了？还没给总经理看呢。"

"噢，总经理说不需要了，所以也没用了。"完全一副轻描淡写的口吻。

什么?！如简气结，一个转身，绝尘而去。

她径直跑到厕所狂吼，眼泪顷刻间滚落。这一吼却把另一个女同事吓住了，她拍了拍如简的肩膀："如简，你没事吧？"

"……没事。"如简苦笑着恢复了平静。

这种苦不堪言的工作何时是个头?！

子淇这样劝她："工作嘛，又不是生活的全部，想开点，你越是生气，她越觉得成功。所以你还就要每天开开心心地活，让自己快乐，这才是对付恶人的最好方法。况且，你现在又有帅男邻居做伴儿，还愁什么？赶快打扮自己，谈场恋爱吧！"

子淇永远都是恋爱第一，恋爱是她的精神胜利法。看来，这一招不学不行。

夜里出奇地平静。遗憾的是这些日子再没有那个好闻的松节水的味道，更别提邂逅。如简为此沮丧了整整一星期。

子淇的消息也不妙，她说终于有了追求者，可对方三十七岁，又离异，又有孩子，又其貌不扬。她向来不喜欢小孩，她恨父母把她生出来受罪。所以当初袁桐叫她堕胎的时候她毫不犹豫。如简知道从小父母离异对子淇的打击，这个阴影也许会跟随她的一生。每个人的心里都有一个心魔。

现在如简的心魔便是赶快谈场恋爱。

忘记了谁说过，人的一生桃花就这么多，要么在你的前半生，要么在你的后半生。如果前半生你桃花太多，后半生一定会比较寂寞；如果你前半生根本没有桃花，那么老来你有福了。子淇总嘲笑如简注定黄昏恋。如简也不示弱，笑她桃花太多将来老来寂寞。她们总是互相取笑，最后又握手言和。女人之间的美好莫过于此。

几天后，莉莉报告了最新消息：方洁要出差一周。

如简如释重负。

那女人不在的一周，莉莉的话更紧更密，句句都是猛料。

"如简,不得了了,我今天得到了一个惊人的消息,想不想听啊?"莉莉大惊小怪地说。

"我不想听,你还不得憋坏了?"如简逗她。

"哎,你知道吗,方总和总经理是大学同学。"

"咳,就这个惊人消息啊?我早知道了。"如简不屑的。

"当然不是这个,是方总追过总经理,没成。"莉莉表情夸张。

"不会吧?"如简嘴上说不信,心里倒觉得太有可能了。

"当然是真的,我这可是绝密资料。哎,你可要替我保密啊。这种事不能乱说。你知道吗,听说方总追了总经理好几年,总经理愣是没看上她。没想到毕业后,他们还分在了一个公司。你想,总经理那么帅,又是北京的,怎么能看上她?"

"那后来呢?"如简兴趣来了。

"后来,方总心灰意冷,找了个介绍的就草草结婚了。咳,其实她也挺可怜的。你没见过她老公吧?我可见了,简直比她还老土。后来我才知道他们是老乡。真是老乡见老乡,两眼泪汪汪啊。"

如简差点把刚喝到嘴里的茶水喷出来。

"嘘——"莉莉做了个手势,"小声点儿,让别人听见,咱俩可惨了。"

"那总经理后来找的谁啊?"

"总经理的老婆我还真没见过,听说是校花呢。人长得漂亮又能干。"

"是吗?"

正聊得起劲,一个电话把莉莉招了过去。

"来了——"莉莉一转身,还不忘嘱咐说,"绝密啊!"

看着她那张有点卡通的可爱脸蛋,如简绷不住地笑了。

格子间的女人有的并肩作战,有的针锋相对,一半海水一半火焰。用子淇的话说就是:兵来将挡,水来土掩,没啥可怕的。

第三章

　　两天过去了,没有收到子淇的任何回复。如简半躺在床上思忖,袁桐的名字反复在她脑中打转,一个念头忽然冒出来:或许袁桐知道子淇的下落,或许他们一直有联系。毫不迟疑,如简立刻给小慧打了电话。

　　"如果能找到袁桐,没准就能找到子淇。"如简坚信。她总有一种预感,这两个人似有千丝万缕,子淇又不是那种一剑斩情丝的人,总有迹可寻。

　　小慧却并不乐观,"你怎么知道他们还联系?再说子淇去年就结婚了,难道还会和袁桐藕断丝连?不过……"她话锋一转,"也没准,子淇那么开放,说不定她把袁桐当成情人,两人还秘密联系呢。去年子淇回国那次,你知道她和袁桐见面了吗?"

　　"没听她说,我觉得应该不会,她那次带老公回来,怎么可能还联系袁桐呢?"自从子淇遇到这个老外之后,就再也没提过袁桐的名字。

"也是，那次她应该顾不上，但之后他们是否联系了？"小慧接着问。

"那怎么知道。"如简明白，即使他们之后再联络，子淇也不会透露给她的。她对袁桐印象不好，子淇不可能再提。

"亏你们俩还这么好，她连这个都不告诉你？"

"她知道我不喜欢袁桐，怎么可能再提？你也不想想。"说到这儿，袁桐那张严肃阴沉的脸又浮现出来，如简心里不禁一凛。

"但你现在到哪儿去找这个袁桐？你也不知道他在哪家公司，公司名字子淇以前告诉过你吗？"小慧问到重点。

"没有，还真没听她提过，我只知道他是个商人。"如简泄气地说。

小慧叹了口气，"你们俩是亲闺密吗？你怎么什么都不知道。"

"谁会打听那么细，我也不知道你老公在哪家公司啊。你不提，我还追着问啊？"如简反驳。再亲的闺密之间也是有隐私的。

"喂，你个没良心的，我结婚那天，我没隆重介绍啊。当时还给你们发了名片，你压根就没看，还怪我没介绍，什么人啊！"小慧埋怨开了。

如简脸一红，她真记不得了，"几年前的事了你还考我，我记性哪儿有你好。"

"所以说，有可能子淇说了公司的名字，你当时也没记住。你这猪脑子好好回忆回忆吧。"

如简开始翻江倒海，脑中却无半点信号。

两人在电话里分析半天还是一无所获，没有任何确切的信息，完全无从查起。

第二天一早上班，如简在车里还在寻思，下一步她到底该从哪儿找线索？

车开到二环路，已堵得水泄不通，她索性直接把车拐到了三环，结果还是一样！心情烦躁的她不时看看表，看来今天注定要迟到了。不知不觉竟开到了那座写字楼，如简按下车窗，却见一个熟悉的身影正在发着什么宣传单。等再靠近些，正看到莉莉的那张圆鼓鼓的脸。她手挥着内刊，"咏盛国际"这几个字在阳光下折出刺眼的光。

　　记忆的甬道一下子开了条缝，那段弄内刊的日子仿佛就在昨天……

【五年前　夏　画中的女人】

　　一早，方脸女人就把如简叫到了办公室。脸上是一惯的严肃，"沈如简，公司准备办一份内刊，宣传公司的产品和报道一些资讯。你以前不是学过美术吗，这件事就交给你来做吧。"

　　如简刚要应答，那女人又说："我是内刊的主编，你是文字编辑兼美术编辑。你听明白了吧？现在你就去宣传科要一些资料，再跟广告部联系一下做两版内部广告，其余几版做内部资讯，具体做什么内容你去做个方案，明天交给我。"

　　天哪，根本不容人说话。如简心想，文字编辑兼美术编辑，她真把我当全能了！可现在这个情形也只有见招拆招了。

　　"那好吧，明天给你方案。"

　　方洁的眼神有点震惊，她以为如简会发作，没想到如简竟能这么痛快地妥协。

　　如简正要离开，总经理正巧走了进来。只见过总经理几面，这次突然碰到如简竟莫名地紧张起来。

　　有一种眉毛很浓、眼神锐利的男人叫人看着就生畏。总经理就属于这种男人。尽管每次碰到时他脸上总有笑容，但仍会令人不寒而栗。如简也不知怕的是他的威严，还是那种咄咄逼人的气质。

　　"张总，你好！"如简先打招呼。

　　"如简，工作还顺利吧？"

"挺顺利的。"她不自然地笑笑,要知道这是在方洁的办公室。

"有什么不明白的地方多问问方洁,直接问我也可以啊。"总经理声音爽朗道。

"好的……没什么事我先出去了。"不用看就知道,此刻方洁的脸色一定很难看。如简不忘加一句,"方总,我出去了,明天把方案交给你。"

关门时,如简隐隐听到总经理的声音:"这个沈如简很能干啊。"

接下来,那女人会是一声不屑的冷笑吧。如简心想,越是这样,越要拿出像样的东西来。

回到家,如简像打了鸡血般连夜加班。

第二天一早,一进办公室的门就把方案交了上去。方洁没有疑问,只是说:"排版你也动手设计吧,给你一周时间,有问题吗?"

"我尽量争取完成。"如简咬着牙允诺。

"把'尽量'这两个字去掉。行了,你出去吧。"

最见不得方洁这种不可一世的样子。如简暗暗发誓,这活儿还一定得干得出色漂亮,让她找不到一丝漏洞,看她还能挑出什么刺儿。

晚上匆匆回家,吃了一碗西红柿鸡蛋面,如简就开始大干特干了。

之前她就会PHOTOSHOP,她试着设计了一页,正忙得手忙脚乱,门铃声突然窜出来,吓了她一跳。不会又是收水电费的吧?如简趿着拖鞋去开门。刚打开门,毫无准备地竟然看到了他——帅男邻居!

如简突觉晴天霹雳,天哪,连镜子都没照,不知自己丑成什么样子,衣服也是胡乱往身上穿的,肯定狼狈之极。真是惨了,白天见到的是美女,晚上竟让他看到了女巫。她忙整理头发,表面还要故作镇定道:"怎么是你?"

"你家里有调味料吗？我总想去买，却总又忘。"男人面上儒雅地一笑。

"有，有，我，我这就拿给你。"如筒一路小跑到厨房，趁势又拢了拢头发，再次硬着头皮出来了。

"噢，我就倒一点就可以啦。不如我自己倒吧，我进去方便吗？"男人礼貌地问。

"噢，方便，方便，那你进来吧。不好意思，我这里很乱。"如筒给他拿了拖鞋。趁他倒酱油的工夫，如筒赶紧把沙发上的乱衣服收了起来。

"咦，你在做设计？"池原看了一眼桌上的电脑。

"噢，是啊。"如筒的表情有点窘。

"你是在杂志社工作？"

"不是不是，是临时接了一个内刊，我以前没做过设计，这不自己胡乱弄一下试试。其实排版软件我还不太熟悉。"如筒一脸尴尬。

"我可以教你啊，很容易学的。这样，我先拿几本书你看看，找时间我再上机教你。"

见男人伸出援手，如筒兴奋得有点失态，"好啊，好啊。"

"你是住楼上？"如筒试探地问。

"对呀，正好我就在你楼上。"男人露出好看的笑容，很绅士。

"啊，真巧。"如筒心里一阵小兴奋，又不敢让对方看出来。

"我在楼上一定吵到你了吧？"

如筒忙摆手，"没有，没有，哪儿会。"

"前一阵子搬家可能动静会比较大，不好意思，我们画画的，要搬的东西很多。"男人很自然地跟她聊起来。

"你是画家？"如筒惊喜道。

"不是什么家，画画糊口而已。"池原笑笑，露出好看的牙齿。

"你是哪儿的人？北京人吗？好像又不太像。"如简慢慢放松下来。

"噢，我母亲是北京人，父亲是广东人。"说到这里池原的表情沉重了，他说母亲去年过世了，现在父亲一个人在广东，身体也不太好，妹妹在照顾他。

如简便不好再往下问了。

那天第一次聊天后，竟兴奋得失眠了，伴着那股油彩的特殊味道，失眠了。

第二天池原给了如简几本制图软件的教程，看来以后接触起来就有借口可寻了。

子淇说她胜利在望了。如简可没那么乐观。虽说女追男隔层纱吧，但如简也不是那种能豁出去的人啊。但总算是有了些小进展，如简把这股热情都用到了加班中。

连续几晚加班，一星期下来，熊猫眼凸显。

"喂，你不会那么卖命吧？你看你这眼睛。"莉莉怪怪地看着她。

"没办法，不加班怎么交差，早晚我得被她折磨死。"趁周围没人，如简悄悄问她，"哎，你上次不是说她正闹离婚吗？怎么还没动静？"

"咳，又辟谣了。"莉莉叹了口气。

"弄了半天没这事啊，那她那么折腾我干吗？我还一直以为她是拿我撒气呢。"如简是一声空叹。

"关于你跟方总之间的恩怨，鉴于状况太复杂，我准备专门立案搞调查，等有水落石出的那一天，一定第一时间告诉你。"莉莉装模作样地说。

"讨厌。"如简被莉莉的怪样子逗乐了。

内刊终于在一星期之后出了一校样。如简自信满满,她直接交给了方洁。

"这是你做的版式?"方洁永远是这种质问的口气。

"是啊。"如简理直气壮地,还带点小小的成就感。

"拿回去重新设计,这是什么呀,太差了!"

一句话把如简打晕过去,这可是她熬了一星期的夜加班加点弄出来的,方洁的一句话竟将所有的辛苦全盘否定。

"有什么地方不好了,请你说明白。"如简气不过,追问道。

"哪儿不好你自己看不出来啊?你去看看报摊上的刊物,哪家办成这样?你别以为是内刊就可以应付,达不到报摊的标准你别再拿给我看!再给你三天时间。"方洁不留情面地说完,便转身走了。

如简愣在原地,深吸一口气,忍住欲泪的情绪,她发誓再不在那个女人面前落泪。

回到家已无心吃饭,直接走到楼上,敲池原的门。向他求助是目前唯一的办法了。

"怎么是你?"这回轮到池原吃惊了。

"你方便吗?我想跟你请教请教。"如简小心地说,又怕他会拒绝。

"进来吧,我正在下面条。"

如简这才发现池原一手拿着筷子。

"你也没吃饭吧,一起吃吧。不过我的手艺恐怕要让你见笑了。我这里确实也没什么好吃的。"池原笑笑。

"好啊,不如我来下吧,肯定比你下的好吃。"白天的不快见到池原便豁然开朗了。

"光煮白面条怎么吃啊。"如简边说边干起来。池原家和子淇家方位一致,所以倒一点儿不觉得陌生。如简熟门熟路地在厨房施展开。

一会儿工夫，面条上桌。

"闻起来还挺香的，可吃起来好像就一般了。"池原的评价让如简大大受挫。

"真的不好吃吗？"如简紧张兮兮的。

"也不是很难吃，还可以吧。"池原说完便笑开了。

如简这才舒了一口气，差点被他吓到。

吃完饭如简才有工夫仔细观察池原的房间。她想象中那个家应该布满油彩，墙角应该堆满一幅幅色彩艳丽的油画。真切地望过去，没想到客厅只有一幅淡雅的风景画，连沙发、窗帘都是淡色系的。

"这幅画是你画的吧？"如简问，眼神痴痴地盯着那幅画。

"噢，是上个月画的。"

"你应该有个画室吧？"如简满肚子的好奇。

池原这才将厅里的窗帘拉开，如简看到了由大半个客厅改造的画室。

"这里采光比较好，这些画都是没卖出去的，就先堆在这儿了。"

如简雀跃地奔过去，仔细翻看着每一幅画。

"这些画挺好的呀，怎么会卖不出去？"如简露出赞赏的眼光，"我看都挺好的。"

翻到最后一幅时，如简本能地停住了。是一张裸体画，那女人胸部突出，头发长到腰际。如简没敢再细看，赶忙岔开话题，"对了，没看见你的电脑啊？"

"噢，在那间卧室。"

跟着池原走进卧室的过程仿佛是在窥探他的内心世界，感觉异样又有点紧张。

这才进入今晚的主题。池原帮如简分析了版式的问题，更在电脑上做了个样本。如筒尽量不让自己去想那幅裸体画，控制自己的注意力。

"其实这个东西也是熟练工种，多做几次就会了。"池原那么近地挨过来，如筒偷偷地瞄他的头发、鼻子、眼睫、下巴，甚至嘴唇，每个部位都让人心仪。一时间看得她脸色阵阵潮红。

"对，你就按这个思路设计吧……"

就这样整晚如筒都在做一个好学生，如果子淇在，一定会嘲笑她上学时也不见得会这么认真。

"哎呀，都十一点了，太晚了，害得你一晚上什么都没做成。"如筒看看表，不好意思地站起来。

"没事，反正我也没什么要紧事，还吃了你做的面条。"池原露出标致性的笑容。

"那以后我天天给你做好不好？"这句话在心里默念了一遍，如筒还是没勇气说出口，只说出这一句："那我下去了，可能明天还要麻烦你呢。"

"没关系，我这几天正好也有空。"

告别后，如筒在楼道里差点蹦起来。这是爱情吗？这应该就是爱情了吧，还是又一次的暗恋？

如筒躺在床上胡思乱想，可偏偏那幅画总是鬼使神差地跑来骚扰。如筒一遍遍回忆画中那女人的样子——丰满的胸部，头发长到腰际，眼睛细长，神态迷离。那是个怎样的女人？他们又会是一种怎样的关系？

子淇在信中说，画家画人体是太正常不过的事，千万别大惊小怪。

是啊，完全是自己在作怪。

在池原的帮助下，如筒将全新一稿的校样拿给方洁。

这次她没有瞪起眼睛质问，只是淡淡说了句："注意校对，别留着满篇错字让别人看笑话。这可是关系到我们部门的脸面声誉问题。"

这已经算是好听的话了。如简左耳朵进右耳朵出。

好似自己开始一点点变得坚强，不知这种坚强从何而来。她分明地感到内心有股力量，它一直默默地支撑着她。不管遭遇多大的压力、多大的难堪、多大的委屈，那股力量始终默默地支撑着。

那股力量是爱情吗？

说不清的一种疑惑。

子淇说过：最伟大的力量一定来自爱情。

如简相信子淇的话，并且有了一种真切的体会。

第一期的内刊终于出炉！一下班如简兴奋地跑到楼上拿给池原看。

"不错，很有悟性。"

池原的夸赞令她如吮蜜般甜蜜，"不如我们出去吃饭吧，庆祝一下！"

"今天……不行，我晚上有点事。"

没想到池原会拒绝，如简的五官瞬间垮下来，"是吗，那……改天好了。那我下去了，你忙吧。"

四周的景物刹那间就变得暗淡了。这时她才明白自己的喜怒哀乐已经跟眼前这个人息息相关了。胜利果实无人分享，那么这份喜悦也跟着荡然无存。女人就是这么情绪化，悲喜一瞬间。

真想问问池原，到底有什么事那么重要，非要在今晚呢？

回到家，连做饭的力气也没有了。如简想了想还不如回父母家，省得自己在这儿心烦意乱。她打了一辆车就走了，就在车开走的那一瞬，她依稀看到一个长发女人走进了子淇的那座楼，再回头仔细看，又什么都没有了。也许是幻觉，如简安慰自己，那神情落寞得几近恍惚。

第四章

　　周末，如简赖在床上迟迟起不来。昨晚一直在网上查袁桐的资料，弄得两眼昏花，还是无任何线索。
　　她甚至搜了子淇的名字，一样没有任何想要的结果。
　　快到中午，小慧打来了电话，如简以为有了新消息。谁知小慧在电话那头叹气："你也是，成天跟子淇在一起，子淇的情况你却什么都不知。"
　　"她知道我对袁桐印象不好，又怎么可能跟我说太多……"
　　两个人又掰哧起来。
　　"算了，子淇的事先放一放吧。我觉得她就是故意不想跟咱们联系，也不见得就是失踪。我老公也这么说，加拿大那边治安非常好的，不太可能出事。子淇是个要面子的人，也可能在那边混得不好了不想跟咱们联系了，这都有可能。"小慧找了个台阶，这事她确实也懒得再过问了。
　　"也怪我，换工作太忙了，这一段就没跟她联系，没想到她也没主动联系，但愿没什么事……"如简有点自责。

"别长吁短叹了，子淇能量大得很，应该比咱们活得都好。对了，今天我老公出差了，你陪我去798看个画展吧。"

"画展"这两个字至今听来还是有些刺耳。如简有点语塞。

"怎么，跟池原分手了，连画展也戒了？"小慧打趣道。

"那还不至于。"如简佯装坚强。

"就是，我们如简大小姐拿得起放得下，怎么可能为了个男人就一蹶不振。"

这个小慧还拿话激她，她最怕人激她，最怕人一眼看穿她。受伤的人总想把自己包裹得更严实，生怕被别人一眼看到伤疤。她不想跟小慧探讨这个，跟幸福的女人谈伤疤，痛的只会是自己。

对画展她真的是抵触，那个夏天，她和池原第一次约会就是去看画展。

她发誓再也不碰它，可它偏偏与你的生活息息相关，总不能因噎废食吧。

和小慧走在798的路上，那一程显得如此漫长……

【五年前　夏　画展】

那晚，池原奇迹般地打电话来要约如简去美术馆看画展！时间就在明天下午四点。如简迫不及待地应了下来，握着手机，脸颊微烫，兴奋莫名。

之前深埋在格子间里的抑郁，今晚一扫而光，只因池原的一句话。可如简刚高兴片刻俄而又冷静下来，明天并不是周末，工作怎么办？请假能批吗？

必须想尽一切办法！机不可失，这次机会对如简来说太重要了！这可是跟池原的第一次约会啊！一整晚如简都在酝酿请假的事。如何跟那个女人开口，到底说什么理由她才会同意？

参加婚礼？时间不对。家里有事？父母会穿帮。身体不适？要医院证明……到底怎么办？最后如简想到了一个办法。

一大早她先去商店买了一个可爱的玩具熊，一上班就毕恭毕敬地送给了方洁，"方总，这是我送您女儿的礼物，听说她快过生日了。"

方洁愣愣地看着如简，就像在看一个外星人，"没有啊，我女儿过生日还早呢。"

"噢，是吗，我也是听别人说的，我可能听错了。没关系，这个礼物就送给她吧。"如简头一次满脸堆笑地看着方洁。

"那就放这儿吧。"方洁并不感激，依然板着面孔。

如简僵持在原地，酝酿着那几句话。

"怎么？还有事？"方洁的眼睛斜视过来。

"方总，是这样，我下午约了人看房子，我的房子想出租，所以想请一下假……"

"不行，今天下午两点开会，谁也不能请假，你通知一下大家。"那张面孔又拉长了。

什么?！开会？如简脑袋"嗡"的一声。怎么办？画展怎么办？

"是所有人都要参加吗？"如简不甘心地问。

"对，全体都要参加，党员大会。"方洁面无表情地说着。

"那非党员可以不用参加吧？"如简抓着最后一线希望。

"非党员更要参加，对了，你还要做一下会议记录……"

绝望地转身离开，如简心乱如麻。怎么办？怎么办？怎么办？

想了想，她又转身去了副主任的办公室，只能另寻出路了。

"如简，有事吗？"副主任李锐抬头问。

"噢，李主任，我是来通知一下，下午两点开会，党员大会。"如简特意强调"党员"二字，好像与她这个非党员无关似的。

"好，知道了。"

如简并没有走的意思，沉吟一下接着说："李主任，您说下午的会能开到几点啊？"

"这谁知道呢，也可能一两个小时，也可能一下午。"

如简仍待在原地，满脸困惑的。

"怎么，如简，还有事？"

"噢，是这样的，我现在住的房子要出租，正好约了人下午四点看房子，我也不知下午有会，可是都约好了，也是中介替我约的，再改时间还真是挺麻烦的……"如简支支吾吾的，"不知下午能否请假……"

"请假可能不行，这种会还是要参加的。"副主任和善的脸，此刻也是格外严肃,"这样吧,你先参加会,不行你就早走一会儿。"

"可以吗?"如简立刻窃喜起来,又迅即掩饰住,"可怎么跟方总说?"

对于如简和方总的关系,最了解的就是副主任,幸好这个外表踏实可信的中年男人还算公道,有时总能替她说两句话。

"我来说吧,快四点的时候我就叫你一声,你就先离开。"

"能行吗?方总万一不同意呢?"

"没事的,方总也不会事事都较真的,到四点估计会也差不多结束了。"

"可方总还让我做会议记录呢。"

"到时我再安排别人记录吧。"

如简几乎快感动得哭了,不停地谢他。

"好了,快去工作吧。"

"谢谢李主任!"

如简的脸顿时化开了,美滋滋地回到座位上。莉莉发毛地看着她,还以为她中了六合彩。

下午,如简像吃了定心丸一样,一直在会议中苦熬。

到3:40,她有点绷不住了,不停地看副主任,给他暗示。

过了一会儿,副主任终于说话了:"对了如简,你不是还要参加一个活动吗,你先去吧,莉莉,你接着做一下记录。"

谢天谢地!如简高兴地站起来,小声说:"那我先走了。"

"谁让你走的?"方洁愤怒地看向她,不管不顾地说。

"是李主任说……"如简傻了。

"会还没结束你就走?你跟谁请假了?"方洁的声音愈发响亮。

"方总,你让她去吧,她确实有事。"副主任边替她解释,边示意她离开。

如简也不管不顾了,迅速把方洁的脸抛在身后。今天无论如何，她也要跟池原去看画展！

钻进出租车里，如筒的心还在突突地跳，不知方洁此刻会愤怒到什么地步，明天一定是一通臭骂，或者干脆把人直接轰走……但这些都不是如筒今天考虑的事了，此刻她满脑子都是池原，别人再插不进来。

上气不接下气地跑到美术馆，池原早在那里等了。

他带着迷人的微笑冲她挥手，"不用跑，来得及，画展很晚才结束。"

"是吗，我还怕赶不上了呢。"如筒擦着额头的汗，有点狼狈。

"走吧，我们进去吧。"池原说着塞给她一瓶水，"给你，渴了吧。"

"谢谢啊。"如筒甜蜜地笑起来，那种感觉真是妙不可言。

"我忘了今天你上班，是不是跟公司请假了？"池原有些抱歉。

"是啊，没关系的，我们不是很严。"如筒故作轻松状，心里却为今天的请假叫苦不迭。

"那就好，我还怕影响你工作呢。"池原绅士地一笑。

那天看完画展池原又请如筒吃饭！那晚她兴奋得像个刚拿到糖果的孩子。

他们去了离家很近的火锅城。他说他喜欢吃火锅，这点与如筒如此相像，为他这句话竟然惊喜连连。

吃饱喝足走出来，月亮似静犹动地挂在天边，幻化出一种迷离的神秘感。

就这样和心爱的人走在月光下，空前的满足感环绕在四周。如果就这样一直走下去该多好，永不分开，永葆一颗沸腾驿动的心。可惜家就在前面，这一段距离真的太过短暂。

正在胡思乱想中，突然，池原握住了她的手。那只手，如电流一般侵入神经。

太突然了，如简竟然战栗住。

"如简，你有没有男朋友？"池原好似早已知道答案。

"没有啊。"如简颤颤巍巍的。

突然，池原很近地看过来，近到无法看清他的脸。他的鼻子碰了碰她的鼻子，那一刻连呼吸都要停止了。

接下来如简完全无法应付了。池原吻了她，那感觉无法言喻——浑身紧绷，脸颊发烫，不敢呼吸，不敢睁眼，连思维都一并停滞了。

这个吻来得如此突然，令她的大脑一片空白，任由池原忘情地亲吻。

他笑了，"真没见过你这么笨的女孩，连接吻都不会。"

被他这么一说，如简的脸更烫了，"讨厌。"

"讨厌什么，你讨厌我啊……"

那晚真是不可思议，竟然就这样接吻了，一点儿准备都没有，甚至都没有来得及嚼口香糖。曾经设想过的接吻场面完全不是今天这样。

在楼道里分别的时候，池原又吻了过来，一遍又一遍。快要窒息了，如简把他推开了，怕他再吻下去，她会完全沦陷……

回到家便又收到了池原的短信：

如果星星知道自己背负着所有的愿望，

那它一定会努力地闪烁。

当你看见最亮的一颗时，

那是我为你许的愿：愿你快乐！

一股恁甜的幸福滋味在心里错落翻涌，这是爱情吗？

如简莞尔微笑，爱情真的来了啊！她仰望星空，到处都是池原的笑脸。那一刻，他变成了如简心中的日月星辰！

开了近一个小时的车才到798。小慧把如简从记忆中拉回来。

"就这家画廊,我们进去吧。你看看这个画家画得怎么样?我们公司想给他出本画册。"

如简愣愣地走进去,墙上的画她没有任何感觉。自从和池原分手后,她对油画完全失去了兴趣。

"给点意见啊,怎么样嘛?"小慧追着问。

"还行吧,我也不懂行。"如简应付。

小慧刚想说话,忽然一个男人走过来,冲如简打招呼:"你好,你还记得我吗?"

如简一愣,此人的面孔确实非常眼熟。

男人冲他笑笑,做出熟络的样子,"那天你和池……"

那一刹那,如简的脑子突然灵光一现,她立刻打断了男人的话,面无表情道:"你认错人了,我不认识你。"

小慧不明所以地站在一旁,气氛稍显尴尬。她看了如简一眼,从未见她如此冷漠的表情。

这个男人她当然记得,他是池原的朋友,也是画画的。池原曾经和她一起去他家吃过饭,又怎么可能忘记。但记得又如何?凡是跟池原有关的记忆,她一段也不想有。

男人狐疑地看了看如简,讪讪地走了。

"你真不认识他?"小慧在背后悄声问。

"当然不认识。"如简依然冷漠。

"不会是你以前的追求者吧?"小慧玩笑道。

如简睨着那人的背影道:"你觉得我能看得上他吗?"

小慧投过来一个鬼脸,"没戏!"

只有如简知道曾经的那道伤疤还在隐隐作痛。

第五章

  今晚大学同宿舍的女孩们聚会,庆祝李婉出国。除了子淇外,宋冰嫁到了山西,今晚只有小慧、李婉和如简三人庆贺。她们在大学经常一起吃饭的幽兰小馆碰面。
  李婉是班上的班花,男生更把她评为校花。深眼眶,高鼻梁,高颧骨,脸颊无肉,整张脸只有巴掌大,活脱脱的一个翻版李嘉欣。恰好她们又都姓李。那时班里女生都叫她"美女蛇",因为没有她攻克不下的男人,没有男人能逃脱她的魅惑。女生经常开玩笑说,将来结婚前一定要先带男朋友见见李婉,不动心的可以结婚,动心的趁早分手。
  小慧更喜欢用"五体投地"形容她。因为好几次都是小慧帮她代收追求者的鲜花、情书之类。回来后只说一句:五体投地。最好笑的一次是有人送来了蛋糕想为李婉庆生,那人竟是个外国人。小慧收下蛋糕就走了,回来后感叹说:"我今天六体投地了,等李婉一回来,咱们就把这个蛋糕消灭掉。受刺激啊,你们说外国人的蛋糕有没有艾滋病毒啊……"

那真是疯狂的一晚,五个女生边吃蛋糕边聊到了天亮。早晨才发现红蜡烛的眼泪流了一地。

小慧早早给宿舍女生下了定义:最漂亮的是李婉,身材最好的是子淇,最直爽的是宋冰,最贤妻良母的是如简,最可爱的当然是她自己。此外她还补充:跟李婉最适合出席派对,跟子淇最适合一夜情,跟宋冰最适合一起工作,跟如简最适合结婚,跟她自己最适合谈恋爱。

对这个补充,子淇最反对,她说跟她最适合的是做情人,一夜情太短了,不符合她的需求。

大家都骂她是色魔。那潺潺的笑声回荡一室,久久不去……

美好的记忆回味至今,今天仿佛不是为李婉庆祝出国,而是怀旧。

李婉从一进大学就想出国,只是英语成绩不尽如人意,托福分一直过不去。最后她只得无奈地放弃美国梦,并把墙上的美国地图换成了澳大利亚地图。她说只要能出国,从别的国家再到美国就容易了。确实大家也觉得她这副长相在国内也委屈了。

最不想出国的子淇因为失恋竟第一个出了国,一心想找老外的李婉终于也在子淇之后圆了出国梦。子淇去了加拿大,李婉去了澳洲。

席间,小慧的酒量大增,话也最多,"李婉,你说你身边这么多追求者,那种感觉是不是特棒?"

"我还嫌烦呢,走哪儿都是一圈色眯眯的眼睛。烂桃花多了,比没有还烦。不过有时遇到老外倒也感觉不错,因为有人跟你用英文说'I LOVE YOU',还真是挺刺激的。"李婉扇动着媚眼,眼神总是那么勾人。

"你呀就是喜欢老外,对中国男人有歧视。"如简说。

"中国男人确实让人提不起劲,要长相没长相,要身材没身材,我就喜欢肌肉男。"李婉回道,"对了,咱班的陈峰你们还记得吧?上次他到北京来非要请我吃饭。我想都是老同学也不好意思不去,谁知饭后他跟我说让我做他女朋友,简直乐死我了,真是奇葩。"

"这个陈峰真是有病,如简,我记得大学那会儿他不是还想追你吗?"小慧问。

"哎,别提这个奇葩了,咱们还是说点有趣的事吧。"说起陈峰,就让人倒胃口,如简上周还收他寄来的照片,说一定要认真考虑一下他,想想都好笑。如简转了话题,"小慧,你不想出国啊?"

"我可不想出国,我老公不喜欢国外,算了,我还是在家相夫教子吧。"

"喂,你的肚子还没动静啊,听你成天嚷嚷要当妈,结婚几年也没见你有动静啊。"李婉快人快语。

"哪壶不开提哪壶啊,我这不正努力嘛,这事谁能算准哪天怀上啊。"小慧也快言回击。

"就是,我看你别压力太大,我们连婚都没结呢,你那么早当妈干吗。"如简替她解围。

"就是,就是。"小慧点头道,"顺其自然吧,没孩子也好,想去哪儿就去哪儿,没负担。"

最后话题又绕到子淇身上。李婉也没有她的消息。

"我跟她大学时候关系就一般,出了国她可没跟我联系过。"

李婉说的是事实,也许这两个美人太过抢眼,谁也容不下彼此吧。女人之间总免不了攀比的,彼此嫉妒,又暗藏心机。如简自认不漂亮,顶多几分清秀而已,自然不会去比;小慧心宽体胖,也自知比不过;宋冰女汉子,也不屑于去比;唯有子淇和李婉这两个最漂亮的动不动就得擦出点火花来。

晚餐吃到深夜,三个微醺的女人,在马路上唱着情歌,毕业仅仅五年，好似青春已在渐渐走远。

周一，如简坐在广告公司的格子间里打不起精神。昨晚聚会睡得太晚，今天从早晨开始已哈欠连天。

"喂，我看你中午还是趴着睡会儿吧，你这样子跟抽了大烟似的，当心老板不高兴。"一旁的同事童童递过眼色来。

"男领导不会这么小气的。"如简又一个哈欠。

说着童童递过来一份《精品》，"给你翻翻报纸，看看八卦，清醒一下。"

"你这不害我嘛，老板要是看见我闲得看报纸不是更得不高兴了。"虽这么说，如简还是翻起来，封面范爷那张大白脸太惹眼，标题又这么惹火，忍不住要翻翻。翻了几页，一个标题醒目地映入眼帘："美女作家樱桃身体写作……"

樱桃？再细看随文的那张照片已完全脱胎换骨了——双眼皮，尖下巴，粗眉，大波浪卷发。

童童凑过来说："这张脸整得也太假了吧，跟蛇精似的。照片一看就是P的，P得也太过了，你看那下巴尖得都能当刀使了。"

"她以前可不是这样。"如简淡淡应了一句。

"你认识她？现在这些人怎么都爱整成一个模子，真倒胃口！整完还是那么难看……"童童嘴里念叨着。

"现在流行锥子脸，要想出名，就得把下巴磨尖，都得向范爷靠齐。"

"东施效颦有木有？"

看着童童那夸张的表情，如简也跟着笑了一下。旋即笑容又敛住，一些莫名其妙的思绪涌出来。

"哎，如简姐，你真认识这个美女作家？"童童把报纸拿起来，盯住了樱桃那张脸。

如简没有答话。那段不堪的记忆定格在一幅画中——画中的裸体女人有着丰满的胸部，头发长到腰际，眼睛细长，神态迷离。只是那时的樱桃还没有尖尖的下巴，还不是什么美女作家。

【五年前　夏　裸体女人】

　　池原卖出了一幅画，特意请如简吃饭。她兴奋得像个孩子，他们去了韩国城吃烤肉。那餐烤肉，味道同以往的都不同，有甜蜜在里面，当然格外香。

　　从餐厅里出来，池原说要为如简画幅油画。她雀跃地在他脸上亲了一下，连自己都意外何时变得这么主动了。

　　月光从肩头洒下，微风如熏，在那样的光线下，池原的眼睛更加黑亮，充满了诱惑。他们情不自禁地吻在一起。池原的手从她的脸滑向胸前，如简本能地反抗，却又任他摸下去。

　　"喂，你好像还没发育啊。"池原笑道。

　　如简挣脱开他的拥抱，自顾地跑起来。竟然戳到软肋，真是沮丧。

　　"别跑啊，怎么，生气了？"池原追过来。

　　其实她并不是生气，只是有点无地自容。那是一种因爱慕而产生的自卑。

　　那晚，好糗。

　　子淇总说：女人的身材甚至比容貌都重要，当然是在男人眼里。为此，她常常取笑如简是飞机场。如简也不恼，难道就没有喜欢飞机场的男人？子淇斩钉截铁地说："当然没有！"

　　"喂，你们到了哪一步？"子淇八卦起来。

如简才不答她。

"告诉你啊，拥抱、接吻，甚至肌肤之亲这都可以，就是不能跨越最后那一步。男人都不爱避孕，戴上那个他们会没感觉，一旦怀上，可没人陪你去打胎，一定要吸取我的教训！"子淇变得苦口婆心起来。

"我才不像你呢。放心，我会等到结婚后。"如简打断她。

"但是这事又是不可避免的，哪个男人会等到那个时候，我是希望你一必须避孕，二将来不要因为做了这件事而后悔。"

子淇的话如简并没有在意，那个时候的她又怎么可能想到"后悔"二字。

接下来的事情，变得让如简无法控制。

有一次在池原的房间，眼看着就要到了那一步，如简还是生硬地推开他。池原没有再继续，他用奇怪的眼神看着眼前这个披头散发、梨花带雨的姑娘，他不能理解。

"我希望能在结婚以后。"如简声音极轻地说了出来。

池原没有再说话。他一直缄默着，不带任何表情，越是这样如简却越难受。

那晚真是失败，如简恨自己连拒绝都不会讲技巧，如果换作子淇，她一定不会让气氛变成像现在这么尴尬。当然，如果是子淇，今晚的场景也不会发生。

第二天碰面，两人都有些不自在。如简说晚上一起吃饭，他说晚上有事。两人好似又回到了第一次见面的捉摸不透。

如简的双肩垮下来，心底一片空洞。

接下来的事一件比一件出人意料。

那天如简做好了第二期内刊的样稿，就像什么也没发生一样拿给他看。

池原开的门，奇怪的是他并没有让她进去。如简赫然看到了屋里有个女人。只看到一头及腰的长发，看不到脸。

"你有客人，那我不打搅了，那内刊先放在你这里？"如简故作镇定。

"好吧，那我明天找你吧。"池原脸上没有任何异样，他这么坦然，也许只是一个普通的访客而已。

这么想着，如简回到房间，可突然地她就想起了那幅油画。及腰长发的女人不就是画里的那个女人？只是一个穿了衣服，一个没有。所有能想到的不堪后果通通搬出来，如简开始想最坏的结果。她把自己埋进沙发里，泪莫名其妙地就来了。

早晨让莉莉帮着请了病假，实在不想去上班，那双哭肿的圆鼓鼓的眼睛有些骇人。子淇骂她小题大做，多了一个竞争对手而已，守住阵地才最重要。子淇劝她少猜忌，不如直截了当地问个清楚。

一整天没有池原的电话，难道那个女人还没有走？眼看着暮色浓起来，如简的心更加仓皇无措。

正在发怔之时，池原打来了电话，他说要还她内刊。竟把这事全然忘记。如简马上跑到楼上，那个女人已不在了。

如简慢慢冷静下来。池原耐心地跟她讲了设计的问题。如简却突然打断道："池原，你多大啊？"

"我三十二。"

"不会吧？你比我大九岁，可看起来我们差不多啊。"如简吃惊道。

"男人老得慢吧。"池原收起了内刊。

"对了，昨天那个女孩……"如简终于问到了重点。

池原坐过来，一脸平静，"她是我的一个朋友，怎么，你吃醋了？"

"谁吃醋了？"如简故作镇定。

"女孩子就是小心眼，我还以为你会跟别人不一样呢。"池原不以为意道。

"那你当时怎么不请我进去，既然只是普通朋友？"如简索性问到底。

"是你自己不进来啊，你自己回忆回忆。"

如简噘起嘴，"那你应该主动让我进去啊，总之是你不对。"

"好了，别生气了，她真的只是我的一个普通朋友，改天介绍你们两个认识。好了，快回去吧，我要画画了。"

"干吗，轰我走啊，我今晚就不走了。"如简的气还未消。

"这可是你说的，今晚你不走了。"池原一把抱住她，吻得她透不过气。如简推开他坐了起来，"讨厌，我下去了。"不知为什么，身体和灵魂总是在打架。

池原捋了捋头发，收起了表情。

"她就是你画里的女人。你怎么能给她画那种画？"站起来如简还是绷不住地说了。

"怎么又扯回来了。她以前是模特，再说又不是我一个人，好多人在一起画啊。"池原总是平静到令她心虚。

"快下去吧，别胡思乱想了。"头一次池原催她走。

如简匆匆下楼，心里像被刀剜了一下。

周末，池原出去写生，如简要跟去，却被他拒绝。僵持了一会儿，如简回到了自己房间。再争下去会吵架的，如简极力控制自己。

下午的时候有人敲门，如简急匆匆地开门，不用问一定是池原回来了。

谁知门外竟是一个女人——天哪，就是那个长发女人，那个画中的女人。

"你好，我是池原的朋友，他不在家，我能在你这里等他吗？"

女人南方口音很重,声音细细的,她看到如简吃惊的表情,马上又说,"噢,我上次在池原家见过你,所以我想到你这里等他。"

如简的大脑空白了几秒,马上恢复理智说:"噢,请进来吧。"

这次才有机会看清女人的脸,她的脸远没有身体耐看。大脸盘,丹凤眼,文的眼线,化着浓妆,无论如何,池原也不会喜欢上这种女人吧。

"哇,你家真的很干净啊。"女人发嗲的声音并不招人喜欢。房子明明乱得很,她还这样说,显得很虚伪。

"你随便坐吧,我帮你倒杯水。"如简也只能假装客气,谁让她是池原的朋友。真是一场虚伪大战。

"对了,我叫樱桃,你呢?"

樱桃?什么怪名字?

"我叫沈如简,你喝水吧,小心烫。"她把玻璃杯递过去。

"哇,真的好烫。"女人脸部一抽,把杯子放下。

如简没理会。

"沈小姐是做什么工作的?"

"我在一家国企。"

"噢,我是做媒体的,这是我的名片。"

如简接过名片一看,是华美传媒宣传总监。她随手把它放在桌子上。

"你们工作忙吗?我们做媒体的,忙死了。"多说话才好打破尴尬,樱桃擅长应对这样的场面。

"我们还行吧,偶尔也会加班。"

"池原搬过来也没多久,你们很熟吗?"女人话中有话。

"对。"如简表情自若。

"我是池原的老朋友了,池原上大学时我们就认识了。"

挑衅开始了,如简问:"你们是大学同学?"

"噢，不是，……也算是吧，我们不同班。"

如简暗想，她也上过大学？看她的打扮——紧身衣、皮裙，露着乳沟，怎么看也不像大学出来的。

"那池原在大学时有没有女朋友啊？"如简不自觉地就问起来。

"当然有了，他那么帅，好多女生都追他呢。不过，池原的眼光很高，他不会轻易喜欢一个女孩子。池原大学有个女朋友，现在就在北京。"

如简一惊，"大学时的女朋友？"

"是啊，就因为这个，池原才到北京来的。你想，广东人谁愿意留北京啊。不过，他们后来分手了。"

她好似更加了解池原的事，听着听着，如简有点紧张了。

"他们为什么分手？"

"是池原又有新女朋友了。"

如简又一惊，暗想那个新女朋友是我吗？

正在错愕中，池原推门走了进来。看他的样子好像也没料到樱桃会在这里。这一次池原打破了平静，看得出他有些不自在。

"你们怎么在一起？"他问。

樱桃马上迎向他，"是我来找你，你不在家，我就在如简这里等你。如简人很好的，池原，你有个好邻居。"

嘴上真的抹了蜜，可如简并不爱听。

"你们聊了很久了？"池原看向如简。

"没有，只聊了一小会儿。"如简面色一沉。

"走吧，池原，我们上去吧。"那女人急着走，如简看池原的反应。

"要不晚上一起吃饭吧。正好你们俩都在这里，也算认识了，不用我介绍了。"池原能这么说，如简已经很满意了。

实在不想跟这个女人共进晚餐，她早就变成了胃里的石头，对着她哪会再有食欲。如简拒绝道:"不了,你们吃吧,一会儿我还要加班"。

"这样也好,那就不耽误沈小姐工作了。"樱桃得意地瞥她一眼。

看着他们两个走出去,如简又后悔应该跟他们一起去,至少能知道他们晚上都做了些什么,说了些什么话。

那晚睡得极不踏实。如简以为吃完饭他会再来,至少打个电话,结果没有。

梦境来了,那个女人又来了。她的五官鲜明,身上堆满了颜色。她告诉如简,她就是池原的女朋友,现在的女朋友。

一身冷汗,惊醒了,忽然觉得夏天就要过去。

拉开窗帘,是一个淡蓝色的早晨。

如简每天只盼着和池原见面的时刻。上班,心不在焉,只为了下班两人能腻在一起。

从此,樱桃成了她和池原之间最热的话题。

晚餐吃火锅,隔着袅袅的热气如简问道:"你大学的女朋友就在北京吧?"

池原抬起头,怪怪地看着她,"出国了。怎么想起问这个?"

"不能问啊。"

"我毕业都快十年了,你还问我大学的事。"

"你是因为她才留在北京的?"

"谁跟你说的?"

"樱桃啊。"

"她?最烦她这点,总爱胡说。"

"她好像对你的事了如指掌,我却什么都不知道。"

"我们是认识得早,她知道我的一些事。但她那些话也不能全信，好多她也是听来的，那都是胡编的。"

"她说你有了新女朋友？"如简表情认真道。

"傻瓜，你不是我的新女朋友吗？"

如简总算放下心来，可嘴上还要不停地问："那你们在一起也七八年了。"

"没那么长，我们有一段时间也没在一起。"

"为什么？"

"喂，你好像在审问啊，烦不烦啊！"池原终于耐不住了。

"樱桃知道的事，我也想了解，仅此而已。"如简怯声说。

"你们女人真麻烦，我的历史太复杂了，都过去了，我也不想说。肉都煮老了，快吃吧。"池原不耐烦道。

总觉得他在回避什么，也许每个人都有不愿提起的过去。这样逼他也没用。

事后子淇骂她："你老揪着男人那点历史干吗？你想想，如果有个男人总问我以前男朋友的事，我得多烦！你得站在对方立场想想问题！"

如简承认了错误，确实她太过纠结了，尤其对樱桃的事。

"你呀就是恋爱谈太少了，根本不了解男人！"子淇继续骂。

"都说要改了，还揪住不放。"如简委屈道。

"再说了，池原是画家，就算他和那女人有点关系也正常，有几个画家没摸过女模特的身体？"

"我可没你那么心胸开阔。"如简反唇相讥。

"那你就永远待字闺中，做个老处女吧！"

子淇的话噎得如简说不出话来。闺蜜就是这点要命，说了最狠的话，你还不能跟她生气。

沉静下来，如简觉得还是要稍作改变，刨根问底总是她最大的弱点。

刚要改变态度，池原说他要回老家，父亲身体不好，必须回去一趟。如简想同去，池原没有答应。

就在那段时间，子淇交了第一个老外男友。当她把照片发过来时，如简吓了一跳，以为她错发了网上健美先生的照片。

"怎么样？超级猛男吧？"子淇很是得意。

"你什么时候跟李婉审美一致了。"

"我比她高一个层次，她是只要是老外，她都接受，我可不是，至少老黑我是不能接受的。"

"那人可靠吗？你了解他的家庭吗？"如简关心地问。

"你又来了，我是找男朋友，不是找地下党，难道还要政审啊。你呀，说你什么好……我们俩现在特好，他对东方特热爱，他教我英文，我教他中文。那感觉真是太奇妙了……"

"你们才认识几天就好成这样了？"

那时的如简还不能明白子淇，等到她坠入"爱入膏肓"的境地时，她才明白了子淇的一切。

第六章

一进办公室就看到童童埋在格子间,头也不抬。

如简把头探过去,"喂,看什么这么入神,见我来了连招呼都不打了。"

"哪儿顾得上啊,你看,太帅了!"童童举起一本商界杂志封面,"告诉你,我最喜欢这种类型了。哎,你身边要是有这种类型的,一定介绍给我!我先谢了!"

那一刻,如简怔愣住了。这个目光如炬的男人已有大半年没有联系了。猛一看,怎么觉得如此生疏。同事关系就是这样,既然已经离开了,许多关系也随之冻结了。

童童好奇地盯着她:"你不会告诉我,这个人你也认识吧?"说完做了个鬼脸。

"他是我以前的总经理。"如简淡淡地说。一想到张总,方洁的脸也同时跑出来,好似成了一种连锁反应。

"啊!"童童几乎要跳起来,"天哪,如简,我真是太佩服你了！还等什么，赶紧引荐我认识啊！"

"人家已婚！"如简泼冷水。这种四十左右的男人好似对年轻女孩都有着致命吸引力。如简却不会在这种事上浪费时间，男人是用来暗恋的吗？还不如做同事洒脱。出力不讨好的事，女人应该少做。但这话说给童童听，她一定会跟你急，她是少女怀春的年纪，总得允许人家暗恋吧。

"已婚怎么了？已婚就不能认识了？我又没想拆散人家庭，我不就想认识一下嘛。"童童嘻皮笑脸地凑过来，央求道，"如简姐，你就做回好人，引荐一下吧。"

"如果你现在辞职了，你还会回来找老板叙旧吗？"如简反问她。

"我当然不会，咱们那个老总多吓人，肥头大耳的多恐怖，当然如果换成这位嘛另当别论，我肯定会回来叙旧的！"童童眉飞色舞道。

"那是你——"如简抢白道。

哎，女人也好色。

如简也不得不承认，对那种目光如炬的男人她也总有些不敢直视。他们一眼能把女人看穿，果断大气，雷厉风行。跟这样的男人打交道，你还未开口，在气场上已经完全输给他了。

【五年前　秋　目光如炬的男人】

内刊的工作渐渐走入正轨,不用池原的帮忙,如简也能应付自如。

方洁的脾气似乎也没以前那么火暴了,至少最近一段时间,没有太多的刁难。而莉莉的一句话却又让她重新跌入谷底。

"如简,你猜今天我听到什么?说了你可别生气啊。"

"又是什么事?"如简说着,眉毛不安地一挑。

"方总跟别人说要不是总经理罩着你,你早被开除了。"

"什么?她为什么这么说?太过分了!总经理干吗要罩着我?我犯什么错了她要开除我?!"如简气得头发都要根根竖起了,她霍地站起身来,"不行,我现在就找她问问清楚!"

"哎,如简,你别激动啊。"莉莉忙按住她,"我也是听别人说的,万一不是真的呢?"

"那能是谁说的?她要不这么说,别人能传成这样吗?"如简面色如铁。

"算了,你也别计较了,这话可能是以前说的了,最近这段我看她对你还行。"莉莉往回找补。

"说实话我真懒得跟这种人较劲,显得我没素质。"

"就是就是,好男不跟女斗,好女不跟神经病斗,消消气吧。"莉莉抚了抚她的肩膀,和颜悦色道。

能进这家公司确实是总经理把她招进来的,但她和总经理之间没有任何私交,背这么个骂名,她多冤啊。

就在池原从广东回来的前一天,樱桃又出现了。本以为她又来找池原,便冷淡地告诉她池原回老家了,并没有让她进屋的意思。

樱桃抚了抚长发,满面堆笑说:"如简,其实我是来找你的。"

"找我?"如简一愣神。

"我能进去说话吗?"她满脸堆笑说。

没办法,只有请她进来。

"如简,其实我第一次见你,就对你印象非常好。我觉得你很善良,待人也很好。今天我来找你,是想请你帮个忙。"樱桃看如简没反应,便继续说,"是这样的,我们公司现在正在做一本财经杂志,我听池原说你在咏盛集团,这可算是北京比较有分量的国企。我找你其实是想采访一下你们的总经理。因为我以前看过他的介绍,他属于既年轻又有留学背景的领导,恰好符合我们这本杂志的风格,所以想请你帮这个忙。我也是刚涉入杂志这个领域,有个熟人引荐,可能比较好说话。你是池原的朋友,也就是我的朋友,我想你一定会帮我这个忙的。"

话筒直都让她给说圆了,再不答应,似乎显得不近人情。如简只好说:"好吧,找机会我帮你问问,但不一定保证他会同意。"

"没关系,只要你帮着说一下,我就好做工作了。"

接着樱桃便开始掏心掏肺,搞得像闺蜜般跟她热聊起来。她说她是湖北人,从小受了好多苦,先上了中专,后来又考上了大专,与池原同一个学校。为了生存她当起了模特,就这样跟池原认识了。她说她跟池原谈过恋爱,现在是好朋友。

听到这里如简惊愕住了。完全跟池原说的不一样,他们不是普通朋友吗?

"你们谈了多久?"如简尽量保持冷静。

"也没多久,两年左右吧。后来,池原又交了别的女朋友,我们就分手了。不过我们俩也没什么,完全是那种精神上的恋爱,不是你想的那样。那时我还小嘛,完全是纯美的精神恋爱。我跟池原差五岁,因为他上学晚,所以他比同届的学生都大,我就喜欢成熟的男人,那时我就觉得池原很有男人味。"

如简有点听不下去了。他们居然谈了两年的恋爱,甚至比她和池原还要久!

"如简,看得出你也挺喜欢池原的,不过池原肯定不会喜欢你这类女孩子的,因为你太瘦了,池原喜欢丰满的女孩。"

"是吗?那你应该是他喜欢的那类了?"如简冷笑。

"可上学那会儿我还小嘛,还没发育啊。"

"我说的是现在。"如简冷言道。

"现在……"樱桃沉吟了,顿了顿她说,"现在我们是好朋友,就像你和池原一样。"

前半句话如简听进去了,后半句话完全不能接受,难道池原始终也没跟她说清他们之间的关系?

"池原怎么跟你介绍我的?"如简有点凌乱了。

"你是不是想探听池原对你的印象啊?其实在我面前池原也没怎么说你,以后有机会我帮你问问吧。"

这话就像一记冷枪,打得如简微颤。

"那你现在还喜欢他?"如简问到重点。

"我们是好朋友嘛,当然是互相喜欢啦,就像你对池原一样啊。"

真狡猾!这种女人放在池原身边太不安全了。

每次这个女人一出现,如简跟池原之间便多了更多的问题。所有的问题对如简都是一种折磨。那种怀疑和煎熬令人无法冷静。

暮色涌出来，把冷空气也带出来。看来秋天真的来了，等待她的会不会是一场风暴？

第二期的内刊终于出炉，如简拿着厚厚的一摞送到收发室，准备给各个部门分发。

好不容易等到电梯，她喊了一句："等一下。"

刚冲进电梯，如简就看见了总经理，不知怎么的，偏偏这时候手一滑，杂志落了一地。

"慢点，不用那么急。"总经理蹲下来帮她收拾。

"张总，我自己来就行。"如简手足无措，又懊恼之极。

总经理把杂志交到她手上，"怎么样，工作还顺利吧？"

"噢，挺好的。"如简尴尬地笑笑，突然脑子好像发神经般居然想到了樱桃，她挣扎着还是把那件事说了出来，"对了，总经理，我的一个朋友是财经杂志的，想对您做一个专访。"

"专访就算了吧，我比较怵这个。"总经理笑笑。

"其实也不是什么专访，只是想跟您聊一聊。她们杂志也不是做人物，就是想聊一下做企业的事。"

"随便聊一聊可以，说企业可以，说我个人就算了。"总经理温和地说。

"她们杂志还是挺正规的，不是针对个人，就是谈谈企业的运营什么的，只是随便聊聊。"不知为什么，话说到这儿，如简倒想努力促成了。

"那你让她明天下午三点钟来吧。"总经理终于答应下来。

"好的，谢谢张总！"如简粲粲地一笑。

目送总经理走出电梯，忽又觉得自己有些多事，真是神经大条了。

池原从广东回来后,如筒特意做了一桌子的菜。

正当他吃得心满意足的时候,如筒还是把心里的疑问说了出来:"为什么骗我?"

"怎么了?我骗你什么?直说好不好?"池原脸色突地一沉。

"樱桃来找我了,她说你们谈过恋爱。"如筒心里发酸。

"还有呢?"池原冷淡道。

"这还不够吗?你还有多少事瞒着我?"如筒有些崩溃。

"我告诉过你,我都毕业十年了,你总拿十年前的事来说我,有意思吗?谁都有过去,是,是她喜欢我,可我并不喜欢她。我们之间就是这样,没有别的!"池原站起来,火气很大。头一次见他这样,"其实我并不想搭理她,你不觉得她那个人说话很假,很爱吹嘘吗?我只是同情她,她一个人在北京,有时她找我帮忙我不忍心不帮她。"

"那你一开始可以跟我说啊,我又不是那么小气的人。"如筒只觉得委屈,那股酸涩已从胸腔漫到鼻尖了。

"说这些有意思吗?我不想让你为这些莫名其妙的事烦恼。"

又一次屈服了,如筒说不过他。她相信池原说的话,始终都是自己的多疑在作怪。

"池原。"如筒从背后抱住他,"原谅我,是我不对。"

"那你今晚别走了。"池原把问题抛给她。

"那我们结婚好不好?"如筒也没想到自己竟会脱口而出这一句。

"你还这么年轻着什么急结婚啊?"池原飘忽不定。

"可你也不小了,你不想结婚吗?"如筒说得毫无底气。

"现在不是挺好的吗,我现在正是冲事业的时候,三十五岁再考虑吧。"

如筒的心凉了一半,身体也瞬间变得僵硬。

月亮在窗外发着清冷的光。原来已是这样夜了。讶异地望着这轮明月,心冷似铁,怅然落空。多想这时池原能轻轻地走过来,说:"如简,我们结婚吧!"

……

电话铃声把记忆打断,小慧着急的声音爆出来:"如简,你在哪儿呢?QQ点你也不理。"

"我在办公室呢。"如简这才看一眼电脑,刚才走神了。

"我发你的链接看了吗?"

"马上看,是什么?"如简这才打开。

一张熟悉的照片直刺眼球,标题写道:"热心捐助事业的海先生来到中国扶贫基金会为贫困山区的学生捐献了五万元。"

如简盯着照片,完全愣住了。

"看到了吗?你看那照片像不像袁桐?"小慧问。

"不是像,这根本就是袁桐,可报道怎么说是海先生?"如简一脸疑问。

"可能用的化名吧。"

"他捐款不就是为了出名吗,干吗还匿名?"如简不解道。

如简再细看报道:

昨天上午,热心捐助事业的海先生来到中国扶贫基金会为贫困山区的学生捐献了五万元。我们对他进行了专访。海先生说,自己的父母过世很早,家里很穷,他上大学时,母亲用几床旧被褥才给他凑了一床被子。那时候还没有这样发达的社会捐助机构,只能靠亲戚朋友帮忙。现在有这个条件,他希望可以帮帮那些想上学的孩子,一天看不到这些孩子上学,他一天睡不安稳。……在政府部门工作的海先生,身为局级干部,他经常通过慈善机构捐赠,他希望他捐的钱能给孩子一个好的未来……海先生捐款后，还报名参加了志愿者寻访活动，计划亲自去体验调查贫困孩子的生活。他表示，还会直接给孩子一些帮助。海先生说只要他还有钱，他就会继续捐赠下去。……最后，海先生对记者说："授人玫瑰，手有余香。"我们真心呼吁社会能多一些像海先生这样的好人！

"以前听子淇说他是一个商人，怎么又成了在政府部门工作的局级干部？"如简疑惑道。

"那是不是换了工作？"小慧想出一招，"这好办，给写这篇报道的记者打个电话不就问出来了。我看这篇是转载《京华时报》的文章。"

"好，那你先联系，有什么结果马上告诉我。"

挂了电话，如简努力回想子淇口中描述的袁桐。记得第一次见面，袁桐请她们吃日本料理，一餐就吃了一千。子淇说商人挣钱快，吃起来也不心疼。难道他真的弃商从政了？

一直到下班也没等来小慧的消息，如简急得把电话打了过去。

小慧没好气道："别提了，那个记者我联系上了，结果他说那人确实是个局级干部，没留全名，只说称他为'海先生'。我问他是不是叫袁桐，那个记者也不知道。"

"这就奇怪了，做了好事不留名，那他图什么？钱多了没处送？他要真这么优秀正直，怎么会动手打人？又怎么还会逼着子淇堕胎？"如简不解道。

"啊，子淇为他堕过胎？"小慧惊到了。

如简这才发现失言了，"咳，都是过去的事了，你可不能再告诉第二个人啊。"

"放心，我的嘴严着呢。真没想到他是这样的人，还动手打女人，真不要脸。照你这么说，确实这事有点蹊跷，他做这事的目的是什么？会不会他根本就不叫袁桐？难道叫袁海？"

"不可能，子淇亲口说的他叫袁桐，怎么可能撒谎呢？绝不可能。"如简坚信子淇的为人。

"那还有一种可能，也许是咱们都看错了，也许捐款的这人根本不是袁桐，仅仅是长得像而已。"

"也可能……可这也太像了吧……"

越分析越觉得这事没谱了。如简把照片放大再仔细看，似乎此人比袁桐胖了一些，或许真的是另有其人？

第七章

　　宋冰来北京出差,第一时间打给了如简约见面。如简刚说要通知小慧,谁知宋冰却说:"就咱们两个人见吧。"
　　听口气,不似从前,想必是有事情发生。
　　匆匆赶到约好的西餐厅,宋冰早已等在那里,那样子有点吓人,整个人瘦了一圈,眼睛底下有深深的阴影。
　　"这是怎么了?怎么变得又黑又瘦,最近出去旅游了?"如简试图让她放松下来。她的眉头、双肩紧锁,一副即刻就要崩溃的神色。她又何尝不曾没有过这副神色?那种痛她懂。难道宋冰也遭遇了感情危机?
　　"我可能要离婚了。"话脱口而出的那一瞬,宋冰的五官垮下来。她明白再不找个人说说,可能就会疯掉了。
　　"怎么了?发生什么事了?"如简早有心理准备,可还是没想到会是跟离婚扯上关系,"才结婚一年就要离?"她还是有些吃惊。宋冰的婚礼也参加了,那个男人斯斯文文的,她印象颇好,怎么已闹到离婚的地步？

"这一年我们基本没在一起，他去山东挂职了，这一去就是一年。家里又有病人，他妈长年卧床，我还得照顾他妈。我成什么了？做饭加照顾病人的保姆？！"宋冰一肚子委屈。这种委屈积压到一定程度一定会暴发出来。

"可你们毕竟结婚了，他妈就是你妈，你不照顾谁照顾？再说也可以请个保姆啊。"婚姻是一门学问，没有走进去，似乎都不知这里面的高深。

"他舍得请保姆？你可不知道他那个抠啊！我当初为了他放弃北京，跟他到山西过日子，我图什么？现在想想真是后悔死了……他一点儿不体谅不说，还总是嫌我做得不好，见面就吵架。我到底图什么呀？活得那么苦……既然已经觉得不幸福了，为什么我还要选择这个婚姻？"说着宋冰的眼泪就下来了。

架也吵过了，劝也劝过了，仍解决不了问题，似乎离开是唯一的选择。

如简忙安慰说："你忘了当初你们俩一见钟情，他又英俊又帅气，除了没有北京户口外，你不是都满意吗？当初去山西我不是还劝过你吗？你当时说什么，婚姻总是要牺牲，你不去山西，你们俩就得分手。你自己当时爱得要死要活的，谁也拦不住你啊。"

"那是他当初没本事留北京，我只能跟他走。我又不是美女，能找到他这样的，其实我心里挺满意的，去也就去了。可哪知道他家里是这么个情况。当初我们俩谈恋爱的时候，什么都好，怎么我们俩一结婚，所有的问题都来了……"泪来得更凶了。

有时外因也是致命伤，它会慢慢地转成内因。就好比摔到了骨头，可能一点儿事也没有，也可能几年后就转成了骨癌，这种变化谁也没法控制。婚姻也一样，谁也无法预计。

"这天灾人祸的谁能预料到？你既然爱他就该爱他的全部，你不接受怎么办？"如简也是纸上谈兵，她自己也明白，可当下她也只能这么劝。

"我受不了了，我想离婚！我来北京之前我们大吵一架，他死活不同意离。我是铁了心了，反正现在也没孩子，离就离了。我这次回来，我们家也同意我离，再这么下去，我快疯了……"

"现在你对他一点儿感情都没有了？你确定？"如简冷不丁地问。

宋冰沉吟一下，目光坚定地说："再美的爱情，谁能抵得过这些琐碎？如果没有他妈这事，我们可能也不会离，可现在已然这样了，谁也改变不了。而且现在他挣那点工资都不够给她妈看病的。你想，他们家在农村，哪找单位报销去？说实话，我都几个月没逛过商场了。我还这么年轻，为什么要选择这样的生活？我承认我是有点自私，可在爱情面前，谁不自私？"

如简沉默了，她同情地看着面色憔悴的宋冰。是啊，再美的爱情，又怎能抵得过生活的琐碎？

"你打算怎么办？"如简定定地问。

"我想先搬回北京来。既然他不同意离，我们就先分居吧。如简，你知道吗，我们一结婚他就去外地挂职了，我们算什么夫妻？连夫妻的实质都没有！我一边守活寡，一边当保姆，你说我是不是吃饱撑的？咱们同学中，谁还比我惨？！"女人是控制不住要去比的，跟同学比最自然，也最戳心窝子。明明是同一个起跑线，怎么能输在婚姻上？婚姻明明是锦上添花的事，既然已经添不了花，甚至连锦都快没了，那还要婚姻干吗？

如简劝不下去了。她能理解宋冰，可才结婚一年就离是否有些草率。她知道这时候劝什么也没用，不如让宋冰自己冷静下来再做打算。

结婚不需要理由，一个"爱"字足矣；离婚却需要理由，只一条"不爱"就成立了,其他说什么都是多余。结与离之间,悲喜一瞬间。

　　失婚和失恋对女人来说都不是好事,虽然未经历婚姻,但如简是从失恋中走过来的,那份痛楚多年后都刻骨铭心。

【五年前　冬　爱情最霸道的地方】

池原从广东回来,他和如简的关系好似疏淡不少。晚饭也不经常在一起吃了。如简有些抓狂。

这天她按捺不住地说:"池原,月底我过生日了,有没有礼物送啊?"这话问出来好似白痴。

"你想要什么?"池原表情淡淡的。

"如果非要我说,那我想要一幅画。"如简终于说了出来。

"什么画?"

"就是你答应给我画的那幅画啊。"

池原点点头,但又随即说道:"可现在到月底就两个星期了,时间有点紧,我最近太忙了,回来好多事情要处理,欠了杂志社好多画……"

池原的解释她不想听了,脸拉得老长:"你忙就算了,我也只是随口说说。"

突然什么都不想说了,心好累。

第二次在公司见到樱桃,是她来给总经理送杂志。她非常感谢如简的帮忙,并送上了香水和巧克力,还非要请她吃饭。

"你知道吗,如简,第一次见面我就对你印象挺好的。我在北京没有什么朋友,我把你当成我最亲近的女朋友,可以吗?"樱桃这样说，如简都不知该怎么接话，只好硬着头皮笑笑。

谁会扬手打笑脸人呢？虽然她不喜欢樱桃，但确实也不是她的错，毕竟她认识池原在先。

饭桌上，如简试探地问："樱桃，你怎么还不结婚？"

"没合适的啊，男人多不可靠呀。"樱桃嗲嗲地说。

"不可靠？"

"你没觉得吗？你觉得像池原这种男人就可靠吗？像他这种不愿结婚的男人，女人跟了他也是浪费青春。你看我认识他的时候才多大，现在我都快三十了。"

如简心里咯噔一下，每次樱桃提到池原，她都会提心吊胆。

"池原为什么不愿意结婚？"如简故作平静地问。这是她心里解不开的结。

"可能怕离婚吧。他父母很早就离异了，可能有阴影吧。"樱桃说得风轻云淡。

"父母离异？怎么从来没听池原说过，他母亲不是过世了吗？"如简脑中一片混乱。

"傻瓜，这种事他会随便告诉你吗？你又不是他女朋友，他干吗告诉你这些。"

如简一时语塞，忍着没说话。

樱桃继续说："他大学那个女朋友对他伤害也挺大的。你想啊，池原为她留在北京，结果她自己跟别人跑了。"

"他现在有新女友了，应该不会再计较以前的事了。"如简努力平静道。

"他现在这个女朋友我看也长不了。你以为池原是什么人，他是情圣，哪个女人能拴住他的心？我看他也是玩玩的，打发寂寞吧。"

如简完全不能接受这样的结论，"你又不是当事人，你怎么知道?!"

"我跟他都认识多少年了,你别忘了我们俩谈过恋爱的,我太了解他了。"樱桃的声音高了八度。

"你们在一起时……有没有……难道你们只是精神之恋?"如简忍不住问。

"干吗问这个,傻瓜,你没谈过恋爱吗?你谈恋爱都做什么我们也做什么呀。"

如简没胆量再问下去。

子淇在电话中说:"如果池原跟樱桃上过床那又怎么样,人家认识在先。这种事避无可避,你不能计较的。"

子淇说得是没错,可如简心里不舒服。

一个星期没跟池原联系,一个电话也没有,如简觉得自己像个失恋的可怜虫。

每天好似度日如年。她不知在等什么,心底还在隐隐地期待。那种滋味何等煎熬。原来思念一个并不思念自己的人是如此艰辛。

那天下班,如简刚走出写字楼,一个甜腻的声音冲她喊过来:"如简,我等你好半天了,打你电话一直占线。"

"你怎么来了?"如简一看又是樱桃,竟有些厌恶。

"呶,这个送你的。"说着她从包里拿出一盒巧克力,"你不是喜欢吃吗,我特意给你买的。"

"你别送我了……其实我并不爱吃巧克力的。"说实话如简并不想和她走得太近,她始终不喜欢这个女人。

"那我请你吃饭吧,今天我有喜事告诉你。"樱桃一脸灿笑。

"噢……我今天约了人……改天吧。"如简委婉地拒绝。

"这样啊,那我陪你走一段吧。"说着她又从包里掏出一本杂志,"如简,我不在财经杂志做了,我去了一家时尚杂志,我觉得做时尚更适合我，做财经太枯燥了。给你，这里面有我的新名片。"

"你才做了几天就不做了？"如简有点吃惊。

"对呀，我这不也给你们总经理送名片来了。我觉得你们总经理挺时尚的，将来我还要做他的专访。又成功又时尚的男人正是我们杂志需要的。"

"你是来找张总的？"如简杏眼圆睁。

"顺便嘛，我当然主要是来见你的嘛。"樱桃娇嗔道，"张总人特别好，我们聊了好一会儿呢。"

如简有点汗颜。

"以后我们杂志的活动就多了，到时候我都叫上你吧。这样你也可以多认识人，没准还能找到男朋友呢。我是不想那么快找，我的追求者太多了，而且给我介绍的也一大堆，我都拒绝了。我要找早有了。男人都没有一个好东西，我早对男人失去兴趣了。再说，我现在一个人过得挺好的，我才不急着把自己嫁出去呢。婚姻和爱情是两回事。我可不想得到了婚姻，丢了爱情……"

如简有些听不下去了，她打断道："你最近跟池原联系了吗？"她竟然向樱桃打听池原。

"有时打电话吧。"樱桃张口就来。

"他跟女朋友怎么样了？"如简像个没头苍蝇，全无章法了。

"我觉得可能快不行了吧。"

"为什么？"如简浑身一激灵，"他跟你说的？"

"我猜的。因为有一天我问他女朋友的事，他竟然不让我提，还要跟我发火似的。他以前可不是这种脾气，我估计他们一定吵架了。"

如简沉默了。胃部猛地一抽搐。

"樱桃，你是不是现在还喜欢池原？"没头没脑地，如简又问了一句。

樱桃沉吟了一下,"喜欢有什么用,又不能结婚,我可不想浪费时间。女人的青春多短暂啊!"

那就是说还喜欢。如简仔细地睨着她的脸,发现她也并不很难看,今天的妆化得恰到好处。果然是做了时尚杂志没以前土气了,只是及腰的长发还是有些雷人。

"其实我要把池原抢过来太容易了。"樱桃忽然扔过来这么一句。

这话令如简一窒,片刻不能呼吸。

"我们毕竟以前是男女朋友,分手也是因为后来那个女孩儿用卑鄙手段插进来的,所以她也没有什么好下场。骗了池原的钱出国你觉得光彩吗?"樱桃目光中透出不屑,"只是我不想抢,池原他算什么东西值得我去抢。有一天,即使他跪着求我,我还得考虑考虑呢……"

如简脸一沉,"你这样说池原也太过分了。"

"如简,你误会了,我的意思是说池原挺花的。这么不安分的男人我不会考虑的。"樱桃又缓和一下。

在如简眼里,池原根本就不是花心的人。此刻的她又怎么能听得了这样的话,她扔下一句"我还有事我先走了"便径自离开了。

这场无聊的对话一点儿营养都没有,如简发誓再也不见这个叫樱桃的女人了。

夜晚,半梦半醒中,短信来了。一定是池原,如简一把抓起手机,却是大学同学陈峰。胃又开始抽搐。

我们能聊一聊吗?

如简没理会。他又发了第二条:

你觉得我如果天天给您发短信,会有收成吗?

真是又气又想笑,如简回道:

你就死心了吧,我都快结婚了。以你的条件会找到更好的女孩，祝你幸福！

他又发：

这是你最后要跟我说的话吗？这条路已走到了尽头？姑苏已过？

如简只好关了机，胃疼加剧，哪儿还有空跟他应付。

早晨一上班，方洁就把如简叫去训话："你这期内刊做得什么版式？！别以为你已做了几期就可以马虎了，拿回去重弄！"

"可现在已经是第三校了，马上就要开印了，如果你觉得版式不好，那一校时你怎么不说？"如简反唇相讥。

"你这是什么态度？有你这么跟上司说话的吗？我说重弄就必须重弄，没什么好说的，身为员工就要听从上级领导的安排，哪儿那么多话。你出去吧。"

那张可怕的脸在她面前不断放大膨胀，快将她整个人吞没。忍！忍！忍！永远在忍，何时是个头？

走进茶水间，如简欲哭无泪，她机械地拿起手机想也没想就给池原打了电话。此刻的如简比任何时候都想他。

"你怎么一星期也不给我打电话？今晚我们见面吧。"电话一通，鼻子已发酸了。

"我今晚要参加一个活动，明天好吗？"池原并没有听出她声音的异样。

"我就想今晚见你。"如简任性的。

"今晚回来可能很晚了，你能等我那么晚吗？明天见也是一样的。"池原淡声道。

"不一样！"如简的眼泪落得更快。当然不一样，今天是她的生日，池原早把一切都忽略了，更别提她想要的那幅画了。

"那你愿意等就等吧……"电话就这样挂断了。

如简怔愣着合上了手机,泪猝然而落。这一次她觉得自己真的失恋了。

也许是太渴望恋爱了,有时刻意追求来的东西总会有它的问题,就像太想减肥的人试图寻找捷径一样,最后的结果往往令人沮丧。

如一盆凉水兜头倾下,所有的希望都破灭了,从没觉得自己如此失败。一种撕心裂肺的痛即刻沁入心底……

子淇也带来了坏消息,她和老外男友分手了。原因只有一个,她发现那男人吸毒。

子淇反而安慰她:"算了,别再为男人患得患失了,你看看我,跟袁桐打成那样,堕胎、出国,好不容易交一新男友还吸毒,我不也过来了吗?如简,你就是太单纯,太没经验了,现在还有几个像你这样一张白纸的?爱情是需要手段的,别的女孩为了男人什么手段都能用得出来,现在多少女孩主动往男人身上扑啊,为了达到目的,她们什么都无所谓,什么都做得出来。"

"可我做不出来,我要是那样就不是我了。"如简倔强地说。

"你当然做不出来,如简,其实我就是喜欢你的单纯,但我是女人,不是男人。男人未必会这么看你。我觉得你应该看点这方面的书,学一些有用的经验,如何与男人相处。你那么好的一个女孩儿一定会有好男人珍惜你的。如果池原那么不在乎你,将来后悔的那个人一定是他。别再为男人烦恼了,相信你自己是最好的。在我心里,没有哪个男人能配得上你,真的,如简,你一定要有自信啊……"

跟子淇聊了一会儿,心情好多了。何时能变得像她一样坚强?

真不想被爱情捉弄,可偏偏又身不由己。这是爱情最霸道的地方。

第八章

周末与小慧碰面，如简开口便问："最近和宋冰联系了吗？"

"没有，她向来不主动和我联系，我看她最近 QQ 都不在线，不知道她忙什么。"

看来宋冰的事小慧还不知情，便不再说下去，"我是觉得咱们好久没聚了，突然想起她了。"

小慧打断道："别说她了，今天我是要跟你说件正事。"

如简脸色一沉，"又有什么事？"

"你还记得上次咱们去 798 看的那个画展吗？我们公司给那个画家出了本画册。那老头特高兴，说要给我画幅油画，当然还说也要给你画一幅。"

"给我画？我上次都没跟他说过话，不合适吧？"

"有什么不合适的，白给你画一幅你还不干？他说你特适合当油画的模特。我看他想给你画是真的，我就是一引子。"小慧噘嘴道，她自知相貌平平，又有些略胖，怎么能入画家的法眼。如简就不同，她清瘦，又总是一副楚楚可怜的样子，不就是画家想要的调调。正因为知道，所以才要搭这个桥。画家哪能得罪，一幅画卖出天价的，大有人在。说不定哪天就火大发了。

"我没兴趣。"如简脸上却一片悒郁，她已把画画这件事埋入心中的那口深井。

小慧知道她那个脾气，还是陷在池原的怪圈里出不来。她心气太高了，一旦受了伤，恨不得十年怕井绳。

"咱不至于吧，我都答应那老头了，你怎么也给我一个面子啊。"

这件事点到如简的痛处了，她再不想碰了，更不想跟小慧做任何解释，"我真的没兴趣。"

小慧看着她那个倔强的样子，只好叹气。

伤什么也别伤女人的自尊。分手有千百种方式，选择伤自尊的方式，只会两败俱伤。爱情能善始善终，一定是双赢，一方打垮另一方都不是光彩的事。小慧深知如简内心的伤口还没有痊愈，便也不好再作声。

【五年前 冬 等爱的女人】

那个生日过后,如简以为什么都结束了,没想到那晚池原会请她吃饭。

"如简,不好意思,我这段太忙了。我正在筹备我的画展,有个画廊想给我办画展,我们谈得不错,对方也很有诚意。"那天池原兴奋得像个孩子,画展的事似乎掩盖了之前所有的不愉快。

如简也跟着兴奋起来,"真的,太好了!"那一刻,如简发自内心替他高兴。他还是那个池原,一切都是她多疑小性作怪。

"时间定在下个月底。"

"那还有一个月时间,可以好好准备准备。"如简雀跃道。

"其实也没什么好准备的,只是我还欠你一幅画。你看我忙到连你生日也忘了。我还得赶紧画出来,争取就在那天展出。"

"真的?池原——"如简刹那间泪盈于睫。认识池原这么久,今天是最感动的一天。他的一句话竟把之前所有的阴霾一扫而空。

"傻瓜,哭什么,我不是早答应给你画了嘛。"池原又露出了招牌笑容。

"那明天就开始画好不好?我请假给你当模特。"如简激动的心沉笃笃地跳。

"不用了,小傻瓜,不用看着你我也能画出来,你的样子早在我脑子里了。只是,我还没想好画成什么意境。"

"随你画好了，画成什么我都喜欢。"如简粲笑。

"嘴这么甜了。"池原笑了笑，"不过这段时间就不能陪你了，这可是个艰巨的工程。你看你长得那么没特点，最难画了。"

"你损我呢，我有那么差吗？"如简也笑笑，"放心，这段时间不用你陪，你专心画画。"

"我可能要搬到郊区去，就在宋庄，那里有个画家村，比较安静。我想在那儿画。那家画廊都给我安排好了。"

"那……好吧，那你有空要给我打电话啊。"

如简依偎在池原怀中，任他轻抚着脸颊，两人就这样黏在一起一路走回家，像一对久别的恋人。越来越习惯池原的爱，一种不能割舍的爱。

刚进家门两人就吻在了一起，那个全情投入的吻，那个炽热缠绵的吻，那个神魂俱动的吻，多年后都令人慨叹回味。

那一晚，如简没有回家。所有该发生不该发生的都发生了。她不知自己何时下的决心，她就是想留住眼前的这个男人，不想再失去……

"用身体能留住男人吗？如果能留住，袁桐为什么还会离开我？"子淇曾经这样质问过她。

"不管能不能留住，都不想错过。"如简好似一夜长大。

"傻瓜，好男人是不需要挽留的，是你的男人终归是你的；不是你的，强留也没有用。"

"你怎么变得这么灰了？这不像你的风格。"如简有些诧异子淇的转变。

"你以为我的风格是明知山有虎偏向虎山行吗？那是你。飞蛾扑火的事我才不干呢。"子淇好似大彻大悟般。

有时如简也不能明白子淇，她明明就是飞蛾，明明为了爱情引火烧身，奋不顾身，偏不肯承认。在如简面前，她向来不肯示弱。

她是骨子里好强。

那天看着画廊的人把池原接走,如简忍住自己的不舍,留给他一个温润的笑。直到车子消失,如简仍迟迟不肯离去,仿佛那个空间里依然有他的气息。如简深深吸口气,仿佛再用力一点儿就能把他吸回来。

与池原这一个月的离别如此漫长,对于她是何等艰难。没有了日月星辰,日子是否还能过下去?池原的气息消失了,如简的心亦随他而去。掩映在暮色中的她变成了一具空空的躯壳。

一早上班,莉莉兴奋地跑过来说她要订婚了!

如简吓了一跳,"你这也太神速了!"

"女人一过二十五可就过了保鲜期了。你看我都有鱼尾纹了,再不抓紧那怎么行。女人的青春啊一眨眼。如简,你也要抓紧啊。男人就要看紧,你稍一疏忽,就有可能出现意外。我就是不想夜长梦多,赶紧订婚。"

"我还没那么急吧……"如简知道其实不急的人是池原。她看着窗外一片雪白,心里不是滋味。是啊,女人的青春一眨眼,有什么能留住青春呢?爱情能吗?

"对了,如简,还有件大事忘了告诉你。"莉莉脸色突然一变。

如简最害怕她一惊一乍,"什么大事?方洁的事我可不想听。"

"不是她,是总经理。"莉莉正色道。

"张总?怎么了?"如简心跳加速。不知为什么,只要一提到总经理,她总有些莫名的紧张。

"你忘了前一段我不是听说方洁在闹离婚吗,其实不是方洁,是张总。"莉莉瞪着一双大大的眼睛,神秘兮兮地说。

"不会吧,你的消息哪儿来的呀?"如简不能置信,总觉得像总经理这样的男人应该是有责任感的,怎会轻易离婚。

"真的,这次是真的,有一次我偷听方洁打电话来着;她跟别人说的,这还有假。"莉莉肯定道。

"这个女人真可恶,什么话都乱传。"如筒微蹙着眉,"那到底为什么事离的啊?"

"这个不清楚,我听说张总的老婆也是个女强人,也可能两人都太强了过不下去?"

"已经离了吗?"如筒还是不能置信。

"好像在分居吧。"莉莉又俯身过来,悄声说,"哎,你说这下方洁不是有机可乘了?"

"张总能看得上她吗?"如筒一脸疑惑。

"也是,只怕十个方洁加起来也追不上……"两人促狭地笑了。

幸好办公室里还有莉莉做伴,不然这枯燥的办公时间不知该如何打发。

打开房门的一刹那,满室都是思念的味道。

梦中,如筒一次次见到那幅画——画中的女子甜美地笑着,一身纱裙,色彩清雅,慵懒地靠在沙发上——池原眼中的我应该就是这个样子。

等如筒真正见到这幅画时却大吃了一惊,完全出乎她的想象。

那是一个忧郁的女子,轻轻地坐在窗前,头发随意垂下,不施粉黛,整个人笼在一种淡淡薄荷色的光线里,惆怅地望向远方。一身素裙,还有手上那只古香古色的银镯子,衬得那束光更加沉郁凝重。最特别的是她的眼神,不光是忧郁和惆怅,还有一丝不安,一丝渴望,一丝爱恋,一丝想念,一丝期盼,还有一丝隐隐的心痛。

对,这就是那个恋爱中的我,就是那个爱上池原的我。只有他才能捕捉到我这种别样的眼神——盯着这幅画，如简内心一片波澜，更多的是阵阵的狂喜。

虽然这幅画超出了之前所有的想象，但却没有让人失望。这幅画是有生命的，看得出那一笔一画中透出的那种了解和关爱，看得出池原对自己的用心和疼爱。那幅画让她深信：池原是爱我的。只有那种源自内心的爱才能让他画出这眼神中的微妙。这种微妙只有彼此爱恋的人才懂。

如简深深地陷落到池原的怀抱中，泪水猝不及防，滚滚而落。

池原并不为她拭泪，只是带着那种惯常的笑睨着她，睨着她。两人长久地看着，看到累就吻在一起，吻到累又抱在一起。

直到眼泪流干了，池原才问："为什么哭？喜欢这幅画吗？"

如简使劲地点点头："喜欢，真的很喜欢！你把我画得太美了，我的侧面有那么美吗？"

"当然，你的侧面是最美的。"

"池原，谢谢你，真的谢谢你。"

泪又来了，池原不让它流下来，不停地吻下去，"喜欢就不许哭了，笑一个我看看。一个月没看你笑了。"

如简破涕为笑，她想象自己的样子一定很丑陋。

重新抱住池原，不舍得松手。

"如简，我已经给这幅画想好名字了。叫'等爱的女人'怎么样？"

"好土啊。"如简把脸埋在他胸前。

"那就叫'盼郎归'好了。"

"讨厌。"如简笑出来，"更土了。"

"那叫什么？"

如简突然把头抬起来，定定地看着池原，"我有了，就叫'你是我的日月星辰'，好不好？"

"太肉麻了吧,有点不严肃。"池原打击道。

"听我的嘛,就依我吧,就叫'你是我的日月星辰'好不好?"她在池原怀里耍赖。

"那好吧,都依你。"池原拗不过她。

那幅画有了名字,就叫"你是我的日月星辰"。如简喜欢这个名字,因为池原就是她的日月星辰!

吃完饭,如简赶紧把画挂到墙上。

当两人还沉浸在久别重逢的悸动中时,一个电话将所有的欢乐赶跑了。

是池原的妹妹打来的,他父亲再次病重,让他速回。

"那画展怎么办?下星期就是画展了。"如简担心地看着他。

"只能推迟了。我再跟那家画廊打电话商量一下。"池原的眉头纠结在一起,从没见他这般无奈。

"池原,我能做什么?"

"你别管了,我来处理吧。"池原的心情差到连一句话都不想多说。

如简知道画展对他的重要,她自责自己什么忙也帮不上。两人默默对望着,连呼吸都是局促的。

池原匆忙收拾了一下就赶去了车站,相逢不到一天,又将面临新的离别。

如简送他上了火车,泪洒站台……

第九章

夏天的气息一点点沁入皮肤，令人神清气爽。

中午跟童童边吃午餐边聊，她神秘兮兮地说："哎，听说市场部来了个亚洲小姐，你见了吗？"

如简一愣，"什么亚洲小姐？亚洲小姐到咱们公司上班？还不早进军影视圈了。"

"是参加过亚洲小姐的选美。"童童大喘气，"不过听说进了前二十名呢，也相当不错了。"女人对能有勇气参加选美的女人还是充满艳羡的，不仅是需要勇气，至少人家还是有一定资本的。

"那咱们公司男同胞有福了。"

"可不，那个王涛一大早就到市场部踩点了。这帮男人，简直喜新厌旧。记得我刚进公司的时候，王涛一大早还给我送咖啡呢，现在连见面都不打招呼了！真过分！"童童咬牙切齿的。

连同事都会喜新厌旧，更别提自己的另一半了。男人大多如此，你计较，你就空生一肚子闷气。

如简刚想安慰，小慧的打电话打进来，"喂，你猜我今天看到谁了，我居然在大街上看到宋冰了！"

"这有什么大惊小怪？"如简不以为意道。

"看见她当然不奇怪，只是她身边的老公换人了！我看她挽着另一个男人的手，那样子至少比她小十岁，特别年轻一小伙子，还特帅。"小慧对八卦向来敏锐。

"你不会看错人了吧？"如简眉头一蹙，上次与宋冰见面她还在爱与痛的边缘。

"宋冰我还能看错。"小慧肯定地说。

"那没准是她表弟什么的。"如简试着解释，心里却清晰地映出了那个画面。

"我傻呀，表弟能那么亲热吗？这里边有情况。"小慧断言道。

好奇心又来了。女人就是这样，对男女八卦总是乐此不疲、寻根究底的，就算事不关己，也无法做到高高挂起。

记得宋冰说要在北京住一段，不会是已经离了，迅速发展了新恋情？想想应该不会那么快。上次见面，她已憔悴成那个样子。

"没准是误会。"如简只能这么想。

小慧声音一扬："什么误会，我看得约宋冰出来聊聊了。"

"别人的家务事你可别再管了，你忘了以前的教训，你一掺和小事都得闹大了。"

小慧的优点是热情，缺点就是太过热情。有时好心也会办坏事。几年前樱桃的那码事又从记忆中跳出来，现在想来就是一场闹剧。

【四年前　早春　一场闹剧】

樱桃终于看到了那幅画。她一半羡慕,一半嫉妒地说:"哇,这是画的你啊,好美啊,谁给你画的?不会是池原吧?"

"是池原画的。"如简本想掩饰,话说出来却是这样了。

"真的是他给你画的啊?他什么时候给你画的?"樱桃的语气并不友好。

"早画的了,我一直没挂出来。"如简故意这样说。

"我知道池原就喜欢画人物,上大学的时候他就给我画过了。"如简当然记得那幅画,那个丰满的裸体。她知道樱桃也是故意的。其实她内心并没有完全放下他,只要提到池原,她就有一股情绪。

"我见过那幅画,你的身材真的不赖。"如简有挖苦的意思。

"池原也这么说。不过,男人有时也看脸蛋的,如简,你长得不难看,要有自信哦。"

"你什么时候看到我不自信了?"如简反唇相讥。

这场对话眼看就要进行不下去了,樱桃赶紧从包里拿出一条丝巾来,"噢,对了,如简,差点忘了,这是我送你的礼物,快看喜不喜欢。"

看来送礼物是樱桃最喜欢的游戏,这招儿对如简来说却并不讨好,她面无表情道:"我平时很少戴丝巾,你送给别人吧。"

"我就是拿给你送人的。这是我们杂志的广告商送的,很贵的,你不喜欢留着送人好了。"樱桃笑眯眯的。

她这个样子，如简拿她一点儿办法都没有。

接着樱桃开口了："如简，我最近认识了一个大老板，非常有钱，他想出本自传。对了，你身边有没有出版社或者文化公司的朋友介绍我认识一下。这个老板很有钱的，让他出个十万块没问题的。如果你的朋友能给他出这本书，至少也可以赚一笔啊。我想想肥水不流外人田嘛，所以先问你啰。"

如简马上想到小慧，不得不佩服樱桃这一张嘴，巧舌如簧。什么事经她一说，都像是捡了大便宜，可内心她真不想多这个嘴。

想了想她说："我有个朋友确实做出版的，但她未必对这个题材感兴趣，我只能帮你问一问。"

"好啊，那你问一下，我想她肯定会同意的，放着十万块谁不想赚啊。"

跟小慧通了电话之后，谁知她马上激动地说："如简，我正愁没选题呢，太好了！如果他真愿意出十万块，当然得干呀！你赶紧帮我联系，我跟那个樱桃见个面。"

小慧都这么说了，如简还不得不帮这个忙。

就这样，樱桃认识了小慧。

接着一场闹剧开始了，都是小慧出的馊主意。

话题是由陈峰开始，小慧八卦道："你知道吗，去年陈峰为了追李婉居然跑北京来上托福班了，就为了也能去澳洲，结果忙活一通也没考上。现在又开始追托福班的一个女孩儿，说是追到四川去了。"

如简一副匪夷所思的表情，"我看这个陈峰，是个女的他就想追。这么大人了还干这么幼稚的事。"

"对了，他不是还追过你吗？"小慧又旧话重提。

如简倒胃口般指指脑袋，"我看他这里有问题，别提他了。"

"我看这里有问题的不止他一个,你不觉得樱桃跟他有一拼吗?跟她接触几次,我可真有点受不了了。那个能吹啊,那个嗲啊,简直有点神经质了。"小慧露出夸张的表情。

"你们认识也好,替我分担一下,不然她总来找我,这下她可以多找找你了。"如简坏笑道。

"我倒有个主意,樱桃不是单身吗?干脆给他们俩撮合一下怎么样?"小慧灵光一现。

"你说撮合樱桃和陈峰?!你可别瞎撮合了,他们俩肯定不成。再说樱桃才不会见介绍的呢,你别看她外表挺轻浮的,内心傲着呢。她说她对男人没兴趣,不想找。"如简泼冷水,她可不想掺和这事。

小慧不屑道:"就你傻,她的那些话都是说说而已,越是嘴上说不想找的,其实心里特想找。她一看就是离不开男人的那种人,而且床上功夫绝对一流。"

"不会吧,我怎么看不出来。"这方面,如简是白痴。

"你看她乳房那么大,一般都是性生活特好的女人胸才大呢。这点常识你都没有?"

"是吗?可她现在是单身。"如简愣愣地说。

"你这个傻瓜,没有男朋友并不代表没有性生活啊?像她那样的这方面不会缺的。樱桃既然帮了我一次,介绍了这么一个大作者给我,那我当然要回报她了。第一次看见樱桃,我就有这想法了,我觉得他们太配了。你看都是小地方出来的人,以前都吃过苦吧。陈峰那么矮,正好樱桃也不高。最重要的是两人都神神叨叨的,精神境界还差不多,多合适啊!"小慧越说越兴奋。

"听你这么一说倒有点门,不过陈峰就喜欢漂亮的,他可能看不上樱桃。"

"但樱桃有胸啊,其实她也不算难看,捯饬一下还行。再说她又会发嗲，挺能迷住人的。"小慧说得合情合理。

"那樱桃也未必看得上陈峰啊，他又在外地，现在又没正经工作。"

"其实陈峰也不差，虽说咱们看不上他，但他好歹也是名牌大学毕业，比起那些没上过大学的人还是强不少的。我看他跟樱桃挺般配的。没准我还成就了一桩好姻缘呢！"

"那随便你，这事你张罗，可别拉我下水，这两人我都惹不起。"如简正色道。

"放心，我办事你放心。"

就这样小慧策划了一桩姻缘，可怎么看都像是恶作剧。

两天之后，小慧的电话就打来：
"如简，你猜怎么着？他们俩现在在网上聊得火热呢！"
"不会吧？"如简哭笑不得。
"真的。刚才樱桃还打电话跟我表示感谢呢！说有幸能认识师大的高才生。她说就想找个学历高的。那个陈峰更别提了，看了樱桃的照片，就觉得是他这辈子想找的女人！"

"天哪，绝对可以拍电影了。可我估计他们一见面就见光死了。"

"那不一定，现在说每天要打爆一张电话卡，照这个速度发展下去，肯定见面直接就领证了。"

如简被小慧逗得乐不可支，"但愿他们能成。"

这声祝福是发自内心的，如果樱桃有了男朋友就可以放下池原了，至少她也安心了。

池原不在的这段日子成了如简情感最苍白的时期，却成了樱桃和陈峰的热恋期。

一次樱桃来找如简吃饭，主动说起了她的热恋。

"如筒，我觉得你们班同学都挺好的，小慧还给我介绍了你们班的才子陈峰。我们太投缘了！我觉得他又有才华又有思想，人长得也不错，尤其是眼睛，你不觉得他的眼睛有些像池原吗？"

她的一句话差点没让如筒把嘴里的饭喷出来！

"不会吧，他怎么可能像池原？！"如筒抗议。

"我是说眼睛。别的地方当然不像了。我觉得他挺不错的，对我也非常好，他很会体贴女孩儿。"樱桃说得温柔极了。

"是吗？他怎么个体贴法？"如筒忍住笑。

"有一次他给我打电话，我正在痛经，他就马上给我特快专递了妇科药。我当时真的挺感动的。你知道吗，他还给我寄来了好几盒巧克力，说是补送我的生日礼物。其实他现在也没什么钱，人又在四川，可是他把挣的钱都花在我身上了。我们的电话卡都打光了好几张了，每次都是他打给我，打完一张，他就让我等一下，他再插第二张又打过来。我们之间真的有聊不完的话。"樱桃越说越动情，"他跟我说了他的童年、他的理想。我觉得他好有抱负。他还说要带我一起出国，说要在国外给我办一个盛大的婚礼。好像从来没有人对我这么好。如筒，我真的太感动了！一开始我也没想到我能这么快地爱上他。因为你也知道他比我小几岁，我以为他会比较幼稚，没想到他在感情方面那么成熟。我都怀疑他是否谈过好多次恋爱，结果没想到我还是他的初恋！"

如筒彻底蒙了，她是在说陈峰吗？

"你们都谈婚论嫁了？可你们还没见面呢。"如筒一头雾水。

"他说非我不娶，我也非他不嫁。"樱桃表情夸张，"他说即使见面看到我不够漂亮他也不在乎。我也是，即使他本人不那么英俊，我也不在乎。我们都已认定对方了。什么外表、金钱、家庭啊，这些都不重要了，重要的是我们相爱！"

如筒被惊到，相信小慧听到这些话也会疯掉的。

"那你们真打算结婚?"如简吃惊地问。

"是啊,他说我们春节结婚,他春节到北京来娶我。"樱桃一脸陶醉,"如简,恋爱的感觉真好!我现在觉得他就是我的全部!你知道吗,他歌唱得特别好,他经常在电话里为我唱歌。白天我们在网上聊,夜里我们打电话,一聊就聊到凌晨,我们永远有说不完的话。他跟我说了他的初恋故事。他说那个女孩是家里为他挑的,人长得很漂亮也很有钱,他父母想让他们一毕业就结婚。可他说遇到了我,再没有哪个女孩能取代我的位置。他说我是他活到现在人生最大的惊喜!他很会说甜言蜜语,还会写诗呢!如简,你的同学真是个很优秀的人。你怎么没早点把他介绍给我?"樱桃完全陷入了一种情境,不能自拔。

"我以为你看不上他呢。"如简应付道。

"怎么会?如简,你太不了解我了。其实我自己也挺意外的,我也没想到我会跟一个比我年纪小的人谈恋爱,还这么投入。我以前挺排斥姐弟恋的。我以为我只喜欢年纪大的,以为只有那样的人才成熟、有魅力,看来我以前是大错特错了。"

看来樱桃终于可以忘掉池原了。

"如简,你也赶快谈恋爱吧!别在这儿虚度青春了。"

"是啊,我也要向你学习。"如简也欢快起来。

"我现在可想结婚了,可还有一个月才到春节呢,好漫长啊!"樱桃发嗲地伸了伸胳膊,"如简,等我结婚那天你一定要当我的伴娘啊,小慧就当证婚人,把池原也叫上,让他看看我有多幸福!"

"好啊,没问题。"如简也雀跃了,仿佛明天就是那场婚礼,那颗惶惶不安的心,终于可以安定了。想到这里,突然觉得美好就像一张网,从头到脚笼罩过来。如简依稀看到池原就坐在对面,投过来一个抗拒不了的温柔的微笑。

眼看到了月底，池原来了电话说要过了春节才回北京。见面的希望再次落空。

这几日一直没有樱桃的动静，如简头一次主动问她：

"你跟陈峰的婚礼怎么样了？下星期可就是春节了。"

"别提了，我正想找你聊聊呢，你在家吗？我马上过去找你。"

如简说了个咖啡馆的名字，约在那里见。

半小时后，樱桃风尘仆仆地赶来。一见面她哭丧着脸说："如简，陈峰太过分了，他非让我先去他家见父母。"

"那怎么了？你是应该先见见他父母啊。"如简诧异道。

"凭什么呀，他还没先见我父母呢，我干吗去见他父母？"樱桃颐指气使地说，"再说了，谁给我出飞机票啊？他不把机票钱汇过来我怎么去啊！他可真好笑，总不能让我自己掏钱吧。"

没想到她能说出这种话，如简心中一凛，"那你跟他要啊？告诉他你要机票钱。"

"这还用我开口吗？他应该主动寄过来，他要娶我，又不是我非要嫁他。"这才是樱桃本来的口气，如简一点儿不吃惊。

"上次见面你不是非他不嫁吗？"如简讽刺道。

"我说过吗？他那么穷，我怎么可能嫁他？再说他又比我小那么多，结了婚还不知能不能过到一块儿呢。"

"你们之间发生什么事了吗？"樱桃的转变实在有些大，如简有些匪夷所思。

"没有，他对我还是挺好的，只是他太穷了，总觉得他没什么前途。"樱桃靠到沙发上，神情怠懒。

"你不是说你不在乎钱吗？"

"谁不在乎钱，没钱怎么生活啊？我觉得他根本养不起我，我要穿名牌，我要吃好的，我要住大房子，我要开名车，这些他能给我吗？"这才是樱桃的本来面目。

"你早知道他没钱啊,那你当初还跟他折腾什么?"如简不耐烦地说。

"可我还想要爱情啊,他只能给我爱情,却给不了别的。"樱桃一副欲哭无泪的样子。

"那你现在打算怎么办?"

"我也不知道,所以才来找你啊。如简,快帮我想想办法,我想跟他说分手,可我又不想伤害他。陈峰还是个很单纯的男孩儿,我怕他受不了这样的打击。"樱桃抓着她的手臂哀求。

"这事我可管不了,你自己的事只能你自己解决。你既然爱他,怎么会跟他计较钱,你还是不喜欢他。"如简直言不讳。

"谁说的,我还是挺喜欢他的。他就是没钱。你知道吗,他刚找到工作,到现在连工资都没拿到。他拿什么娶我?将来跟了他还不是受苦!"

"那你就跟他说分手算了,还有什么好纠结的。"

"可我不忍心啊,昨天他还在电话里哭了。男人其实也很脆弱的,我们俩都哭了。如简,你说我该怎么办?"

"我也没办法。"怎么看樱桃都像在演戏,如简没有半点同情。

"如简,我知道你会帮我,你能不能帮我去跟他说。"

"不可能,这种事我帮不了你。"如简果断道。

现在如简心里开始埋怨小慧,这事真有些棘手了。

两天后小慧打电话来火急火燎地说:"如简,陈峰打电话来说樱桃失踪了!"

失踪?她可太会演戏了,这种事她也干得出来?如简怔愣住。

"如简,你说怎么办?这事还真闹大了。你说这个樱桃,她要是不想结婚就说清楚,玩什么失踪啊?你赶紧找找她。"

放下电话,如简打她手机,关机;发短信,不回;打到杂志社,同事说她休假了。看来樱桃还真是躲出去了。

晚上，她才回了短信：

如简，我现在不在北京，你跟陈峰说一下，让他别来找我，来了也见不到我。你让他对我死了心吧，我不可能跟他结婚的。

如简把短信转给小慧。

"这个樱桃，有毛病吧，她自己把陈峰弄得鬼迷三道的，现在一走了之，让咱们给她收拾残局，她可真会想啊。我看她就是成心，她故意拿陈峰耍着玩，把他假想成恋爱对象，就要一种恋爱感觉。一看陈峰认真了，她就想跑。"电话那头，小慧愤愤地说。

"她也没那么坏吧，可能她就是不想跟他结婚。确实像陈峰那人也太不靠谱了。"如简试图站在中间立场。

"这时候你还替她说话。算了，我赶紧阻止陈峰，别让他来。"

半小时后，小慧又打来电话："这个陈峰执意要来，说已买好了飞机票。真是疯子，他们俩的事我真不想管了。"

"你不管，那我更没理由管了，还不是你当初的馊主意。"如简后悔当时真应该阻止小慧这个疯狂的想法。

"别呀，你再给樱桃打电话，她肯定在北京，你让她出来见面，总不能陈峰来了让咱们俩接待吧。"小慧气道。

"千万别拉上我，我可不想见那个人。"如简气得头大了。

"别呀，好歹你也算半个介绍人啊，不能把我一人晾在一边吧。"小慧央求道。

一想到陈峰的那张脸如简就够了。思前想后，她只得又给樱桃拨了电话，这次电话通了："你干吗呀，玩失踪啊？明天陈峰就来了，你跟他见一面，好说好散，你这么躲起来也没必要啊。不就是要分手嘛，你当面跟他说清楚就完了，有什么可躲的？做不成夫妻，做朋友，你至于吗？"如简厉声道。

"对不起，你是哪位？你找谁呀？"

一听到樱桃这么说，如简火了，明明就是她的声音！

"就找你,我是沈如简,你不会连我的声音都听不出来了吧?"

"对不起,我是她妹妹,我姐姐出差了,现在不在北京。"

妹妹?什么时候跑出个妹妹来?

"你不就是樱桃吗?她出差不带手机吗?"如简气极。

"我真的是她妹妹,我姐出差去了,她忘带手机了。"

这种戏码她也演得出来。如简直觉得自己后脊发凉。这个樱桃有点过分了。

"好,那你转告你姐姐,她自己做的事自己解决!"

啪的一声,如简扣了电话。

小慧也没料到樱桃会使出这招儿,这个女人,太低估她了。想了想,小慧发了一条短信过去:

樱桃,明天晚上我们跟陈峰见面,如果你还把我和如简当朋友,希望明天晚上你能来!地点在川悦酒楼。否则我们连朋友都没得做!

发完短信,小慧一肚子气。做个媒还惹上事了,真是吃饱撑的没事做!

就在跟陈峰见面前的半小时,小慧收到了樱桃的短信:

再告诉我一遍地址,我决定跟陈峰见面。我请你们吃饭!

总算她还有点良心。小慧长长地松了口气。

那天三女对一男的场面真是超级好笑。

樱桃显然做了准备,穿了一件低胸粉上衣,化了浓妆。乳沟的位置恰好对着陈峰,他甚至连头都不敢抬。樱桃更是一派沉默,顶多夸一下菜的味道,再聊一聊小慧公司的情况,全是些不痛不痒的话。偶尔陈峰给樱桃递过来餐巾纸,趁机偷看她一眼。那场面真是好笑。

"喂,你们俩也多说说话啊,你们不是一聊一个钟头吗?"小慧活跃气氛。

"噢，樱桃小姐，您最近好吗？"陈峰这一问，令人差点要喷饭。

"我挺好的，你呢？"樱桃一派高高在上的姿态。

"我还可以吧，你们杂志社还忙吗？"

"挺忙的，春节还要加班，可能就没时间陪你了。本来我还想陪你在北京转转，现在看只能再找机会了。"樱桃故作姿态道。

"没事，你忙你的，北京我也没什么可转的，该去的地方也都去过了。"

他们俩刚聊了这几句，又没话了。怎么看都觉得像两个陌生人。

气氛重新陷入尴尬。如简悄悄踢了小慧一脚，小慧便开口了："噢，对了，我和如简还有点事要先走了，你们俩再多聊会儿吧。"

没想到樱桃也跟着站了起来，"正好我也要加班，那咱们就一起走吧。"

陈峰的脸更加尴尬，他只好也起身，"那就一起走吧。今天我来请你们吃饭，能同时请三位美女吃饭也是我陈某人的荣幸。"

"还是我请吧，老同学来北京，哪能让你请啊。"小慧客气道。

明明不是说好樱桃请的吗，怎么此刻她噤声了？

如简气不过，直接把钱交给服务员，大声说："小姐，买单！"

那一声把他们三个都镇住，樱桃脸上红成一团。

一场闹剧终于结束！

小慧埋怨如简那天不该结账，就该让樱桃结。

一听樱桃的名字，如简就让她打住。这个人从此不想再有来往。

没想到陈峰走后的第二天，樱桃又找上门来。

"有事吗？"如简堵着门，不打算让她进来。

"如简，我是来跟你道歉的。你能让我进去说吗？"一看到她那副欲哭无泪的样子如简实在懒得跟她啰唆。

进门后，樱桃像怨妇一样诉起苦来。

"如简，那天很感谢你请我们吃饭，那天真应该让我来结账，说好我要请你们的。"

"你来就是要说这个？！"如简怒气未消。

"我知道我不该这样对待你的同学，可我也是没办法，他非要跟我结婚，你知道他跟我逼婚有多恐怖吗？我真的有点怕他了，所以我才不敢见他。"

"那你撒谎干吗？"如简不依不饶。

"我没撒谎，我真的出差了，但我一看到你的短信我还是赶回来了。离开北京那两天我也是想清静一下，让自己冷静地想想。后来我妹妹跟我说你打电话找我，我想想还是回来吧。逃避也不是办法，我不该让你去帮我解决问题。"

"你还真有个妹妹？你们俩声音可真像啊。"如简讽刺道。

"是啊，我们俩的声音一模一样。好多人打电话给我都以为是我呢。"

"还有事吗？"如简的忍耐力快到了边缘。

"如简，其实你那个同学挺好的，我也差点想嫁给他了，可是你知道有一天他跟我说了什么吗？"樱桃用了一种近乎崩溃的表情说，"他竟然问我是不是处女？他竟然会这么问，他说他不能接受他爱的人不是处女。"

樱桃几乎要哭出来，如简冷眼看着，难道戏还没演够？

她接着说："我觉得那是对我的不尊重，我告诉他我早不是处女了，我都二十八了，如果我还是处女那我也太丢脸了。我觉得你这个同学真是太可笑了。"

如简保持沉默。

"如简,你猜他后来跟我说什么,他竟然让我去做处女膜修复手术。他说他娶的人一定要是处女。你说这种人能跟他结婚吗?我觉得恶心,我根本不想见这种人!"樱桃越说越激动,眼泪很配合地流出来。

"既然这个情况,你说清楚就完了,有必要躲起来吗?算了,事情也过去了。你就当不认识这个人吧。"如简也懒得再为这件事费口舌了。

"想忘记哪儿那么容易,毕竟他给我带来了那么多美好的回忆。你知道吗,我把我们俩打过的电话卡都收集起来,我想等我们见面的那一天再拿出来,一定会非常感人的……可现在,竟然弄成这样……"樱桃挤出最后一滴泪,带着哭腔说,"如简,你还生我气吗?"

此刻还能说什么?如简拿面前这个女人一点儿脾气都没有。

樱桃忙走过来搂住如简的双肩,"亲爱的,我就知道你不会生我气的。走吧,我请你吃饭,对了,这是我送你的巧克力。"

"我说过多少遍了,我真的不喜欢吃巧克力。"如简作势把东西一推。

"噢,差点忘了,呶,还有这个,这个香水你肯定喜欢的。你一定要收下,这次我是真诚过来跟你道歉的。你要不收下,我真的会寝食难安的……"

看着樱桃这个样子,如简真是无可奈何……

樱桃走后,屋子里终于安静下来。如简打开窗户清走那股刺鼻的香水味。要知道池原并不喜欢那个味道,她也是。

翻开日历,还有三天池原才会回来,幸好只是三天!过去也不会太难。

子淇说:人一辈子不可能只爱一个人,之所以不能从一段感情中走出来,不是因为那个人,而是因为爱情本身。因为我们都会爱上爱情。男人的善恶其实很好分辨，只是看你是否愿意去分辨。以前她把爱情想得太美好，可最后受伤之后才不得不去分辨，这是女人最大的弱点。

如简并不认同子淇的话，她坚信爱的是池原，绝不是爱情本身。

墙上的那幅画静静地立在那里，如简痴痴地望着，望到暮色深浓，再也无法分辨。

那段对话依稀而来——

"就叫'你是我的日月星辰'。好不好？"

"太肉麻了吧，有点不严肃。"

"听我的嘛，依我吧，就叫'你是我的日月星辰'好不好？"

"那好吧，都依你。"

……

就在那一片暧昧的光线里，她看到池原来了。

第十章

中午,员工食堂。童童坐在对面,眼神却是左顾右盼。

找准目标后,她探过头来说:"哎,快看你对面第五排王涛旁边那个美女,看到了吗?"

如简用眼神找过去,目光落在一个金发美女身上。

"她就是那个亚洲小姐,怎么样,看到了吧?"童童悄声说。

"还不错,年轻,时尚,肤白,腿长,是个大美女。"如简肯定道,眼睛里有赞许。并不是所有女人都会对美女排斥的,也有惺惺相惜的。

"你也觉得她美?我怎么觉得一般啊,我觉得还没你好看呢。"童童不屑道。

"能一样吗?人家刚二十出头,嫩得能挤出水来。我都马上奔三十了,能比吗?"如简说完忽然觉得自己就老了。是啊,转眼已是剩女了,有点悲哀。

"你看着年轻,又是瓜子脸,不显老的。你跟她坐在一起,我觉得就是同龄人。"童童马上送上安慰。

"什么时候嘴上抹蜜了。"如简抬头又不经意地看向那个位置，王涛正殷勤地给她夹菜。那金发女子也不客气，俨然一对情侣。

"都说他们俩已经好了，不过我不信。她能看上王涛那个穷光蛋？她一看就是得傍大款的主儿。听说对面单位有个局级干部还追她呢，就是年纪大点，能当她爸了。"童童八卦道。

看来女人更热衷八卦美女。哪个地方有了美女就多了更多的谈资，连吃饭都多了话题。

见到宋冰的时候，她已焕然一新，头发染成酒红，耳环项链一应俱全。记得以前她明明是个不爱打扮的女汉子，如今脱胎换骨，竟令如简有些意外。

"已经离婚了？"如简好奇地问。

"没有，他还是那个态度，坚决不离。"同样的话，这次她用了完全不同的语气。看得出，事情有了转折点。

如简上下打量她，"怎么觉得你已经康复了？上次你那么憔悴，这才一个月时间你就恢复了？"如简有些不置信。什么能令女人心神俱变？除了爱情，还有更有效的良药吗？

她甜蜜一笑，"如简，不瞒你说，我谈恋爱了。"

"你还没离婚呢？！"如简睁圆眼睛。这个转折太过神速。

"那怎么了，反正早晚能离成，事实分居两年怎么也离了。"宋冰不以为然，那不管不顾的样子完全是个热恋中的女子。

"这样不太好吧，这算你有外遇，如果真打起官司来，你会吃亏的。"如简劝她。

一个女人疯狂的时候，另一个女人必须得冷静，不然怎么做心灵捕手、情感导师？女人之间是经常需要角色互换的，因为女人永远对自己的事情迷糊，冷眼旁观别人的事都分析得头头是道、一针见血。

"我在北京,他在山西,你要不说他怎么知道?他总不能派私家侦探跟踪我吧?"宋冰不当回事。

被幸福冲昏头脑的时候,不可能劝她冷静。

"你怎么也变得这么开放了,你以前不是总说子淇、李婉开放吗,现在你也变了?"如简看她如沐春风的样子,又不忍打击她。

"我跟她们不同,她们开放是找男人上床,我不是,我是真爱。如简,我也没想到我会爱上他,他比我小五岁,可是心智特别成熟。我也没想到我能接受姐弟恋。他就喜欢我这种短发运动型的女孩儿……"

每个女人说起自己的爱情细节哪能轻易刹住车,如简打断道:"他知道你还没离婚吗?"

"我跟他说了,他说等我。"宋冰深情地笑了一下,那表情如简只在她婚礼上见过。

如简刚想开口,宋冰的手机响了,她的那种你侬我侬的表情更深了一层,"我正和大学同学喝咖啡呢……好,一会儿我去找你,你完事了先去买点菜,嗯……"

不用问就知道是谁。

"你们……同居了?"如简忍不住问。她似乎问得有点大惊小怪。

宋冰甜蜜一笑,"嗯,不住一起怎么加深了解,我可是认真考虑过的。我当初结婚的时候就是没试婚,结果怎么样?不合适,也不幸福。"

"这人你了解吗?靠谱吗?"这话也问得多余,热恋中的女人谁会承认自己的另一半不靠谱。

所以如简只等来这个回答:"绝对靠谱,我们俩都认识一年多了。"

"你们怎么认识的?"如简接着问。

"他就在我家旁边的健身俱乐部当教练,我以前也见过他,这次回来又加了微信联系的。"宋冰唇边的笑始终无法隐去,"我也没想到我俩能那么快地发展,我本以为自己已经心如止水了,是他唤回我重新生活的勇气。"

"你不会是因为他才动了离婚的念头吧?"如简一语中的,好似一下子明白了前因后果。

"离婚怎么可能是一个原因,肯定是综合考虑才做的决定。也许他只是个导火索,最根本的原因肯定还是因为我们俩过不下去了。这事说来话长……"宋冰正打算痛说家史,手机音乐又响了。她说了几句,便着急地站起身来,"不行,如简,我得先走了,他说刚才锻炼的时候胳膊扭了,好像挺严重的,我得赶紧陪他上医院……这事下次再聊啊,我先撤了……"

如简无奈地摇摇头。怎么都是些为爱痴狂的女子?

窗外不知何时下起了细雨,看看窗玻璃上映出的自己,那又何尝不是个为爱痴狂的女子?

【四年前　春　画展风波】

池原回来了，带着满脸的疲惫，也带来了噩耗。

"父亲这次没能挺过来。初三去世的，是肝癌晚期。"他眼眶深陷，脸颊凹进去一大块。

如简心疼地抱住他，就像抱一个受伤的孩子。盼了这么久，却盼来了一种更悲伤的情绪。

那晚两人睡在一起，抱着彼此的身体却没有任何睡意。

看着他那张消瘦的脸，如简心如刀割。

多希望他能快些痊愈，把她抱起来高高举过头顶，再一起倒下，笑个天翻地覆。

没想到几天后更大的噩耗再一次降临。这个打击令池原崩溃了。原定给池原办画展的那家画廊突然宣布取消画展。

第一次看到池原落泪。如简知道这次画展对他意味着什么。

"其实可以自费办画展的。"如简想不出任何办法，却冒出这一句。

"所有的钱都用来给父亲看病了，哪还有钱？"池原表情痛苦。

"大概需要多少钱？"如简试探地问。

"这个你别管了，你也没多少钱。"池原的脸埋在暗处，他似乎已不抱任何希望了。

那表情，如简不忍再看。无助中她回了家。

如简先打了几个咨询电话。附近一家艺术馆的最低报价是每天四千。如果展一星期就得两万八。如简想了想,不就两万八嘛,如果两万八能换回池原的朝气和信心,她愿意拿出来。

第二天一早,如简去银行取了钱,两万八对她来说远不如池原的事业重要。

瞒着任何人,如简把钱交到了池原手上,没想到他当场拒绝了。这个做法竟然让他更加受挫。池原摔门而出。

她想不通池原为什么要这样,难道在她面前他还讲什么自尊吗?看着散落一地的钞票,如简委屈地哭了。

第二天去公司,气氛更诡异。大家都闷在座位上,就连平时聒噪的莉莉今天也安静得像只兔子。正想跟莉莉说话,只见方洁从另一个房间破门而出,脚步凌乱,脸上挂着两行泪,边走边哭。

这一场景可是百年不遇,如简惊到,忙悄声问:"喂,莉莉,到底怎么回事?谁能把她气成这样?"

"你还不知道啊,今天副主任辞职了。"

"啊,为什么呀?"如简太意外了,李锐对她来说一直是精神支柱,现在这个支柱都离开了,她怎么办?

"还不是方总,她眼里不容人。听说副主任也是受不了她的气才辞职的。"

"那她哭什么呀?"如简不解地问。

"咳,觉得没人帮她了呗。你想,平时所有的活儿基本都是副主任干,这下他一走,谁干呀?你以为她是舍不得副主任走啊,她那是哭自己呢。"

没想到像方洁这样的女人也会流泪。正错愕着,那女人冲了出来,对着一屋子的人嚷道:"我告诉你们,你们谁想走尽快走,地球离了谁都能转,别以为走一个天就塌下来了,你们谁走我都不怕,连副主任都走了,我还怕谁!你们要走都给我走——"

整个一个泼妇骂街。如简的脑袋嗡的一声响。

都是些让人不快的事。看着窗外,她心情坏到了极点。

副主任的离职倒给如简提了一个醒,或许真该换一个环境了。

晚上无法面对池原。他竟为钱的事赌气,电话也不接了。男人的自尊难道比女人的关爱更神圣?

我到底做错什么了,要这样对我?如简还在气头上,可她又不想这样纠缠下去。矛盾中她想到一个办法,只有这个办法能救池原了。

第二天午餐时间,如简找到了原来那家打算帮池原办画展的画廊,说明原委之后,她把三万块钱递了上去。

如简央求道:"画展能否按原计划进行?但千万不能提我和钱的事,你只需要给池原打个电话就好……为了这个画展,他辛苦准备了很长时间,他父亲刚刚去世,如果画展再办不成,对他打击太大了!你一定要帮帮他……"全是诚恳的话,画廊老板一时竟也不好拒绝。

下班,如简若无其事地来找池原,就当什么事也没发生过。

还没说一句话,池原就把她抱住了,如简一窒,吓了一跳。

"原谅那天我的失礼。"

没想到池原竟会先道歉,如简笑笑说早忘记了。

真的不记得了,只记得画展又要如期举行了,想象着那天池原会高兴成什么样子……想着想着,泪就来了,那是幸福的泪,跟以往的如此不同。

池原吓坏了,以为如简还在生他的气。

如简吻住了他,什么也不让他说,只想深深地吻一次,吻掉他内心的伤痛和疲惫。

果然是那家画廊给池原打了电话。他脸上透出孩子般的兴奋:

"如简，你还不知道呢，那家画廊又给我打电话了，说我的画展如期举行了！"

"真的？太好了！"如简幸福地看着面前的男人，一切比预想的还要顺利。

池原一下子把她抱起来，高高举过头顶，再一起倒下，笑个天翻地覆。

就是这样了，这就是如简想要的幸福！

如简恳求池原答应一件事：不要展出那幅樱桃的裸体画。

池原笑笑说那幅画早就卖出去了。

如简紧绷的脸这才放松下来。

池原骂她醋坛子。如简调皮地跳到他背上，肆无忌惮地笑了。

事后，子淇骂她傻，有几个男人会珍惜女人在背后默默的付出？

如简却不觉得，她只想永远保守着这个秘密，直到有一天老得哪也去不了，躺在摇椅上回忆往事时，再分享这个秘密。那该是件多美的事啊。或许那时也不告诉他，把这个美好的秘密带到另一个世界，在天堂相遇的那一刻再细细分享。

子淇骂她疯了，就像当初如简骂她一样。

恋爱中的女人智商本来就是零。谁也不用责怪谁。

"这件事你一定要说出来，至少应该让池原知道你对他的爱。"子淇劝道。

"你不了解池原，如果那样做的话，只会是一种伤害。"如简异常冷静。

"你这样对他会把他惯坏的。"子淇担心地说。

"已经惯坏了。"如简大咧咧地一笑。

"你呀，太傻了。你这么投入，我怕你没有退路，会受伤害。"子淇分明看到了另一个自己。

"已经做了，没什么可后悔的。"如简孤注一掷，她从没想过退路。

谈话无法再进行下去，谁也劝不动彼此。

离池原的画展开幕还有四天，如简比他还紧张，当然更多的是兴奋。

正想把画展的消息告诉小慧，她就来了电话。

"喂，如简，李婉从澳洲回来了，今晚聚一下，老地方幽蓝小馆。"

"好啊，我正好有事跟你们说。"如简兴奋异常。

一见面，李婉的造型令人大跌眼镜。原本直直的披肩发变成了大波浪，天蓝色的眼影加深蓝色睫毛，超大的耳环快要压到脖子，超低V字领上衣露出深深的事业线。更扎眼的是她那双金色的超高高跟鞋，使她看起来比原来足足高出了一头。

"哇噻，好性感啊！"小慧都看呆了。

"看来一出国就是不一样啊。"如简附和道，"你这头发什么时候长这么长了？"

"咳，假发，没看出来吧。"李婉一笑百媚。

"喂，怎么搞得这么夸张。"小慧边抚弄她的假发边说。

"我刚参加完一个PARTY。好刺激啊，没想到国内的PARTY也快赶上国外了。"李婉兴奋地说。耳环随着她说话的节奏一跳一跳，充满魅惑。

"你怎么还买了这么多东西？"如简看到李婉的包都快撑破了，"又买什么好看的衣服了，快拿出来给我们展示展示。"

"哎，别动，里边可不能看。"李婉护住包，故作神秘道。

"什么宝贝，神神秘秘的？我们又不抢你的，"小慧做了个鬼脸，"不会是什么见不得人的东西吧？"

李婉神秘地一笑,"儿童不宜。"

"李婉,你不会刚出国就学坏了吧?"如简睨着她,扮起家长来。

"什么呀,你们以为毒品啊?"李婉促狭地一笑,"这不国内便宜嘛。你可不知道我在国外吃了多少苦。我还不得保护自己啊。外国人都特自私,你要跟他是一般朋友,他根本不帮你,除非你们上了床,他才有可能帮你。"李婉换了另一种心情。

"有那么严重吗?那你得牺牲多少次啊?"小慧吐吐舌头。

"哎,我可不是随便的人啊,你们想哪儿去了。"李婉嗔怪道。

"那你到底交了几个男朋友啊?"小慧八卦起来。

"其实也不多,七八个吧。"李婉轻描淡写道。

"啊,你这才出去多长时间啊,已经七八个了?!"小慧惊叹道。

"合不来则散啊,不耽误彼此的时间。亲爱的,我们还有多少时间浪费啊?我现在的男朋友一米九几呢,超帅!"说着,李婉拿出手机来,众人一看,眼睛一亮,果然帅得像好莱坞明星。

"我看比小贝还帅。"小慧眼睛放出光来。

正在说笑中,如简的手机响了,竟然是樱桃。她冲小慧眨了眨眼。

"樱桃,今晚不行,我们大学同学聚会。"如简正色道。

"是吗,那太好了,我特想参加你们大学的聚会,一定有不少美女吧,亲爱的,我一定要来,你们在哪儿啊。"

"不太好吧,你又不认识,你来了也会不自在。"如简皱起眉头。

小慧在一旁跟李婉耳语,自然是解释樱桃和陈峰的往事。

"没关系的,小慧我也认识,好久也没见面了,我还挺想她的,我一定要过去,你们等我啊。"

"哎——"如简还想着怎么拒绝,李婉笑着说:"没事,让她来吧，我倒想看看她是何方妖女把陈峰迷得五迷三道的。"

不一会儿，樱桃就来了。一坐下，她就盯着李婉看，"你就是李婉吧，你可真漂亮，我采访过那么多明星，她们本人都没你好看。你看你的皮肤多好，那些明星的皮肤可粗糙了，一点儿都比不上你。"

果然嘴甜，李婉回道："是吗？我看你也挺漂亮的，听说你是做杂志的。"

"是啊，我是如简和小慧的好朋友，我们认识好长时间了。总听她们说起你，说你是班花兼校花，今天终于有机会见到了，真是荣幸。我这趟可没白来。"

如简和小慧面面相觑，这嘴上功夫一般人都学不来。

"……听说你现在在澳洲读书，跟我们说说你那边的生活吧。我对澳大利亚也挺有兴趣的，今年可能我也会过去一趟，你也知道做时尚杂志的就是这样，要全世界地跑……我们可不像你们，我们可累死了，每星期几乎都要参加一些时尚 PARTY 和聚会，还得穿晚礼服和高跟鞋，你说有多累啊……而且我还是编辑部的主任，我手下的那些小孩可不好管了，每天都得操心……别人可以不坐班，但我做主任的一天不去就大乱了……明年我们头儿还想让我做执行主编呢，我都不想干了，多累啊……你们知道吗，有一次我去法国，一下飞机，立刻就有人找我签名，非说我是巩俐。我都说不是了，他们非说是，搞得我很尴尬呢……"

在座的人几乎都快把含在嘴里的茶水喷出来。这些话杀伤力太大了，如简和小慧还有所准备。李婉头一次领教，差点没背过气去。她赶紧补了一句："我看你还真像巩俐，其实你比巩俐年轻多了，至少他们应该说你像章子怡啊……"

"还真有人说我像章子怡呢，我自己觉得不像，我又不是平胸，不知道哪里像。"樱桃含笑如花。

小慧终于把嘴里的茶水喷了出来。

李婉赶紧转移了话题,这时才说出这次回国的目的是要回来写一篇论文,有关环保的,让大家给她出主意。

"这事你得找陈峰,听说他现在就在环保局工作。"小慧擦了擦嘴,忍住了笑。如简意会,这是故意说给樱桃听的。

果然,一听到陈峰的名字,樱桃的脸色倏地沉下来。

"陈峰到环保局工作了?看来他混得还不错啊。那还真得找他帮帮忙。陈峰可是我们班的高才生啊。樱桃,听说你跟陈峰也挺熟的,还跟他谈了一场恋爱。"李婉故意道。

"噢,没有,我们也不是很熟,也只是见过一面而已。现在也没什么联系了。"樱桃脸上挤满尴尬。

"怎么不联系了?陈峰人挺好的,我觉得你应该多跟他这样的人联系联系。这样吧,等下次我们班聚会我再叫上你,让你们俩也有机会叙叙旧。"李婉说得认真又有趣。

"噢,不用了,你们班的聚会我总参加也不太好……"

看着樱桃那滑稽又尴尬的样子,如简和小慧相视一笑。

聚会结束后如简才想起画展的事忘了提,只好再发短信通知。

画展的事如简并不打算告诉樱桃。那场闹剧结束之后,这个人就上了黑名单。今天本来挺好的聚会也被她搅和了。不知何时,樱桃仿佛成了她生活中的一个影子,有阳光的时候总有她的存在,躲都躲不掉。

还有两天画展就要开幕了,看着池原躺在沙发上神情自若的样子,如简比他还惬意。

在厨房里忙了一个钟头,她颇有成就感地走出来,"开饭了,今天做了你最爱吃的红烧鱼。"

"……"没有人回应,房间里突然悄无声息。

如筒悄悄走到池原跟前，正想狠狠打他一记，却发现他已睡着了。这几天他确实太累了。做请柬，寄请柬，运送油画，装饰场馆，打电话通知亲朋好友……每一样琐事他都要亲力亲为。

如筒安静地看着他略带鼾声的小憩，心里也变得安逸恬静。为他披上一条毛毯，夜变得让人期待。

画展的前一晚，两人都兴奋得毫无睡意。

"请柬都发完了吧？看看还有没有遗漏？"到了现在如筒的心还是放不下来，总怕出现不完美。

"没有了，该做的都做完了，就算这会儿发现问题也来不及了。我的女主人，你也该歇一会儿了。"池原把她搅过来，两人不约而同地陷落到彼此的怀抱中，好温暖！

夜里兴奋得没有睡，枕着他的手臂，看着天边由青黛变成微白，那份私密的美好在心中无限辗转。

画展当天热闹非凡。如筒见到了许多池原画界的朋友，还有远道而来的同学。

如筒在签到处迎接每一位朋友，心情靓得像朵花。

客人们鱼贯而入，一身黑色西装的池原在他们中间那么夺目。这个英俊的男人在今天成了地球上最帅的画家。

小慧、李婉都来了，她们都被如筒的那幅画迷住了，尖叫声把池原羞得脸都红了。

"喂，如筒，你什么时候成了'等爱的女人'了？"她们起哄。

如筒这才发现池原仍用回了原来的名字。池原冲她扮鬼脸。

从那次之后她才知道池原是倔强的。可这个时候，谁还会计较呢？说不清是什么让如筒改变，或许就是这幅画？

迎过了最多的一拨客人，那个转身的瞬间，如筒看到了樱桃。

没想到在她和池原最重要的日子，竟又会遇到。

"亲爱的,好久没见了。你也不给我打电话,我想死你了。"樱桃一见面就向她扑过来。她今天的打扮吓人一跳,半只乳房都在外面。

"你怎么穿成这样,我是女人都不敢看你了。"如简当然知道她是穿给池原看的。

"哪儿啊,我一直是这么穿啊,今年流行嘛。如简,你也是来看池原画展的吧,是他邀请你的吗?"她摆出了一副女主人的姿态。

"是啊,我们一起来的。"如简态度冷淡。

"我很早就来了,刚才正在跟那些记者朋友聊天呢。"樱桃笑得灿烂,"你看这个池原,前两天才给我打电话,我都来不及通知媒体。他要早点告诉我,我还能帮他联络到更多的记者。这些人都是我媒体的好朋友,我让他们来,他们也不敢不来。这次要让他们好好给池原宣传一下,这次池原想不火都难。"樱桃似乎比她还兴奋。

"池原给你打的电话?"如简眉头蹙起来。

"是啊,他跟我当然没什么客气的。办画展就是要媒体宣传啊,不然办它干吗?我身边这么多资源,我不帮他谁帮他啊?"樱桃得意道。

这个池原,为什么就不肯我帮他呢?他能刻意找到樱桃帮忙,却主动放弃我的好意,为什么?如简想到这儿有些不悦,可在这么重要的时刻,什么不悦也要藏起来。

"对了,这是媒体签到表,你再跟签名簿核对一下,看看有没有漏掉的名字,我这边好给车马费。"樱桃指挥道。

"这车马费是怎么回事?"如简脸色一沉。

"是池原昨天给我的啊。他让我来发给媒体,这种事他做当然不合适,今天他是主角,哪能让他干这些琐事。"

池原为什么不让我来做?钱这种事他竟然能交给一个外人?心中的疑问更深地蔓延开。如简浑身不自在。

"一共多少钱?"如简忙问。

"几千块吧。"樱桃不以为意道。

"要这么多吗?"如简的眉头挤在一起。

"当然,你以为呢,一般的你给个几百,可电视台的,你不给个上千,人家能来吗?"樱桃觉得可笑。

"你刚才还说他们都是你的朋友,不是你一叫他们就来的吗?怎么又要起了车马费?"火药味浓起来。

"如简,你怎么那么可笑,现在的人谁不认钱啊,没钱谁替你做事啊?也就是看我的面子了,一般的给钱人家还不愿意来呢。"樱桃冷笑一声。

如简张着嘴半天说不出话。

"你们在说什么?"这时池原走了过来。

如简正要开口,樱桃抢先说:"我正和如简聊天呢。池原,你看如简今天是不是特别漂亮?我觉得她比我刚认识的时候漂亮多了。这条裙子也好看,配靴子刚刚好。如简,你还说没衣服穿,我看你衣服挺多的呀。"

"我什么时候说没衣服穿了。"如简忍住气,耐着性子说。

"那上次我叫你跟我去参加PARTY,你说你没衣服,其实你穿这身就不难看嘛。"在池原面前,樱桃无限温柔起来。

如简实在懒得跟她废话,把目光投向池原,"池原,你饿不饿,我去买点儿吃的?"

"不用了,中午我们要宴请媒体的朋友,对吧,池原。"樱桃又插嘴。

"对,如简,中午要请他们吃个饭,人家也忙活一上午了,都是樱桃的朋友,要不你跟我们一起吃吧。"池原微笑着说。

他越是这样微笑,如简越是难受。

"不用了,我也不饿,下午我还要加班,那我……我先走了。"

如筒失望地看着池原，微微抬起脖颈，生怕眼泪会抑制不住地掉下来。

"一起吃吧，吃完饭再走。"池原叫住她。

"不用了，我走了。有事再打电话吧。"

必须走了，她不想在池原最高兴的一天落泪。

越跑泪越多，离开的过程就像在接近死亡。越哭心越痛，就像在刀锋上行走，留下一串血泪模糊的脚印。

忙活了这么长时间，为池原做了这么多，眼看就要喜获收成，却被樱桃搅和得一团糟。

有时觉得自己那么不了解池原，我认为的"因"，都不是他的"果"，他的许多行为都不在我的情理之中。像处理钱这种问题，他宁肯交给樱桃都不告诉我……如筒越想越不能自持，哭了一路，回到家时已身心俱疲。

昏昏沉沉地睡去。

噩梦接踵而至——那个女人和池原做爱的场面又一次跑出来，就在这个房间，他们不避我，当我如空气般透明。我走过去把那个女人揪出来。那一瞬，我惊愕住了，那张脸并不是樱桃，是一个从未见过的女人！那女人有细致的五官，好看的肤色，一双杏眼呼之欲出，活脱脱的一个古典美女。池原并没有理会我，他看我的眼神就像是陌生人……

电话铃声把如筒从梦中唤醒。她浑身潮热，那个美人让她惊出一身汗。

是莉莉通知她下午开会。

如筒狠狠拍了拍自己的脸，把身体和灵魂一并叫醒。

哗地把窗户打开，风不断掴着如筒的脸，一阵痛，一阵麻……

画展已开到第三天了，池原仍没有任何联系。如筒决定按兵不动,这次她是真生气了。她要听池原的解释。

第四天,第五天,第六天,音讯全无。第七天,就在如简快要崩溃的时候,池原打来了电话。他说画展结束了,要跟她一起吃饭。

他的口气一如从前,没有半点异样。

如简去了,带了一种中立的情绪。她在等待他如何解释。

一开口,池原就道歉了,说这几天冷落她了,每天都要盯着画展,抽不出任何时间,连打电话的时间都没有。

其实如简并不是为这个生气,她气的是樱桃。可这点池原不提。他好像真的不知她为什么生气。也许他根本没把这件事当回事,又或者是自己小心眼,专跟樱桃制气。

听池原兴奋地说起画展的点点滴滴,似乎如简也快忘了先前的不快。她在心里为他高兴,毕竟那也有她的付出啊。

慢慢地,如简的表情活跃起来,她连跟他生气都不由得自己,只要看到他的招牌式笑容,什么气都消了。如简恨自己这么没心没肺。总是宁肯亏待自己,也不亏待池原。

吃到一半时,如简的情绪似乎彻底好了。

就在这个时候,池原说了一句让人差点窒息的话。

他说:"如简,有件事我想跟你商量,我想把那幅画卖掉……就是画你的那幅画。"

"什么?那幅画绝不卖,那是我的,谁也不卖,一辈子也不卖!"如简决绝的,她怎么也没想到池原能提出这个要求。

"如简,正好有人想买,而且出的价钱很高,我的画还从没卖过这么高的价钱。"池原诚恳地看着她,"那人出二十万。"

二十万,确实是个不小的数目,可那幅画是我的生命,是我和池原的爱情见证,没有它,我还能活下去吗?如简拼命摇头。

"不行,再多钱也不卖!"如简咬牙切齿的。

"如简，我还可以再为你画啊，很快就能再画一幅，那笔钱对我来说真的很重要。"池原哀求。

"是钱重要，还是我们的感情重要？池原，你知道我不会同意的！"如简激动起来。之前樱桃的事她可以不计较，可卖画的事她不可能妥协。

"如简，你替我想想好不好。我父亲治病你知道花了多少钱吗？我几乎要倾家荡产了。我拼命画画，为了什么，只想尽快把我父亲治病的钱还给别人，我也不想我妹妹后半生不幸福。她现在日子过得并不好，她还需要我的资助。如简，这些事我并不想跟你说，二十万对我来说比什么都重要，不管你同不同意，这幅画我都决定卖掉。"池原比她更激动。

如简沉默了，脸上的表情复杂极了。一方面，她不想失去等同于她生命的那幅画；另一方面，她又不想看到池原痛苦，毕竟他的处境需要他那样做。

我该怎么办？如简脑中一片混沌，泪狰然而落。

沉默好一会儿，池原开口说："如简，原谅我，其实这幅画我已经卖了。明天他们会把画取走。对方也是懂画的人，他会好好收藏的。再说那幅画画得并不好，太忧郁，也不像你，明天我就为你重新画一幅好不好？"

眼泪不受控制般肆意流下。如简抽搐起来。那感觉就像从空中坠下，痛过之后，马上粉身碎骨。

她颓然地走了出去，第一次她不想看到池原的脸。

池原并没有追出来。

如简发疯似的跑起来，天已经黑到令人恐惧了。

她用尽全力跑到了艺术馆。隔着玻璃窗再次看到了那幅画——那个等爱的女人，那个忧郁的自己。

刚风干的眼泪又决堤了。此刻，墙上的那个我一定也是心如刀割的，她没有我的照顾，还能安心地度过每一天吗？如简只想现在就把玻璃窗打碎，直接把画偷走。任何人休想把它从身边夺走！

　　如简失去理智般，被保安当成贼赶了出去。或许他们看她太可怜了，并没有报警。

　　那一夜，如简把一生的眼泪都流尽了。

　　是该收拾一下自己了，再不想夜夜踏进噩梦里，久久醒不来。

第十一章

谈了一下午广告合约，如简头痛欲裂，看看表已过四点，便不打算再折回公司，直接开着车往家返。

不知怎么的，今天特别累。

沿着三环开，四点钟还好，一路畅通。不知不觉开到了双井。如简下意识地拐进了一个小区，她在那里住了两年，那是子淇的房子。她脑中忽然冒出了一个怪异的想法：会不会子淇已经回来了，只是她谁也没通知？如果她回国，一定会回到这里。

如简一下子精神一振。她快步走进了一单元。楼道还是那么破旧，她停在了302门口。

"如简，你来了，你怎么知道我回国了？"

是子淇的声音，如简一阵惊喜，四处逡巡，却根本没有人影。

明明是她的声音。或许真的是思念过度了。

楼上就是池原以前租住的房子，此刻楼道里却没有他的声音。也许她真的走出了那抹阴影，不然她怎么会有勇气再踏进这个单元。那里上上下下到处都是他们曾经热吻的画面,如今,如简看不到了,她只看到了 302 这个门牌号,还有房门前的那个旧旧的信箱。

心突突地跳起来,不知道为什么会心跳加剧,她有预感子淇就在里面,可她为什么不再联系?为什么?

用尽全力,她敲响了房门。没有人应答。再敲,还是没有人。

她掏出钥匙,开门,却打不开,锁已换了。试着打开那个信箱。叭的一声轻响,如简赫然看到里面躺着一封信。

张子淇收,时间竟是四个月前。

如简努力回忆,这封信应该是她走后才寄来的,子淇并没有看到。那说明现在她还在国外,并没有回来过。

拿着信,如简匆匆回了家。

信在手中被握得发烫,犹豫着是否要打开。斗争半天,她还是打开了。

这年月谁还会把手写的信寄过来?

子淇:

你好!

已半年没有你的消息了,你的信箱地址好像出了问题,写的信总被退回。你在国外的电话我又没有,无奈之下想到写信联系你。

自上次见面之后,一直没你消息。其实咱们认识这几年,我的心思你应该明白。自从每一眼看到你,就认定你是我今生想娶的姑娘。虽说你在加拿大,我在北京,距离有点远,但我不介意,必要时我也可以移民过去。

最近我离婚了,女儿也判给她妈了。现在我可以光明正大地追求你了。可否再给我一次机会?

半年了都联系不上你,很焦急,你过得好吗?

无论如何请给我回个电话，我的手机号一直没变，迫切地想知道你的消息。

……

是封求爱信，信的落款写着"力勇"两个字。

如简绞尽脑汁地抓了一下头皮，谁叫"力勇"呢？怎么完全不记得在哪里见过这个名字。

她只好向小慧求助。小慧更不知道有"力勇"这么个人。

"网上搜搜？"小慧建议。

"就凭这两字，你觉得能搜到什么？"如简泄气道。

"也是，这个子淇，到底哪去了？"小慧也陷在无助中。

"你想想，这算找到这个人也无用啊。他如果知道子淇的下落，也不用写信了。"如简回过味来。

"也是啊，咱俩怎么越来越糊涂了。"小慧自嘲一句，"刚有个新线索还是个无用的线索，这案子还破得了吗？"

"至少咱们知道子淇并不在国内，她应该还在加拿大。"如简理了一下思路。

"那可不一定，万一她回国并不住到那里，人家也可以住酒店啊。"

小慧的话又把她打蒙了。

还是一筹莫展。

看着这封信，倒令如简想到了另一封信。——那个阳光破碎的午后，她静静地坐在窗前，第一次她心神俱痛地一字一句地写给一个人，字字带泪，句句带血。

【四年前 夏 那封信】

离开了那幅画,把泪哭干,那又怎么样?生活一样在继续,池原还是那个池原,如简却再也无法完整。

既然这样,那期盼什么?

子淇说得对,投入太多,没有退路了。最坏的结果已然想到了,既然这样,那还犹豫什么?

准备好纸和笔,如简开始写信。

酝酿了一整天,她决定写这封信。没有跟子淇商量,她自己做出了这个决定。相信子淇只会劝她早点结束。

池原:

从来没想过还有不能当你面说出的话。今天我不得不写给你。因为我说不出来,也不想说出来,所以只有写给你。

我们认识也差不多快一年了。对你的爱此刻都在。只是这份爱我必须收拾起来。它泛滥得太多太快,我直担心有一天你会厌倦。说不清那天什么时候来,可我预感那一天迟早会来。所以我趁那天还没到来的时候,收拾我的爱,把它安顿好,让它少受伤害。

一直以来都有一个愿望,跟你结婚生子。心里无数次都在想象跟你结婚的样子。那天我肯定是最美的,你也是,再没有比你更英俊的新郎。不知那天会不会有?如果这辈子没有,那么下辈子,池原,你能不能给我?

泪把信纸打湿,她写不下去了。倒在床上,索性再哭个痛快。哭累了,接着写信:

从来没想过爱的滋味是这样。甜蜜中带着苦涩,自怜中带着期盼,兴奋中带着忧伤,猜忌中带着坚定,哭泣中带着喜悦。这种感觉已将我折磨得奄奄一息。有时,我想说我好幸福啊,有时我又想说我好痛苦。全部情绪都围绕你。每天在计算你的情绪,每天计较你的爱,有时我也对自己不能容忍。可就是要固执地这样做。那个过程,只有我自己知道有多辛苦。

也许我对你要求太多,把你放在一个必须满足我要求的位置,你在那个位置上也会不自在。你的态度告诉了我,有时你甚至不愿我与你分担,我知道。

两人相爱究竟是为了什么?为了朝夕相处在一起?在一起又怎样?有结果吗?

我总想要个结果,哪怕是一句承诺。可就这一句话你也不肯给。

为什么?

或许是我爱你多过你爱我。

一定是这样,所以我才会那么痛苦,而你浑然不知。

两个人不同步是痛苦的根源。更何况总是我先于你,那种感觉太不好了,累!

细想我们相处的点点滴滴,似乎我对你的许多事都不够了解。你不愿意说,我从何知道?我甚至都比不上樱桃对你的了解。可我是你的女朋友,我要知道啊。

任何事强迫都没有用,一条路走到尽头仍看不到希望,我只会绝望。

或许你一直在等我说出那句话，所以你才做了那么多不以为意的事，包括那幅画，我只能这么想。

我也有自尊啊，不爱我就说出来，何必这样？！

如果你爱我，那幅画就不会从我身边拿走。没有你的允许，任何人都不会抢走那幅画！夺走我最心爱东西的人竟然是你。

既然给了我爱，为什么还要把它拿走？

与其看到你这样，还不如分手。

写不下去了。

看完这封信给我你的答复好吗？

爱你的如简。

匆匆写完再不想看第二遍。装到信封里就寄了出去。投入信筒的那一刻，如简像是在与自己的生命告别。

这就是最后的结局吗？

恍惚中，她接到了池原的电话。他说想见面，如果她非要那幅画，他就把那二十万退回。

没想到池原会这么说，那封信是否写得多余？

如简开始懊悔不迭，总是这么冲动，只图一时痛快，从不计后果。池原是爱我的，为了我他愿意放弃那二十万，只要有他这句话，我还图什么呢？

如简想着，她大声地告诉池原，她也想见他，想得要命。她甚至可以不要那幅画了，她只要池原！

又一次屈服了，即使已经粉身碎骨，只要还有一口呼吸，只要池原仍然爱我，我就有得救。

如简又一次活过来，只因池原的一句话。

不知池原看到那封信会怎样？如简每天提心吊胆，魂不守舍。她甚至都忘了自己写了些什么，应该都是些蛮不讲理的气话。池原看了会生气吗？

一整天无法安心工作，莉莉也看出了她的落魄。

"喂，如简，怎么这几天你也心情郁闷啊？"

"谁还心情郁闷，你啊？"如简瞥了她一眼。

"当然不是我了，是总经理。"莉莉绕到她面前，小声地说，"哎，你也听说了吧？"

"听说什么？总经理怎么了？"如简不安地问。

"你还不知道啊？我还以为你早知道了呢，你消息也太闭塞了。告诉你吧，总经理离婚了。"

"是吗？真的假的？"如简有点不能相信。办公室内部最擅长的就是传话，一人传十，十人传百，传到最后会完全走了样。

"当然是真的，全公司人都知道了。"莉莉表情认真地说。

"你知道为什么离？"如简半信半疑。

"我哪儿知道？这种事谁能说得清楚，听说分居好长时间了。有的说是总经理的老婆有了外遇，还有的说是总经理喜欢上了别人。"莉莉凑过来，神秘地说，"听说那个人就在咱们公司，也不知是哪个女孩儿能这么幸运？"

"莉莉，你可别胡说，这种事可不能乱说。你有证据吗？"如简本能地制止。

"咳，又不是我说的，大家不都这么传嘛。"莉莉耸耸肩，一副无辜的样子。

"这种事少传，没什么意思。"如简终止了谈话。今天她本来就心情忧悒，没耐心跟莉莉讨论这个。

莉莉不吭声了。

如简转过身去，也没了再说话的欲望。头一次，连莉莉的八卦都不能容忍了,可见心情已坏到了极点。

到了下午,莉莉试探地问:"如简,心情好点了吗?上午跟你说话你都懒得理我。"

"你还想说什么?又有小道消息?"如简边打字边问,头也没抬。

莉莉凑过来,有点吞吞吐吐的。

"有什么事就说,不说出来我看你也憋得难受。"如简眼神涩黯。

莉莉赶紧把如简拉到一个没人的角落,幽幽地说:"如简,我可得问你件事,你可要老实回答我啊。咱们俩在公司可是最好的朋友,反正我是把你当成最好的朋友。"

"什么大事啊,你想问什么就问吧,还神秘兮兮的。"如简也快被莉莉的表情吓到。

"如简,你说实话,总经理是不是喜欢你啊?"莉莉严肃地问。

"你说什么呢?抽风了吧?"如简冲莉莉瞪眼,又哪根筋不对了。

"我听方总说的,她说总经理快为你发疯了,说离婚是因为你,说你们已经好上了,是你追的总经理……"

"胡说八道!"如简几乎是怒发冲冠,打断道,"这个方洁,神经病吧!莉莉,总经理可是正派人,你怎么能这么说他?我倒不要紧,传到他耳朵里你觉得好吗?从进公司到现在,我总共也没跟他说过几句话,你还不了解吗?咱们天天在一块儿。"

"方总也说总经理是正派人,他不胡搞,是你追的总经理,离婚也是为了你……如简,你们不会真的已经好上了吧……"莉莉怔怔地问。

"放屁!"如简破口大骂,"莉莉,你少跟着胡说八道,方洁是神经病,她的话你也信?你是信我还是信她?还说跟我是最好的朋友，我有你这样的朋友吗?!"如简气极了，连呼吸都不畅了。

"如简，我当然相信你啦，所以我才问你嘛。但这事真的是方总亲口跟我说的，她说得有鼻子有眼的，我还真以为你们俩已经好上了……"

如简在心里长长地叹了口气，她终于明白方洁为何如此这般待她，完全把她当成了假想敌。在爱情里要分出胜负，在工作中也要分出胜负，如果生命里只剩下胜负，多么枯燥无趣！

她真有股冲动要跟方洁当面理论，被莉莉死命缠住，"如简，你可千万别去找方总对质啊，不然你可把我卖了。既然你还在她手底下干，你就忍忍吧。"

"这还怎么忍？这是人格诬蔑！"

究竟要忍到何时？如简挺不下去了。

"我求你了，你就再忍忍吧，早知你这么生气，我就不问你了。我也是偷偷告诉你，你可真不能把我卖了……要是把方总得罪了，她还不得把我开除啊。如简……"

"算了，算了，别说了，烦死了。我回家了，如果她问起我，你就说我辞职了。"如简甩下一句话，拎起包就想走。

"别呀，我知道你是气话，放心吧，我会替你说话的，你要是觉得不好受，你就先回家吧，反正下午也没什么事，听说方总出去开会了。"

如简抽身而去。她不是怕跟方洁理论，只是怕自己情绪失控，弄得自己不堪收拾，反而降了身份。退一步海阔天空，也许再忍忍就会过去。

这样想着，以为只要这样想着，就会看到希望。可没想到的是，更可怕的、更心悸于怀的那一幕还是发生了！它就像一枚炸弹，让她在这段魂不守舍的日子里粉身碎骨。

那天一进办公室，方洁就把她叫住："沈如简，到我办公室来。"

如简愣愣地走了进去。

"前几天我给你的那份文件你还给我。"方洁张口就来。

"什么文件？"如简摸不着头脑。

"就是总经理签字的那份文件。"她语气坚定。

"是什么内容的文件？我怎么没印象你给过我。"如简有些发蒙。

"你才多大就记性这么不好？那文件前两天我明明交给你的。"那女人脾气上来了。

"方总，我真的没印象了，你从来也没给过我什么文件。"如简努力回忆道。

"你这话什么意思？难道说是我记错了，我冤枉你了？"方洁瞪起眼珠来。

"我不是这个意思。那到底是什么样的文件我再找找。"如简不想硬碰硬。

"就是咱们公司跟网站签署的合同，你赶快找出来，现在等着急用。"

如简没有一点儿记忆，难道这几天为池原的事都变糊涂了？

"还愣着干什么，赶快出去找！"方洁喝道。

如简赶紧跑了出去，因为怀疑自己的记忆力，所以这次她并没有跟方洁理论，真是谈恋爱谈昏了！

翻箱倒柜地乱找一通，仍是什么都没找到。哪有这么一份合同，像合同这种事根本不可能由我经手，方洁怎么可能把文件给我呢？如简坐在位子上思前想后，反复回忆这几天的工作，又找出记事本和日历，仔细对照一遍，仍没有一点儿记录。她坚信这件事与自己无关。

重新找到方洁，这次她有了明确的态度，"方总，我找了，并没有那份合同,我仔细回忆了一下,您从来也没给过我这么一份合同,而且像合同这么重要的文件,您也不可能交到我手上。"

"你自己找不到了还赖到我头上,你可真有心眼啊!那合同哪儿去了,你说,合同哪儿去了!"方洁吼起来。

"方总,是不是您记错了,可能就在你抽屉里,你再找找?"如简努力保持冷静。

"我再找找?我都找了几遍了,要有早出来了。明明是交给你了,我看着你放进抽屉里的,你怎么回事?成心出我丑吧?"说着方洁站起来,"你找不到是吧?那我帮你找!"

说着她就走到如简的办公桌前,一下子把所有的抽屉都掀了个底朝天,连卫生巾都给抖了出来,全部门的人都看呆住了。

"我就不信找不出来!"那女人疯了。

真是太过分了!如简不管不顾地喊出来:"住手!你有什么权力这么做!"

围观的人又是一惊。大家都在窃窃私语,为不知发生什么事而紧张。

"你有什么权力不让我这么做,你私藏文件你还有理了!像你这种无组织无纪律的人要是在别的公司早给你开除了。也就是在这儿我包容你。你还别以为仗着总经理喜欢你,你就有靠山了。告诉你,公司里比你后台硬的人多得是。别人都不吭声,你倒狗尾巴翘天上了!你还别以为你跟总经理关系好,你就可以为所欲为,你们算什么关系?……沈如简,我一次次给你机会,还真是恨铁不成钢啊……你今天什么也别干了,写份检查,好好反思反思……"

"方洁,你太过分了!这种话你也说得出来,公司怎么会有你这种领导?!你配当一个部门主任吗!"如简实在忍无可忍,终于爆发出来。

"什么,你说什么?大伙听听,这师大出来的学生就这种素质?

大伙都听到了吧，太不像话了。公司每年来那么多大学生，没见过她这样的。把文件弄丢了，还不让别人找，她这是成心跟公司作对！……沈如简，你说你这是什么素质，你父母怎么也不管管你，怎么教育出你这么个不懂事的女儿！"方洁也爆发了，办公室里一片沸腾。

如简的眼泪还是不争气地掉下来，一发不可收拾。骂我也就算了，竟然还带上我的父母，今生都没受到过这种污辱！如简一言不发，立刻收拾摊在地上的东西，任由眼泪啪嗒啪嗒溅到地上。什么也不说了，一刻也不能等了，不干了！

围观的同事把方洁劝了回去。

这时莉莉悄悄走过来，递给她一份文件，"如简，这份文件在我这儿呢。其实前两天她把文件给我了。她记错了，那，你去给她吧。"

"在你这儿？那你为什么刚才不说?!"如简快疯了。

"刚才方总那样，我哪敢承认在我这儿啊，这也太不给她台阶下了。"莉莉怯生生地说。

"那我呢，我就该死吗？你就看着我受侮辱？亏你还是我的朋友，我看不起你！"如简边哭边骂。

"如简，我也只能这么做，我跟你不一样，反正你早就把方总得罪了，也无所谓嘛，可我哪儿敢得罪她？再说，你有总经理罩着，我靠谁啊？"莉莉委屈地说。

"你，你再说一遍！"如简情绪一再失控。

"如简，对不起，我也是没办法……"

"你走开，我再也不想看到你！"

说完这句话，如简扭头就走。

莉莉在身后大叫："如简，对不起，我也是没办法……"

跑出了那幢恐怖的大楼，仍心有余悸。刚才那一幕真的太可怕了，她的双肩仍在簌簌发抖。

那个阳光破碎的午后，如简终于辞职了。

辞职报告递上去之后，总经理找如简谈话。

在这个时候如简也不想顾忌了，她直说了对方洁的看法，并表示马上辞职，一天也不愿多待。

总经理让她再考虑，而如简态度坚决。

最后总经理说可以帮她调换一个部门，这个部门可以让她选，希望她考虑。

如简谢了他的好意，再好的部门她也不想待了。这里留给了她太多的阴影，再待下去她会疯掉。

没有谈拢，对她这个倔脾气，任何人都没办法。除了对池原，别人她都不愿妥协。凭良心说总经理对她一直还算照顾，就这样不负责任地走了，也太没有风度。可她再不想受委屈。早一天能摆脱那个变态女人的折磨，对她来说就是祈福。

"如简，我可以为你介绍另一份工作。"

没想到总经理会这样说。那种诚恳笃定的表情令人一震。只有池原才会有那样的表情。

如简耸然动容，片刻才能言语，"不用了，张总，其实我的工作已联系得差不多了。"

她谢绝了那份诚恳。她想凭自己的能力找工作，不想再给人以话柄。

"这样啊，那你以后有什么困难尽管找我。我的手机号你有吧？"总经理露出温和的笑容。

他微笑的时候竟然和池原有几分相似。也许是太过想念池原了，才有这样的错觉。如简收了收心，马上说："有的，谢谢张总。"

"对了，如简，你是不是认识一个画家叫池原？"

没想到总经理会问这个，她眉头一挑，心突地一跳，"是啊，池原是我男朋友。"

"是吗……"总经理沉吟了一下，那表情怪怪的。

"张总，您认识池原？"如简不明就里地问。

"噢，我只是看过他的画展。"总经理若有所思地回答。

"是吗，那天您也去看画展了？"如简兴奋起来，"我也在现场，怎么没看到您啊。"

"我是快结束时去的。他的画不错，我挺喜欢的。"

"是吗，我也觉得他画得挺好的。"

一种幸福感油然而生，仿佛那种赞美是属于她沈如简的。

这个话题让如简的情绪一下好起来，几乎忘了她是在辞职。

"相信他会越画越好的。以后工作上生活上有什么事都可以来找我。就不要叫我张总了，把我看作你的朋友。"

总经理突然站起身，如简这才意识到谈话要结束了。

"好的，张总，真的很感谢你！"

总经理把她送到电梯口，二人握手再见。

那个场景还真有些伤感，还不知会不会再遇到这么好的上司。如简的鼻子阵阵发酸，险些落泪。

辞职的事，如简谁也没说，连池原也没提，怕他担心。

自从画展风波之后，她和池原之间变得非常客气，而那封信的事他也只字不提。两人好似又恢复到以往的平静，每天朝夕相处，粗茶淡饭，只是亲密不再，变得像老夫老妻。

这样的生活却是如简想要的，没有大喜，亦没有大悲，有依有靠，互不担心，多好！

只是很少再见到池原拿起画笔，为如简再画一幅画的事他再也不提了。如简更不提。说起来总归有些刺痛，想到那幅画不知飘落到哪里便有些心酸。

池原告诉她,他又接了一个大项目,下周可能会离开一阵。

如简并不介意,她变得越来越善解人意。

"可能会离开半个月。"池原从背后环抱住她,轻声地说。

"没关系。半个月很快过去。"她竟然可以做到反过来安慰他。

爱,叫人成长……

第十二章

　　周六下午，等如简刚赶到图书大厦的时候，小慧他们的新书发布会刚好结束。
　　小慧埋怨道："叫你早点来捧场，你倒好，偏偏结束了才来。"
　　"这一路堵车，这边又不好停车。"如简额汗涔涔。
　　今天三十度，阳光烤得皮肤滚烫，两人赶紧往附近咖啡馆躲。
　　小慧边走边说："不过幸好你今天没早来，不然你一定会倒胃口。你猜我今天碰到谁了？"
　　如简眉毛一抬。
　　"今天没想到樱桃也来参加发布会了，谁也没邀请她，她说是来给作者捧场的。"
　　一年多没听到这个名字了，现在听来还是倒胃口。
　　"她跟我问起你呢，说她换手机了，没你的电话了，联系不上你，问我要你的手机号。"
　　如简皱眉道："你没给她吧？"

"当然没给，我说跟你也没联系了。你可不知道她现在整成什么样子了，下巴尖得能扎死人，完全变了一人。她要是不报上名字，我根本没认出她是樱桃。"

进了咖啡馆，小慧把新书递过来。是本美女主持人的书，里面赫然有一张作者和樱桃的合影。如简翻了翻，换了口气，"当初还不是怪你，非要给她出什么书，号称什么美女作家。"

小慧撇撇嘴，"是啊，真不该给她出书，我哪儿想到她那么会钻营，又整容，又露胸，还什么身体写作，愣把自己炒火了。"

"她不是结婚了吗？你没问她？"

"我才懒得问呢，管她结不结，我就是后悔当初真不该给她出第一本书……"

往事好似一下子又涌出来，一时间连咖啡也喝不下去了……

【四年前　秋　美女作家】

自从画展之后，再也没跟樱桃联络。如简只希望这个影子永远消失。

没想到这天她又不请自来。

站在门口，她手中拿着几本杂志，脸上堆笑道："亲爱的，我本来是想给池原送杂志的，没想到他不在家，那我就送给你吧，你帮我转给他好吗？"

如简面无表情地接过杂志，并不打算请她进来。

"这几本都是报道池原画展的，有个专访还是我写的呢。"樱桃说着看向里面，"屋里有客人吗？我能进去说吗？"

"我马上要出门。"如简打断道。

"如简，我今天来其实是有事想跟你商量的，要不我们到外面说？"

见樱桃又开始纠缠上了，如简只好让她进来："只有二十分钟，我约了人。"

樱桃一屁股坐到沙发上，"如简，你知道吗，自从我写完池原的专访后，好多人都夸我的文笔好，我现在开始写小说了，我要当作家了。总为别人做嫁衣我可不愿意。他们能出书，凭什么我就不可以。如简，这段时间都没顾得上跟你联系，都在家写小说呢。"樱桃自我陶醉般的表情又来了。

"是吗？你可真能干。"如筒冷笑。

"如筒，你猜我写的什么？"樱桃眉梢一挑，"我写了两个女孩子的故事。"

"你和我吗？"如筒的第一反应。

"我写你干吗，你有什么可写的呀，你真可笑。"樱桃冲她撇嘴。

"那最好！"如筒松了一口气。

"当然是虚构了，写小说嘛，不虚构怎么写啊。如筒，你是不是特想知道我写的什么，那我就给你讲一点儿吧。我写了两个同父异母的女孩儿，姐姐生长在父母身边，享尽一切荣华富贵；妹妹从小被遗弃，过着艰辛无比的生活。后来被遗弃的妹妹考上了北京的大学，找到了本该属于她的家，却又受到那个恶毒姐姐的虐待。最后妹妹经过自己的奋斗终于在事业上取得了辉煌的成就，而姐姐却一直嫁不出去，最后进了精神病院……怎么样？我的小说情节是不是很感人？"

感人？这种情节也能出书？看着樱桃那张表情生动的脸，如筒实在懒得打击她。

"有出版商给你出吗？"如筒直奔主题。

看着如筒不服气的样子，樱桃声音一扬道："我写得这么精彩，肯定有书商会找我的。你别忘了，现在什么市场都讲究颜值的，作家再加上美女的头衔那就不一样了。到时再把我的照片放在封面上，想不火都难。"

如筒实在有些听不下去了，"时间差不多了，我得出门了。"

"如筒，我把你看作我最好的朋友，你能不能当我的经纪人？别人当我还真不放心呢，我只信任你。我今天找你就是想跟你谈这个事。"

"我当你经纪人？有没有搞错？"如筒蒙住，又觉得好笑。

"如简,你可以的,你那么能干,当我经纪人最合适了。你放心,我不会让你白干的,只要你帮我把这本书谈成,我就给你提成。从我版税中拿出一部分给你,想要多少你说。"

"樱桃,我自己的工作都忙不过来,哪有时间给你打工?这事你找别人吧。"如简板起面孔冷冷打断,这个樱桃越发神经质了。

"……那你要是忙,你能不能推荐小慧当我的经纪人啊?"樱桃又想起了小慧。小慧就在文化公司上班,由她当经纪人最合适不过了。

"你不也认识小慧吗?你直接找她好了!"如简再不想揽事。

"你跟小慧是大学同学,我毕竟跟她刚认识,如果你肯出面,她一定会同意的。以后我就要当美女作家了,总不能以后我自己推销自己的书吧,很没面子的。即使我写得再好,别人也会说我王婆卖瓜,那绝对不行。如简,你就帮我一下吧,你就给小慧打个电话。如果实在不行,我也可以拿点钱出来作为出版经费。我还可以找赞助商,可以随书送一些小礼品。好歹我在时尚圈这么多年,这点关系我还是有的。如简,我不会让你们白干的,等书出来,你和小慧都有提成。你要多少你开个价给我。"

"算了樱桃,这事我真帮不了你。你跟小慧想怎么合作,是你们之间的事,我对这事没有任何兴趣。你可以直接跟她打电话商量。对不起,我真要出门了。"如简不耐烦地说。她必须尽快结束对话,已经烦到极限了。

"……好吧,那我自己跟小慧联系吧。"樱桃忽地脸拉长,又忽地咧开嘴道,"如简,我还是要谢谢你,等我出了名,绝对忘不掉你的!"

如简直接把门打开,做出送客的样子。

临出门,樱桃又补了一句:"对了,我还忘了告诉你,池原以前的那个女朋友从国外回来了,好像他们俩又复合了。估计这段时间池原不在北京就是去陪她散心去了。"

一派胡言！如简不客气道："你跟我说这些干吗?!"

樱桃脸一红，"如简，别这么凶嘛，我也是关心你，别上了坏男人的当！"

如简差点把一个"滚"字说出来。忍了忍，她还是咽了回去，"砰"的一声把大门关上了。

樱桃站在门外狠狠瞪了一眼。就在那一刻，她计上心头，哼笑着离开了。

小慧和如简不一样，她虽也讨厌樱桃，但如果有钱赚，她还是可以妥协的。

吃了樱桃的一顿饭后，她们达成共识：樱桃出三万元出版费，并负责联系赞助商，提供免费礼品随书赠送，两月后便可出书。

樱桃感激地拉着小慧的手，又重申了一遍："小慧，等我出了名，绝对忘不掉你的。小慧，你就当我的经纪人吧！"

"经纪人就免了，若以后还想出书，还可以来找我，只要条件大家都能接受，继续合作是没问题的。"

樱桃紧攥着小慧的手，露出灿烂的笑，"小慧，你可真是我的好姐妹，你和如简都是我的贵人啊。"

给樱桃出书的事，小慧没跟如简提，她知道如简的脾气，索性过一段再说。

十多天没有池原的消息了，手机一直关机。说好半个月就回来，可这个人就像失踪了一样。

如简给自己下了一碗面，吃了几口，却难以下咽。原以为池原会把她的心带走，没想到他带走的是味觉。

樱桃的那番话又如幽灵般冒出来："池原以前的那个女朋友从

国外回来了,好像他们俩又复合了。估计这段时间池原不在北京就是去陪她散心去了。"

难道是真的?如简心慌起来。就在这时,短信铃声突然暴出来。一定是池原,如简急急地打开,一颗心呼之欲出。

竟是一个陌生号码:

如简,您好!我找到了新工作,这是我的新手机号码。我想请求您帮我一个忙。我正在写我的第一部自传,打算找小慧出版。我想首印两万册,打造一本超级励志类畅销书。我已写了一万多字,我想发给您看看,您帮我提提意见如何?您的文学修养好,想必在文学阅历上比我丰富,您的意见我一定采纳。谢谢!陈峰盼复!

又是陈峰,居然他也要出书,他跟樱桃还真的是绝配!

如简把手机扔到一边,又回到厨房把那碗面倒掉,真够倒胃口的,越发觉得洗碗是件令人头疼的事。

周五晚上,小慧和老公来接如简下班,问清原因,才知道晚上樱桃要请唱歌。

如简当然不想去,本来就对唱歌毫不感冒,更何况是要跟樱桃一起唱,更是提不起半点兴趣,一直拒绝。

小慧劝道:"干吗不去,难得她请一次,干吗便宜她啊。她想找我出书,怎么她也得表示表示,不然我还白给她出不成。再说你一人待着不也是待着吗?"

"就是啊,如简,去吧,热闹热闹。光我们三个,人太少唱不起来。"小慧的老公劝道。

"我本来也不会唱歌,去了也是干坐着,没什么意思,我真不去了。"如简摇头道。

池原不在,魂都没了,哪还有心情唱歌?一点儿提不起情绪。

"走吧,老在家里待着也不好。你就听我唱,当我的观众还不行吗?"小慧兴冲冲地拉着她往车里钻,她可是麦霸。

如简拗不过她,只好跟着她上车。

坐进车里小慧才提起陈峰写自传的事,一副欲哭无泪的表情:"你说他跟樱桃是不是一对疯子?我真是服了!那天他给我发了十几条短信问我出书的事,我跟他说他的自传只能自费出,他还想印两万册。我说印两万册得要十几万,把他吓坏了。他说怎么那么贵啊,我这可是超级畅销书。我劝他放弃,他说要继续写,还想在网上竞拍,说非要把这书出成。真没想到他跟樱桃连思维都一样的,太可怕了。"

"物以类聚,可偏偏他们还没能走到一起。"如简看着车窗外,神情怠懒。已经几个星期都没有池原的任何消息了。

"也许是冤家路窄,一山不容二虎。"小慧打趣道。

到了KTV,樱桃早已等在那里。

"你们才来啊,快进去吧,再晚包厢就不等位了。如简,你终于来了,我还怕你不来呢。我今天要好好回请你们。你们俩都是我的贵人。"她拉起如简的手,热情道,"你们还没吃饭吧,这里有自助餐,我们可以边吃边唱。"樱桃的情绪颇佳,或许她正为即将成为美女作家而兴奋。

进了包厢,樱桃一首接一首地唱起来。小慧都插不上。

如简一首也不唱,本来她是喜欢听歌的,心情差的时候反而越听越烦躁。

樱桃拿着话筒,突然走到众人前面,装出歌星的样子,"我要特别点一首歌,送给小慧和如简,你们两个都是我的贵人。"

话落音乐响起来,如简看到屏幕上歌名写着:《等爱的女人》,她的脑袋一阵涨痛,居然还真有这首歌。

包厢里安静下来,音乐就这样响起来——

风也停，夜已深，一滴泪，一个人
那一杯喝不完的寂寞又在沸腾
这一生的旅程，有多少的伤痕
始终不是选择，该无奈，该怨恨
放不下，提不起，分不清，悲和喜
只留下一颗早已经疲惫的心灵
骗不了自己，更骗不了你
如何能忘记过去
有一天我不再为爱受委屈
有一天我不再为自己伤心
那一天我是否会在你怀里
默默地望着你眼睛
不敢想，不敢问，不能哭，不能忍
我怕黑，我怕冷，我在盼，我在等
不敢想，不敢问，不能哭，不能忍
为何我是等爱的女人……

如简屏息凝神，每一句歌词都好似一把刀，一点点刺痛她的心。

再也听不下去了，她霍地站起来跟小慧说："不好意思，差点忘了我还约了人谈事，我先走一步。"

樱桃停了下来，"哎，如简，别走啊——"

如简快速跑出去，打了辆车。

那段旋律如魔咒般一直回旋在她耳际。几天几夜，如影随形，循环往复，永不停歇……

第十三章

　　早上醒来，如简迷迷瞪瞪打开手机。昨夜并未睡好，一个梦接着一个，却又记不清做了什么梦。此刻只觉得头微微有些痛。
　　有一条微信消息，是一封 QQ 邮箱来信提醒。
　　如简不经意地打开邮件，竟然来自子淇。她一惊，子淇有消息了！立刻从睡眼惺忪中瞬间清醒。

　　HI，如简，你好！
　　好久没联系，我一直用这个信箱，一直没变。
　　你好吗？力勇每年写一两封信来，感觉很亲切。小慧有时会写一首小诗发来，很有趣。我一直很忙，也没时间回北京。
　　对了，我的微信号变了，ZIQI181，你重新加我吧。

　　如简神情一震。力勇是谁？
　　她开始从记忆库里翻江倒海，这个力勇会是谁呢？突然她想到了在子淇家看到的那封信,落款好似也是"力勇"二字。她确定她真的不认识此人,子淇为何要跟她提起呢?

还有小慧,居然还给她发过小诗,她们一直保持联络?这怎么可能?

她想也没想就把电话打过去。

小慧慵懒的声音从手机传来:"这才几点啊,这么早你就来电话了,还让不让人睡了?"

"你和子淇一直保持联系?"如简迫不及待地问。

"说什么呢?咱们不都和她失去联系了吗?"小慧皱着眉头,一边又打着哈欠。

"子淇回信了。"如简加重了口气。

"子淇回信了?!"小慧也一惊,立刻从床上半坐起来,"她说什么了?"

"她说你给她发过小诗。"如简如实说。

"咳,那都是八辈子的事了,她怎么还提啊。"小慧苦笑一下,又问,"还说什么了?她怎么那么长时间没跟咱们联系?"

"她说一直忙,也没说忙什么。"如简停顿一下,"她还提到了一个人叫力勇,就是我上次跟你说过给她写信的那个人。"

"噢,对,是有这么个人,可这个力勇是谁啊?她怎么跟你提起的?"小慧已完全从睡眼惺忪中清醒过来。

"她说这个叫力勇的每年给她写一两封信,感觉很亲切。"如简又重复了一下邮件内容。

"看来这个力勇对她一直念念不忘。"

"可我真不记得这个力勇是她什么朋友,她的那些追求者我应该都知道,却从来没听她说过力勇这个人。"如简思索道。

"你以为子淇什么都跟你说呢,大学那会儿你们俩那么好,我都有点生气。我觉得你跟她根本不是一类人,怎么还那么要好。子淇多有心眼，又早熟，我不相信她什么都能告诉你。我觉得她对你是有所保留的。"小慧揉了揉眼睛，愈发清醒。

如简面上掠过一丝失落，也许小慧说的是对的，她似乎也有这样的感觉。但现在说这些似乎也没什么意义了。她突然想起什么，恍然道："对了，她说换微信了，让我加她，我差点忘了。"

"那你赶紧加她，跟她聊聊，问她忙什么呢，那么长时间不联系，大家还都以为她失踪了。"

"那我马上加她，有什么消息，咱们回头再说。"

"好，顺便再问她今年是否回国，说一下大学聚会的事，问她能否参加。"

二人这才放了电话。

如简马上搜索她的微信号，果然有她的 ID，只是没有头像，她添加好友后，一直等她回复。

半晌，手机仍没有动静，她以为没有添加成功，她再次输入 ID 号添加了一遍，结果仍是没有动静。也许是时差问题，她正在忙？

这一天，她都在等待中度过，子淇没有任何回复。难道是微信号加错了？又仔细核对了一遍，并没有差错。

晚上小慧又打来电话追问情况。

如简给了她失望的答复。

"这个子淇怎么回事？好不容易联系上了她又没信了，难道她现在不用微信了？"小慧奇怪地问。

"也许她上网并不方便，或者没打开微信。"如简试着替她解释。

"国外上网更方便，不应该的。"小慧语气一转，"咳，只要她回信了，至少证明她没失踪，我看只是不想跟咱们联系罢了。也许是真忙，也许是有别的事，总之是很疏远了。你也别在意了，出了国的人，都会有些变化的，随她去吧。"小慧的口气像是在安慰。

如简嗯了一声，挂了电话，又总觉得事情不像小慧说得那么简单。她们曾经那么如影相随，怎么说疏远就疏远了？

　　她又不甘心地打开那封邮件，点了回复：

　　子淇，我加了你微信，但你一直没回音，没在线吗？
　　这个力勇是谁？我怎么不记得你有这么一个朋友。
　　你在那边还好吗？很担心你。

　　信发出去之后，便悄无声息了。

【四年前　初冬　搬家】

　　池原归来的日子明明是今天,可一整天过去了,仍没有他的任何消息。

　　手机静静地躺在角落里,如简拿起它不安地看着,生怕它已在某一刻坏掉。最后还是不甘心地打过去。

　　"您拨叫的用户暂时无法接通,请稍后再拨。"

　　怎么会?难道信号不好?

　　再打一遍,仍是无法接通。一个小时后再打,"您好,您所拨打的电话已关机。"

　　天哪,他竟然关机,如简不死心地跑到楼上,把耳朵贴在门上仔细聆听,仍是一片死寂,没有池原的声音。

　　失眠一夜。整夜她都在想:难道樱桃说的话全是真的?

　　"池原以前的那个女朋友从国外回来了,好像他们俩又复合了。估计这段时间池原不在北京就是去陪她散心去了。"

　　绝不可能!

　　与其相信樱桃的话,如简宁可相信自己的判断。

　　自己跟自己打架,打了一夜。

　　第二天,一醒来如简便抓起电话,顾不得自己的声音在早晨的时候多么恐怖。

电话终于通了,终于听到了池原的声音。控制住自己的情绪,如简用了平常的口气:"是我呀,你起床了吗?"

"噢,还没呢,怎么这么早?"池原口齿不清。

"……你回来了吗?"如简问得小心翼翼。

"还没,明天吧。"

"那我们明天见面好不好?"

"好。"池原的声音比任何时间都平静。或许是因为从未试着在天蒙蒙亮的时候就通电话。

"明天是周末,我们去照相好不好?"如简突然想到这一句,好像照片能留住爱情。

"好。那你再睡一会儿,现在还早。"

"嗯。"

放下电话,如简那颗惶惶不安的心倏然安定了。池原成了一剂镇静剂。

那个周末,两人去了森林公园。池原亲昵地抚着如简的脸,像往常一样黏在一起走路。

没事的,像往常一样,池原没有变。如简在心里骂自己疑神疑鬼,更早已将那封信的事抛到了脑后。

池原在草丛的牌子上看到一行诗,他读起来:

《蝶恋花》

苏东坡

花褪残红青杏小。

燕子飞时,绿水人家绕。

枝上柳绵吹又少,天涯何处无芳草!

墙里秋千墙外道。

墙外行人,墙里佳人笑。

笑渐不闻声渐悄，多情却被无情恼。

"喂，你这个师大高才生给我解释解释这首诗啊。"池原歪过头来问。

"这首诗不好，多伤感啊，我不喜欢。"如简牵着池原的手要走，"我们去湖边吧。"

"我觉得这首诗挺好的，天涯何处无芳草，这句多好。"

"你怎么今天对诗感兴趣了？"

"你说'多情却被无情恼'，究竟是谁多情谁无情啊？墙里人，还是墙外人？"

"当然是你多情了。我是墙里的佳人，你自然是墙外行人。哪有佳人追行人的？"如简贫嘴。

"是吗？"池原若有所思地。

她好奇地看着池原，他一直埋头看那首诗，那样子倒像个学者。

"我们去湖边拍照好不好，你拿着相机举着干什么？"如简噘嘴。

"这儿的景真没什么好照的。"池原有些心不在焉。

"又没让你照景，照人啊。喂，你还号称摄影爱好者呢？"

"那好吧，你站过去。"池原随便地一按。

如简急了，"讨厌，你还没说一二三，我还没摆POSE呢。"

"那重来，一、二、三，照了——"

如简又把相机调到自拍模式，与池原照了几张亲密无间的合影。

池原看了看回放，说："你看自拍的没对好焦，都虚了，删了吧。"

"干吗要删？"如简夺过相机仔细一看，"哪儿虚了，挺清楚的，你又逗我吧。"她拍拍池原的脸，冲他一笑。

池原把她抱到腿上坐着,懒懒地说:"坐这儿休息一会儿吧。"

疏柳掩映的岩石上,如简笑吟吟地窝在池原怀中,那一刻,所有的怨怼情绪都随风而去了。就这样依偎着,慢慢老去,多好!

"你看那一对老夫妻,两人在下棋呢,他们多恩爱!"如简指给池原看。

"我觉得那边那对更好。"如简转头看到那边正在热吻的小情侣。

"讨厌。"她露齿一笑。

池原开始吻她的后背,双手抚摸她的上半身,一寸一寸,滑向前胸。他端起如简的下巴,细致地吻起来。

"今天去我家吧……"池原在耳边呢喃。

许久已没有这样亲昵了,如简沉醉在他怀里,一脸甜蜜。

就在她不置可否时,一个电话插进来,池原把她放下,接起了电话。他边说边走开,那距离离她越来越远。

如简不安地看着他接电话的身影,对话一点点传来:"我现在在外边,要不一会儿我给你打过去……下午应该没事了,对,好,再打给你……"

如简索性走过去,池原匆匆收了线。

"是谁啊?"如简直接问。

"噢,一个朋友,下午要谈点事。"池原平静泰然地望过来。

"下午不是还要去你家吗?"如简有点不悦。身体还没冷却,心凉了半截。

"只能改天了。"池原脸色一整地看着她,"对了,如简,我明天想去趟怀柔办点事,你能不能帮我个忙?"

"怎么跟我还客气?说吧,让我做什么?"如简奇怪地问。

"你能不能把你爸的车借我用用,去怀柔没车还真不行。"

"那我跟我爸说一下,你要去做什么,我也一起去吧。"

"……不用了,我是办点工作上的事,见几个画廊的老板,你也不认识,再说明天你还上班呢。"

"没事,我陪你啊,至少路上你也有个伴儿。"如简还没告诉他,她早已辞职了。

"真不用,你就把车钥匙给我就行了。对了,你别跟你爸说是借我的。"池原表情怪怪的。

"说了怕什么,我爸肯定同意的。"如简随口说。

"说了不太好,你听我的,还是别说,你就说借给你的一个好朋友,我晚上就能把车还回来。"池原说得并不流畅。

"噢,差点忘了我爸出差了,车的事可以不跟他说。"如简恍然道。

"那太好了,要不然你现在就回家取钥匙,我办完事找你。"看得出池原有些迫不及待。

"好吧。可我不会开车,怎么把车给你啊?"如简犯了难。

"你就告诉我车牌号就行了,车不就放在你们院的停车场里嘛。"

"好,下午我告诉你,那我们先去吃饭吧。"如简重新挽起池原的手臂。

池原却表情不轻松地说:"恐怕没时间吃午饭了,现在都快一点了。要不你自己吃点儿,我先走?我跟人约了还得谈事呢,来不及了。"

如简脸上露出怅惘神色,恋恋不舍道:"那你办完事来找我?"

"好。你先回家吃饭吧,我去车站。"

"我送你去车站啊。"如简固执地。

"好吧。"

去车站的路上,池原突然一反常态地说很累,"相机太沉了,不如你帮我拎包。"

别说拎包，池原叫她做什么不都是无条件的？如简忙接过池原手中的包，像个跟屁虫似的跟在后面，那场面好滑稽。

也许那时在池原眼里我就是一个十足的傻瓜，傻到让人不得不放弃。可那时陷在爱情迷雾中的如简，还正享受着做一个爱情傻瓜的过程。

等车的空当儿，如简把头枕在池原肩上，两个身体黏在一起，像一对难舍难分的恋人。池原把她揽在怀里，用力吻她。如简不管不顾地，如痴如醉，旁若无人般。

"你别陪我等车了，你也饿了，快回家吧。"池原边吻边说。

可她就是赖着不走，能在他怀里多待一会儿，就不浪费一秒。车还是来了，如简更紧地抱住了池原的肩膀，不知为什么要这么紧地抱住。

池原最后吻了吻她，掰开她的手上车了。

一上车，他的身影便消失了。如简在车下拼命找他，可就是看不到。她多想再冲他挥挥手，笑一笑，可就是找不到他了。那一刻，天空突然地暗下来，让人心神不能安定。

没找到他的身影跟他挥手，回家的路就显得特别失落。这种失落一直持续到晚上，越烧越甚。不知为什么会这样不安，如简就像一只地震前的小耗子，在屋里东蹿西蹿，从来没有这般心慌。

果然很晚才收到池原的短信："你先睡吧，明早我再找你拿车钥匙。"

如此简单的一句话，不带任何感情色彩。

白天还依偎在一起热吻，晚上便冷漠到只有如此简单的一句话。

整晚楼上安安静静的，池原一夜未归。

一大早六点钟，池原来敲门，他不问睡得好不好，只问钥匙。

如简把钥匙交给他，可那一瞬间竟然忘了车牌号，没想到经过一晚上失眠，竟然连车牌号也忘记了。

池原有点恼，骂她笨。头一次他这样骂："你赶紧跟我一起去取车，别把正事耽误了。真没见过你这么笨的女孩！"

上了出租车，二人在车里相顾沉默着，似乎都带着情绪。

如简委屈得想哭，可还是忍住了。池原也并不打算说话，那场面，连出租司机都有些不安。

"昨晚睡得好吗？"如简瞥了一眼司机，终于看向池原。

"还行吧。"池原跟她的口气一样，不咸不淡的，"你呢？"

"也还行吧。"顿了顿，如简接着说，"昨晚我看了一本书。"

"什么书？"

"书上说，如果女人对一个男人太依赖，她就必然会失败。你觉得书上说得对吗？"

"有道理吧。一个女人老缠着一个男人，也会烦啊。女人还是独立些好。"

车里的对话就结束了，如简不想再说话，池原也一样。

到了院里停车场，池原急着就要开车上路，"快上车，我先送你上班，我再去怀柔。"

"池原，这是你第一次来我家，既然来了就上去坐坐吧。"如简说得绝望极了。

"现在去啊？改天吧，你妈在家多不方便啊。"池原面孔发窘。

"我妈上午不在家，她在公园锻炼。"如简像是在求他。

"你上班马上就迟到了，下次再去吧。"

"就一会儿，认个门。"如简固执道。

"那……好吧，就五分钟，不然你上班真迟到了。"池原只好妥协。

匆匆进了家里，池原只说了一句："你们家还挺大的，你真应该在家住，好好的干吗租房子住？"

说完他就坐到沙发上开始翻客厅的报纸，并不理会她。

"你不去我的房间看看吗？"如简忍着脾气。

"那看一眼吧。"

池原跟着走进来，"瞧你这屋真乱。"说着拿起桌上的杂志，"这明星是谁还挺漂亮。"

"我墙上的照片你不看，就看杂志？！"如简气不打一处来。

"你还用我夸吗，你是最美的。"池原突然吻过来。这一吻，如简的泪全盘崩溃。

"怎么了，好好的又哭。"池原停下来，"快别哭了，没头没脑的，咱们得走了，时间来不及了，快擦擦脸走了。你妈要是回来看见还以为我欺负你了呢。"

如简把泪使劲一抹，"那就快走。"

楼道里池原走得飞快，如简在后面摩挲着眼泪。就在一楼门口，那熟悉的身影出现了，她一惊："妈，你回来了？"

"你怎么还不上班啊？"她看了一眼池原，又看了一眼如简。

池原马上低头走了出去，一声不吭地走了出去。

如简气得发晕了，"……噢，我正要去上班，我走了。"

在车里如简忍不住发火了："你见到我妈为什么不说话，至少你也应该打声招呼啊。"

"什么？那是你妈？我不知道啊，我以为是你邻居。"池原边开车边应付。

"我都喊妈了，你没听见？！"如简气愤道。

"我真没听见，要听见了我能不打招呼吗？"池原狡辩。

……

沉默了好长时间后，池原才说："你爸这车开了好多年了吧，也该淘汰了，太难开了。"

如简没有理会，一句话也不想说。身边那个男人似乎越来越陌生，此刻的他究竟心里在想什么？

那天分别后，如简浑身不自在，身体里充斥着各种坏情绪，沮丧到极点。

当晚，母亲又打来电话，问楼道里的那个人是不是池原。

如简不承认，她说池原不会那么没礼貌，只是一个陌生人而已。

她撒了谎。这个谎言太伤人了。这个谎言把她心爱的男人推到了崩溃的边缘。从此这个谎言把池原带走了，它是否还有澄清的一天，是否还有？

如简哽咽了。一夜未寝，心里压着一担砖，沉沉的。

第二天，开门上班的时候，只见防盗门上挂着一个小袋子，打开一看是那把车钥匙。

他用了这样的方式，绝没有想到。连说声谢谢的机会他都省了。

新的一天才刚刚开始，就已经坠入了失望痛苦的深渊。

不甘心地跑到楼上敲门，无人应答。如简拿起电话就打。

"对不起，您呼叫的电话暂时无法接通。"

到了公司她再打。

"对不起，您呼叫的电话暂时无法接通。"

一整天，这句话重复了一整天。

晚上再打，仍是这样。

晚饭吃不下，只肯把音乐声音开得老大，跟着一遍遍地唱，唱到声嘶力竭，喉咙喑哑，唱到身心俱疲，痛苦不堪。

你从远方来与我相恋，带来不曾有过的感觉，像一首歌,款款唱在我心扉。
走过流言喧嚷的过去,期待美丽坚贞的爱情,
愿我可以,让你相信我的心。
纷纷扰扰风花和雪月,是是非非迷惑的世界,
我无所谓,只愿和你相依偎。
就让我陪在你身边,不管这世界怎么变,
留住这时间,永不说再见。
我知道美丽的誓言,不能够证明这一切,
请让我陪在你的身边。
爱,总是不能湮灭,爱,你我的相约。
我不愿再回头,看从前的一切,让它随风飞。
就让我陪在你身边,不管这世界怎么变,
留住这时间,永不说再见。
我知道美丽的誓言,不能够证明这一切,
请让我陪在你的身边……

心上压的那担砖越发沉重,快让人喘不过气。这首歌的旋律一来再来,便又不争气地落下泪来。抓起手机,还是要打电话,别无他法了。

就在要拨通的时候,楼上的房门响了,如简飞奔着跑出去,一眼看到池原就站在房门口。黑黑的楼道里,只剩那道如炬的目光。

"池原,你回来了?你去哪儿了?"如简小心地问,慢慢走向他。

"我……谈点事刚回来,正想打电话给你。"池原满脸疲倦,脸形似乎比前天瘦削。

"你的手机怎么总打不通?"如简抱住了池原的肩膀,只有这一抱才能缓解因过分想念产生的委屈情绪。其实并没有分别,只是找

不到他的时候就会分外想念。

"噢,可能信号不好吧。车钥匙你拿到了吧?"

如简点头。

"我回来挺晚的,怕你睡了。"

二人拥抱着走进屋里,如简这才发现房间变空了许多,油画、屏风全不见了。那一刻便惊住了。

"池原,那些画呢?"

"那些画我搬走了。如简,我要搬家了,我的朋友要回来了,所以房子不能租我了。"池原说得淡淡的。他的这种平淡更让人难过。

"那你可以住我那里呀,为什么要搬家啊?你怎么都不跟我说一声?"说着眼泪已在眼眶里打转。

一种空前的无助把如简围住。一直在想池原的种种不好,那股气仍在身体里出不来。她以为自己已经可以接受分开了,可真的就要与心爱的人分开,那沮丧的心情无以描述,更无从接受。

"我已经租了别的房子了,朋友帮我安排的。如简,别这样——"池原把手贴到她脸上,接住她的泪。

"干吗要租别人的房子?我的房子不能住吗?"如简不解地推开他的手。

"住你那里我怎么画画啊?你还不得天天跟我吵啊。"

"怎么会?干吗要跟你吵?那是我家,也是你家啊。"她哭得快要崩溃了。

"如简,别哭了,后天我就得搬走了。"池原看着她,那目光令人不寒而栗,"我不在,你要好好照顾自己。"

"我不要,我不要你走。"眼泪涔涔而下,不可收拾,盼了这么久,没盼到重逢,却迎来了一场别离。

池原捧起她的脸,为她擦眼泪。如简夺过那只手哀求,"池原,不要走，你真的不能走，你走了我怎么办？"

"傻瓜，以前没有我在，你不也过得好好的。"池原始终一个表情，没有悲喜。

"那现在不一样了，我根本离不开你。"如简哽咽着。

"我只是搬家，又不是不再回来。"

"我不要，就是不要你搬家！"如简开始不讲理。

"别那么任性，这房子又不是我的。我不想走也得走啊。"池原开始不耐烦。

"那你住我那里，可以住的，我绝不会给你捣乱，让你专心画画。"眼泪一行行滑落，池原不再擦它，任它漫天漫地地流。

"如简——"

池原沉默了，屋子里只有女人的啜泣声。

突然，如简想到了那封信，表情由凄怆到镇静，"池原，你收到了我的信？"

池原从缄默中醒来，他只说一个字："是。"

"你看了？"

"是。"

"能不能不要看，就当什么都没看到。我那天是情绪不好，胡言乱语，你就当没看到好不好？"

"……好。"

又一次沉默之后，池原说："今晚早点休息吧。我今天挺累的，我不送你下去了，你也早点睡吧。"

他在让我走，他在赶我走，他要离开我，只因那封信？如简想追问下去，可理智不让她那么做。她只是乖乖地走出去，再把房门关好。

接下来，便是一场恸哭。心房像被人戳了一个洞，源源不断的液体从身体里流出，流了一整晚。

第十四章

　　周末上午，如简被一阵手机铃声吵醒。一看是个陌生号码，如简干脆按掉接着睡。昨天忙着赶一个文案加班到深夜，正想补觉。

　　片刻，那个号码又打了过来，如简不耐烦地接起来。

　　对方操着广东口音道："如简，怎么不想接我电话了？是不是不想见我啊？"

　　"你是？"如简睡眼朦胧的。

　　"我是JACKIE啊。"

　　如简这才清醒起来，"你到北京来了？"

　　"是啊，香港总部派我到北京来工作一段时间，我可能要待两周。你下午有没有空，我们见见面。"

　　"好啊……"如简赶紧起床。

　　这个JACKIE如简大学时就认识了。大四那年她去一家香港公司实习，正好和JACKIE同一个组。那时如简二十出头，JACKIE三十多岁，时间一恍，认识已算多年。

下午,如简刚到咖啡馆,JACKIE 就冲她挥了挥手臂,"你看你还是一点没变啊,还是那么年轻,我都快成老伯伯了,白头发已很多了。"

"咱们差不多有一年多没见了吧,一年能有多大变化。男人四十一枝花,你正当年。"细看之下,确实 JACKIE 的鬓角已有白霜。

上大学第一次见到 JACKIE 时,他才三十出头,英俊得很。那时如简还把 JACKIE 介绍给子淇,希望她能看上 JACKIE 而放弃袁桐。没想到那次相亲的结果是子淇对 JACKIE 很满意,而 JACKIE 却没看上子淇。这点颇令如简意外。

今天碰面,如简忍不住问:"还是一个人吗?"

JACKIE 尴尬一笑,"是啊,若有好的女孩子记得引荐给我啊。"

如简不禁旧话重提:"那当初我介绍子淇给你,你为什么不同意啊?子淇可对你很满意。如果那时你们能结婚,孩子都满地跑了。"

JACKIE 的脸色更加尴尬,"这个……也要看缘分啦。当时你还记得我给你们两个看手相吗?"

"当然记得,那时你还说子淇事业线、健康线都不错呢。"如简回忆那天的场景,历历在目。

"其实那次我是看她还有性生活,所以想到她可能不是单身,她应该还有别的男人。"

"从手相你能看出性生活?"如简诧异道,瞳孔都快放大了。

"是啊,我会看手相的嘛,又懂一点中医,这个是能看出来的。"

"她当时确实有一个男朋友,但已经分手了,所以我才介绍给你嘛。这个不是真正原因吧?"如简盯着 JACKIE 的眼睛问。那时她也明白子淇正和袁桐纠缠不清。

"其实……她这个类型我不是很喜欢,她的个子太高,腿太粗了……"JACKIE 怯怯地说。

"天哪,你怎么不说她胸还大呢?子淇这样的身材你还挑,那你太不正常了。"如简一脸不可思议状。

"有的男人确实喜欢比较性感一点的,可我喜欢那种瘦瘦的女孩子,腿很瘦,个子不用太高的那种……"JACKIE 接住了如简的眼神。

"难不成你喜欢我这种类型?天哪,你什么审美?你知道多少男人取笑我瘦吗?"如简说完,忽觉得哪里不对,便喝了一口咖啡忙掩饰住,停了话题。

忽然一阵沉默,气氛稍有尴尬。

"那个……"两人几乎同时脱口而出。

"你先说……"JACKIE 笑笑。

如简脸色一变,问:"对了,你后来跟子淇联络过吗?"

"没有啊,你们不是一直联系吗?"

"最近没她消息了。去年她回来结婚,带老公回来那次,那是跟她见的最后一面。那次我记得你也来北京了,咱们三个不是还一起去了宜家。"回忆一点点拾起来,如简不解地问,"对了,那次你怎么不打招呼就先走了?我还一直忘了问你。"

JACKIE 尴尬地挠挠头,"那次突然有点急事,所以就先走了……那次我本来是约你的,谁知道你又把子淇带过来。"接着换上了埋怨的口气。

"那天我跟子淇早约好了嘛,谁知道你会来北京,所以就一起啰。"如简思索道,"你跟子淇又没什么,还不能见面了?"

JACKIE 面色窘迫,"不是不能见面,只是最好别见了,很尴尬的。"

"这有什么尴尬?我是给你们俩相过亲,没成也是朋友啊。"如简有些奇怪地看着 JACKIE。没想到他居然抗拒跟子淇见面,难怪那次见面他说想去买杯咖啡，之后竟一个人先走了。

"哎呀，总之以后不要安排我们两个再见面啦。"JACKIE 的脸红一块青一块，完全搞不懂什么状况。

"现在你想见她都没可能了，我都跟她失联了，不知道她会不会出事？"如简面上浮出焦虑。

"她生活能力很强的，加拿大也很安全，应该不会出事吧，也可能她是不想跟你联系……"

"为什么？"如简一怔。

"噢，我只是瞎猜啊。我觉得你不用太担心，我相信子淇的处事能力，她没有问题的。"JACKIE 点了一支烟，看得出他烟瘾很大。

"上次你就说要戒烟的。"如简劝道。

"是啊，说了好几年了，一直也戒不掉，没办法啊，男人嘛，总会有些嗜好吧。不过我现在抽得很少，一天也就几支，真的不多。"JACKIE 解释着，突然问，"对了，你还住在双井那个小区吗？我记得那个小区很密集的，楼道也很破旧的。"

"没有，早搬了，那是子淇的房子，她出租了，我不能总占着房子影响她收租吧。"如简话落，忽然觉得不对，便说，"JACKIE，你怎么知道那个楼很破旧，你去过？"

JACKIE 也发现了自己的失言，忙拧灭了烟头，解释说："噢，是子淇带我去过一次，就一次。"

"我怎么没印象。当时我记得咱们三个吃完饭，不就分开了嘛。我记得我回父母家了，你不是回酒店了吗？"如简回忆着那天的情形。

"我是打算回酒店，你还记得当时子淇说要送我一段……"JACKIE 脸部线条有些僵硬。

"……所以你并没回酒店，而是去了子淇家？"如简惊住。

JACKIE 表情不自然道："是啊，我也没想到她会邀请我去她家，又不太好拒绝，所以……"

"那你们在她家……做什么了？"如简已经想到了那个场面，不禁心惊肉跳。这件事竟然子淇对她只字未提。

"……我们只是聊聊天……"JACKIE 脸上浮现出从未有过的表情。如简愣愣地看着他，脑中却始终是那个画面。怪不得 JACKIE 会觉得尴尬，原来事出有因。

那天她印象太深了，因为第二天她看到子淇眼睛红肿，脸上还有淤青。问她怎么了，她只是说摔了一跤。可脸上的痕迹并不像摔伤。如简一再追问，竟然把子淇逼出眼泪。这才说出昨晚与 JACKIE 相亲时被袁桐撞见，将她一顿暴打。如简马上掏出手机要报警，太无法无天了，简直令人发指！可子淇还是夺过了手机，她不想把这事闹大。再说人已经被打了，再闹大又怕袁桐做出更过分的举动。如简比子淇还要气，这样的男人还不一刀两断！既然已经分手了，他有什么资格动手?！子淇当时并没多说。

事后如简还曾问过她，他们三个当时只是吃了一顿饭而已，袁桐又怎么知道她是在相亲呢？子淇完全可以说成是朋友聚会，再说当时又不是二人饭局，他有必要大打出手吗？但如果故事继续往下发展，当天子淇邀请 JACKIE 去了她家，而此时袁桐正巧过来找她，那么结果可想而知。也许真是碰到了那种场面，相信袁桐才会发疯般动手打人。

"你们真的仅仅是聊聊天？"如简继续追问，事情肯定不像他说的这么简单，不然他不会如此排斥子淇，更不该如此尴尬。

"真的只是聊聊天，聊一会儿我就走了。"JACKIE 再次解释道，那样子好似不像骗人。

"你走的时候是几点？你在她家没碰到什么人？"事情已聊到这儿，如简觉得有必要弄清真相。

"走的时候好像是十点多吧,在她家没碰到什么人啊。"JACK-IE 努力回忆说。

"你再想想,你出来的时候没碰到什么男人?"如简提醒道。

"我出来,她送我到小区门口,然后我就打了的士走了。门口好像有个男人跟她打招呼,我以为是她的邻居。"JACKIE 终于说到了重点。

如简缓缓地说:"那个人不是她邻居,就是她以前的那个男朋友。那晚可能他正好过来找子淇,而在门口恰好看到她送你走的画面,所以他一气之下动手打了她……"

"是吗?这个我真没想到。"JACKIE 有些吃惊,"那个男人看样子是挺凶的,子淇怎么会喜欢他?"

"大学他们就在一起了,也有感情了。那个人比子淇大很多,根本不是子淇能掌控的。"如简有些不寒而栗。

"……哎,这个话题不要再继续了。有些事情还是不知道的好,知道了反而会令你对子淇印象不好。"JACKIE 挠挠头。

如简沉默了,JACKIE 说得不无道理。只是她以为她和子淇之间是无话不谈的闺蜜,没想到子淇会对自己隐瞒,而她对子淇从没有任何秘密。

"怎么,不高兴了?我们真的只是坐了坐……什么也没做……我是想说子淇跟你不同,你简单,但她要复杂得多……而且对她来说,一般男人恐怕望尘莫及。"

"所以你不敢选她?"如简接着说。今天的谈话真是冷汗频出,两人似乎都显得很不自在。

"不是啦,她真的不是我喜欢的类型,刚才我不是说了嘛……"JACKIE 面色已僵硬。

如简并没有接话。这个话题无法再纠结下去。

总觉得 JACKIE 还有未说出的话。站在 JACKIE 的立场,想想也合理，有些话又怎么可能当如简的面说出来。

　　站在子淇的立场，回放整件事——子淇敢爱敢恨，当天见面对 JACKIE 满意，便直接约他去了家里……只是没想到 JACKIE 会拒绝，也没想到会碰到袁桐，故事就开始逆转。袁桐一怒之下将她暴打，子淇向来要面子，她确实不好开口。这种事她也不想说给别人听，即使这个人是如简。

　　思路这样捋一遍，似乎都顺理成章，没什么不妥。只是如简蒙在鼓里，不知情而已。分析过后，倒也觉得子淇没有什么过分的地方，可今天跟 JACKIE 的这场谈话，却如鲠在喉，一种打了死结般的不舒服的感觉盘桓于心。

【四年前　最冷的那个冬天】

池原搬走了，接下来的状况正如人所料，从此杳无音讯。

如简发疯似的找他。

"池原，我现在去找你，我想跟你见面。"

对于自己的预见，多希望那是多疑。恋爱中的女人向来多疑。她不相信和池原之间会走上不归路。那时的如简对那段感情仍然怀抱希望。

"不行，今天真的不行，我不太方便。"池原连连拒绝，也许那时他已做好了决定。

"有什么不方便，今天是周末啊，我马上就到你新家了。我要去看看你。"如简坚持己见，不由分说。

"如简，今天真的不行，你别来。我们改天见面好吗？"池原不松口。

"可我马上就到了，你是已经安排别的事了吗？要不我上去只看你一眼，见完我就走。"如简退而求其次。

"别了，我们改天见吧，我现在正在画画，很忙，要不我再打给你……"

如简不想听这样的拒绝，她直接挂了电话。她固执地跑到池原的新家，就是这个地址，没错的。拼命地敲门，一遍遍喊池原的名字。

楼道里空空的，一个人影都没有。

如简慌了，那个紧闭的大门让她的心跌入谷底。身体缓缓地沉下去，直接瘫倒在地上，"池原，开门，开门——"凄厉的声音打在冰冷的四壁，没有人回应。

落魄地从那片住宅中走出来，这才发现一只耳环不见了，如简更慌了，那是池原送的耳环，那是池原送的，怎么可以丢啊！难道老天都在暗示什么？……她不敢想下去。

无助地拿出手机，继续打电话——"您拨叫的用户暂时无法接通，请稍后再拨。"

一遍遍地打，不知疲倦地打。一整天都抱着电话不放，像个疯子。

晚上，电话终于打通。可就是没有池原的声音，他不接电话。再打，仍不接。

如简只好发短信过去：

池原，告诉我今天到底发生什么事了？为什么不给我开门？为什么不接我电话？我在担心你，你到底在忙什么？忙完一定给我回个电话好不好。一整天坐立不安。

守着电话一分一秒地盼，电话铃声终于在一个小时后响起，如简兴奋又害怕地一把抓起。

"池原！"

"如简，是我，怎么，等池原电话啊？听到我声音是不是特失望？"小慧狡黠一笑，"那我就长话短说了。咱们班的魏兰兰和吕涛要结婚了，这周末在云海饭店办喜酒。咱们班同学好多都从外地赶过来，到时肯定热闹死了。哎，真没想到他们俩还真成了，这可是咱们班成的唯一一对儿啊，真难得！哎，如简，你上午可得早点来啊……"

"小慧，"如简打断了话筒里那个兴高采烈的声音，"我不太想去。"

"你干吗？你跟魏兰兰关系也不错啊，再说是咱们大学同学聚会啊，你当然要参加了。"小慧气了，"不行啊，我不管你有什么事，反正你得参加！"

"我真有事，真去不了。"为池原半疯的那个人已没有心思干任何事了。

"你能有什么事？跟池原什么时候不能玩啊，再说就一天，这次他们组织得特别好，大学老师也叫了，还会出纪念册，还要唱歌，还要录DVD，这么难得的婚礼，你不去那怎么行。就这么定了啊，到时我去找你。"

小慧挂了电话，不容分辨。

身体无力地滑落到沙发上，脑袋不停地响着，天旋地转。好一会儿，如简才分辨出是手机短信的声音，立刻她又振作起来，这次一定是池原。

如简同学，周末吕涛的婚礼你肯定参加吧，终于可以见面了，好多话想跟您说。我周五就会到北京，我们能否提前见个面？陈峰静候。

竟然是陈峰的短信。刚振作的身体马上又疲软了。她泄气地把手机扔到床上。

池原，池原！为什么还不回电话？！

没有力气哭，可眼泪还是流出来。

绝望中，如简想到了一个人，或者只有她能知道真相。

毫不迟疑抓起电话，如简劈头盖脸就问：

"樱桃，你最近见过池原吗？我有点事想找他。他手机关机了。你知道他家里有电话吗？"边说边觉得心虚，她竟然向樱桃打听池原的消息。

"他不是最近搬家了吗？怎么，他没告诉你家里电话？"能听得出这话里的挑衅。

"你知道电话吗?能告诉我吗?"如简放下了身段,此刻除了樱桃再无人能帮她。

樱桃说了一个号码。原来她真的知道电话。

沮丧、失望、委屈、心痛……各种情绪在如简身体里打架,快疯了。

按着那几个救命的号码,眼泪叭叭地打在电话上,溅起一片凄怆。

忙音一直在响,直到自动断掉,也没有池原的声音。

怎么办?我该怎么办?抱着电话不断按重拨键。打累了,瘫到床上。看着那部倒霉的电话,她似乎看到樱桃在一旁讥笑。或许那只是个胡乱的号码,只有傻瓜才会拼命去打。

情急之下,只好再次拨通了樱桃的电话,"你刚才给的号码不对吧,你再看看?"

樱桃笑笑,"那个电话也是以前池原给我的,也可能现在早不用了。再说他现在交新女朋友了,也可能早换电话了。"

如简心一剜,忙追问:"你不是说他跟国外的女朋友复合了?"

"我原来是这么想的,后来也觉得不太可能。我觉得他可能又找了一个新的女朋友,家里很有钱。我现在看他穿衣服都是一身名牌。"

"这也只是你的猜测吧。"如简在这个时候仍不愿意相信。

"其实池原这个人挺看重钱的,我觉得他宁肯找个有钱的,也不会找个漂亮的穷光蛋。"

"你又说池原花,又说他看重钱,那你还那么喜欢他?!"如简讽刺地问。

"哪个男人不是这样?男人不坏,女人不爱。我要是有钱,池原也会找我了。再说了,你敢说你不喜欢他吗?"

如简面色一凛,都是女人,谁又能瞒得过谁?可面上还是逞强,她抛开不悦问:"你知道最近他在忙什么?"

"我哪儿知道?我又不是他女朋友。我只是有这个感觉。因为我也找不到他。一个男人如果忙起来,不是为了事业,就是为了爱情。像池原这样的英俊男人,有的是女人追求。我有预感,他现在这个女人不一般,可能金钱、美貌、性各方面都很突出……"

如简有点听不下去了,刚想要挂电话。

樱桃突然说:"对了,我知道以前池原还有一个联通的号,但不知现在还用不用。"

不管是不是真的,如简都得试一试。

电话拨通了,真的有人回应了!如简激动得快要落泪。

"池原,是我,你在哪儿?我找不到你——"

"你是谁啊!"一个男人粗鲁地叫嚷,似乎不太可能是池原的声音。

"我找池原,这不是他的电话吗?"

"打错了,查清楚再打,瞎他妈打。"

被人呛了一鼻子灰。这个樱桃,真是疯子才会相信她。

再次回到绝望中。背脊不可抑制地软下去,身心俱疲。

忙了一天一夜了,都不知自己在做什么?心,岌岌欲碎,痛不可言。

突然,如简想到了一个办法。她披上外套就冲到了街上,拿起公共电话,再次拨打池原的手机。这次他接了。

"是我,池原,怎么了?今天出什么事了?为什么不接我电话?我找不到你?!"

"噢,可能信号不好吧,你在哪儿?这是哪的电话?"池原看了一眼来电显示。

"我在外面,你在哪儿?"如简又急又气。

"我也在外面,有几个朋友来了。"

"你有事吗?我担心你出事了。"如简强忍着说。

"没有,我没事,都这么晚了,你早点睡吧,明天你还要上班呢,要不我明天白天再给你打电话?"

"……好吧,那我等你电话。"

放下电话,片刻才能正常呼吸。看到她的手机号,他就不接;换了陌生号码,他竟然接了!池原,为什么要对我这样?为什么要折磨我?为什么?仰天长叹,悲从心中升。一种不祥的预感扑面而来,像磐石一样盘踞在如简心中。

回到家中,已快撑不住了,接着就给子淇打了电话。

"如简,这么巧你就打来电话了,我还正有好消息告诉你呢!我交到新男朋友了!简直太神奇了。你猜这个人我怎么认识的,真是撞大运撞来的。有一次我一个人出去玩迷路了,就盼着有个帅哥出现,来个英雄救美。结果奇迹还真出现了。他叫CHARLES,我们一见钟情,你知道吗,他有一米九,天哪,太帅了,不过我们才认识一个多星期。如简,他说他发誓要找个中国女孩儿做老婆,他说中国女孩儿特有味道。看来这次我真要走大运了!如简,你听着吗,你不替我高兴吗?"

子淇连珠炮似的说话,如简一时插不上嘴。见子淇如此高涨情绪她还能再说任何丧气的话吗。

"当然高兴了,我就知道你有好消息告诉我。"如简勉强说了一句,收起满腹心酸。

"你知道吗?我们已经住一起了,他真的特棒……哎,我也不强求了,如果他愿意娶我最好;如果他没有这个意思我也不强求。我不会再刻意追求不属于我的东西。实在不行,大不了再回国。想想回国也不会太差,至少我们还可以天天见面,我们两姐妹再重新并肩作战……"

子淇的兴奋，更加剧了如简的悲伤。

翌日醒来，天空依旧沉郁，一如此刻的心情。

整整一天，仍没有池原的电话。他说过白天会打来的，可他没打来。

到底为什么？为什么？如简在屋里狂吼。可他听不见，离你最近又最远的人永远是你爱的那个人！

紧攥着那个手机，如简无助地把短信发过去：

池原，明天能否见个面，想见你，想见你。

把短信发过去，又哭成了泪人。

直接钻进被子里如简强迫自己睡去。只有睡去才能忘掉关于池原的一切记忆。

凌晨两点，手机响了，如简从梦中惊厥。竟然是池原的短信！只有两个字：

好的。

破涕为笑，他终于同意跟我见面了！如简把脸埋在被子里，又哭又笑。

那一天正好是魏兰兰和李涛的婚礼，为了躲小慧他们的电话，如简狠心地关了手机。为了自私的爱情甚至不惜牺牲友情。那时的自己现在想来都面目可憎。

那天如简一早就去了池原的新家，精心打扮好。她知道池原喜欢黑色，特意选了一件款式特别的黑毛衣，挑了对夸张的耳环，再把新买的靴子穿上，她要池原赏心悦目。

特意买了早点，这个时候池原一定还没吃早饭。

打开门的一刹那，看到池原的一刹那，如简一阵晕眩。

这是朝思暮想的一刻，整整十多天了，做梦都在盼着见面的这一刻。

如简扑到池原怀里,那个温暖的怀抱再舍不得松开。

这些天所有的委屈,此刻却不想发泄,只想静静地拥抱着,什么都不说。

"我刚起床。"池原冲她笑笑,睡眼朦胧的,"今天的衣服很好看。"

"那你快去刷牙。一会儿吃早点。"如简像什么都没发生一样,温柔地笑。她以为自己会大呼小叫,以为会生气发脾气,以为会控制不住地争吵。没想到只要见到他,什么怨气都消了。

"带什么好吃的东西了?"池原刷完牙出来。

"老婆饼,很好吃的。"如简笑笑。

"老婆饼。你做的饼啊,那么有趣。"

"是啊,我做的,快尝尝好不好吃?"

看着池原全部吃下,如简静静地看着他,好想时间在这一刻停止。

"还真挺好吃的。"池原望着她,一如从前那种诚挚温柔的眼神。

没想到他这一望,泪就来了,一种酸涩从胸腔中攀爬而上。明明已经见面了,可仍旧觉得悲伤,是怕分别吗?

"如简——"池原把她搂到怀里,像从前一样摸她的脸蛋。

最受不了他的这个动作,令她痴迷的这个动作,只会让眼泪来得更凶。

"……如简,我配不上你。"

"为什么这么说,不许你这么说。"

"是我不好,总让你哭。"

"没有,是我不好。"

池原抱着她躺到沙发上,不停地为她擦泪。

"如简,我不值得你这样。我真的不好,我对你不好,如简,我们分开吧——"

刚刚把眼泪收拾好,一听这话再次崩溃。果然是有一场分别,这一次他真的说了出来!

"为什么?池原,上次我们去森林公园不是还好好的啊。你还让我去你家,你忘了?池原,你怎么了?到底发生了什么事?从那以后,你好像变成另外一个人了,为什么?为什么你变了?"如简挣扎着坐起来,声音颤抖。

池原半天不说话。

"是因为那封信吗?"

"不是,与那封信无关。"池原平静得令人害怕。

"那是什么?你有别的女人?"如简失控般。

"不是,没有别的人,只是咱们之间的问题。如简,是我不想结婚,不想耽误你。"池原坚定地看着她,那目光像刀削一般,剜人心肺。

"可你说想的,你说三十五岁以后就会想结婚啊。"如简几近崩溃。

"我那是骗你的。我真的不想结婚,你那么好,我不想害你啊。"池原脸上有了表情。这表情如此陌生。

"池原,我没逼你结婚,如果你不想,我可以等啊。以后的事谁也无法预料,也许再过一段时间,你就想结婚了,这都说不准啊。"如简把最后的自尊抛开。

"如简,我真不想伤害你,你那么好,我只怕晚点说对你伤害更大。"池原的声音扬上去。

"我不想分开,如果你不想结婚,那就不结啊,我们还像现在这样,只要能见面就好了,我可以不结婚的。"说完如简自己都觉得没皮没脸了。

"女孩儿都想结婚,我知道,我怕再这样下去你会越陷越深。"

"我不怕,我只要跟你在一起。池原,今天你的话我就当没听见,我们还像以前一样,好不好?"如筒紧紧地抱着池原,生怕下一秒就会分开。

"如筒,我真值得你这样吗?我们做朋友好不好?要不,你做我妹妹……"池原挠着头皮。

"我不要,我不要……"如筒开始号啕大哭,整个屋子都被哭声充满,"池原,我们还像以前好不好,好不好……"

池原把她抱到了床上,吻去成片的眼泪,"别哭了,怎么哭得那么伤心,我真值得你这样?"

"我就是不要分开,不要分开,我要和你在一起,池原——"
已哭得上气不接下气,把池原的衣服弄湿一大片。

"好吧,听你的,别哭了,你看你,像小兔子似的,快去洗把脸。"

这话却换来更加放声的痛哭,鼻涕眼泪一起流,像解放天性般哭得淋漓尽致。那一次成了如筒今生最绵长的一次恸哭。

池原吻着她,安抚着。他退去了那身黑毛衣,如筒任他动作。如果这样能留住他,还有什么不可以?

池原重重地压在她身上,那一瞬她终于平静了。

"如筒,我是喜欢你的……"池原温柔地亲吻她的长发,就像爱情刚刚开始一样。

池原吻干了她面上的眼泪,可它一再地流,失控一般。

"可不可以把眼睛闭上,你那样看着我,我会不自在……"池原跟她商量。

如筒舍不得闭上眼睛,她要看池原的脸,她知道这很可能是爱情的最后一天。

池原还像以前那样,可如筒始终无法投入。

缓缓闭上眼睛,一种濒死的痛在内心辗转。

看到如简痛苦的表情,池原嗫嚅道:"别哭了,如简,你这样让我有点过意不去。"池原试图安抚那急剧的喘息,"……那个樱桃也是这样,她也受不了我的。"

"什么?"如简突然撑开疼痛的双眼,"你跟樱桃,你们……"

"是,上大学的时候她来求我,我看她太可怜了,我那样做只是想帮她解脱……"

"不要说了!"如简边穿衣服边吼他,"我不想听——"

"如简,对不起,你生气了——"池原被她这一吼吓到。

如简背向他,再也无法正视他的脸。

一声门响,划破死寂。如简跑了出去,离开了那个让人欢喜让人忧的男人。

我该怎么办?——永远在说这几个字,永远手足无措。除了哭,就只会问怎么办!

跟跄中,如简看到地上闪着一个亮晶晶的东西——竟然就是那天遗失的耳环,池原的东西竟能失而复得,爱情是否也能回来?

她把脸埋在手心里,斑斑血迹从指缝中流出,周围猩红一片,恐怖之极。

"啊"的一声锐叫,一个恶魔把她拖向了地狱。周身漆黑一片,冰冷无比。粗浊地大口喘气,就快要窒息。有个声音模糊地传来——这里不是地狱,是你最爱的人的心……

第十五章

没想到会在医院里碰到宋冰。

已记不清多久没联系了,看到微胖的宋冰气色俱佳,便知她还在爱河中。

宋冰一看到如简便说:"你怎么这么憔悴啊,好像又瘦了。"

"哪像你气色那么好,一直不跟我联系,是忙着谈恋爱吧?"

宋冰咧嘴一笑,"是啊,这不想赶紧结婚嘛。"

"你那边离了?"如简忙问。

宋冰欣喜地点点头。

如简终于呼出一口气,悄悄看了看她的肚子打趣道:"你不会是未婚先有子了吧?"

"我倒想呢。"宋冰白她一眼,"我这不想到医院检查一下,看看我的指标怎么样,就怕生出不健康的孩子,我现在也算高龄产妇了。"

"那我不是更高龄。"如简自嘲道。

"你怎么样？还没着落呢？"宋冰关心地问。

"顺其自然吧，不强求。"如简淡然一笑。

"你得抓紧了。对了，前一阵小慧不是说想组织咱班同学聚会吗？时间定了吗？"

"没定，这不子淇一直没联系上，所以时间没定下来。"

"咳，子淇联系不上还不聚了？她没那么重要吧？"这话明显是有情绪。如简知道她俩向来关系一般，也不再深究。

宋冰接着说："她不是在国外找了个老外吗？"

如简点点头。

"不过我觉得老外也不见得靠谱，我怎么听说她离婚了。"

"不会吧？你听谁说的？"如简一愣，眼皮跟着一跳。

"我也忘了，反正是咱们都认识的人说的。我跟子淇关系一般，她离不离我倒也不关心。我只关心你，你赶紧找人嫁了吧。眼看就三十了，还不急呢。"宋冰扫过关切的眼光。

"等你先嫁，准备什么时候办婚礼？"如简凄苦地一笑。

"咳，我是不想大办，二婚还办啥，准备下个月去马尔代夫度蜜月，摆酒就算了。"宋冰说着眉毛一挑，"哎，我这事你别跟咱班同学说啊。我可不想让他们知道我刚结一年就离婚，然后又闪婚，还找了个比自己小好几岁的。他们这些人嘴碎，不想让他们议论。"

"明白，放心吧，不说出去。"

"连子淇也不能说。"宋冰叮嘱道。

"我跟她都失联了，说不到你这儿的。"如简叹口气。

"你都跟她失联了？你们俩那么好！"宋冰说着口气一转，"对了，有一次我还在健身房看到她以前那个男朋友了。"

"你是说袁桐？你确认？你怎么还能记得他？"如简奇怪道。

"咱们一个宿舍，我怎么能不记得，当时他总来接她。现在他是健身房的贵宾，我经常能看到他。"

"你现在总去健身?"如简转了话题。这个人现在提起来仍是有些反感。

"我老公是健身教练,我当然得去啊。"

"怪不得……"

两人哈哈一笑。

看着宋冰离去的圆润背影,如简竟兀自羡慕起来。又是一个敢爱敢恨的女子,说离就离,说婚就婚,一刻不肯犹豫,活得潇洒。想想三年前的今天,还仍是个泥足深陷的受伤女子,潇洒从来和自己不沾边。

【三年前　初春　抽丝剥茧】

　　病来如山倒，病去如抽丝。爱情就像生病一样霸道，说来就来，如排山倒海；说走就走，又如抽丝剥茧。那过程不长不短，正好可以把你折磨得死去活来。

　　病了两天，两天没开手机。

　　今早刚打开手机，短信的声音不断地跳出来——

　　如简，你到底在哪？为什么不开手机，全班人都在找你！速回我电话！小慧。

　　如简，我等你电话，为什么不来参加婚礼？真的不想跟我见面吗？陈峰。

　　婚礼马上就开始了，请速来！小慧。

　　如简，如果你真的今天有事，我会晚一天离开北京，我们周一见个面如何？千言万语要跟您说。陈峰。

　　如简，你太让我失望了，你还有没有把我这个朋友放在眼里啊？小慧。

　　如简，今天你的手机仍不开，我不知道出了什么事？今晚我就离开北京了，等你的回电。陈峰。

　　我在车上最后一分钟，您的电话还没有来！陈峰。

　　本来我有很多话想跟您说，似乎您仍活在自我封锁的世界里，这本来没有什么不好的，只是我实验过，活在这种世界里不能让人幸福。陈峰。

对不起，我在火车上没事干，对您进行严重的信息滋扰，这种行为本来是不好的，但是如果是善意的，或许能让人幸福。陈峰。

我到家了，始终没有您的电话或者短信。有一个姑娘穿了十几年的紧鞋，有一天某人给她买了一双非常合适的鞋，她第一次感到了穿鞋原来可以如此舒服。但愿某一天，有人能帮助您，走出自我为中心的封锁的孤独世界，体会到外面的世界原来可以很精彩。陈峰。

如简笑了出来，这时竟还能笑得出来。也许陈峰是对的，自己一直陷在池原的世界里，不肯自拔。但还是一股脑把陈峰的短信删除了。

只给小慧回了短信：

小慧，对不起，我在外地，等回北京后我向你道歉。

对小慧也撒谎了，突然觉得自己很可恶。可不这么说，还能有什么理由让小慧原谅？

不用道歉，那天我也是有点急了。这周我们见个面吧，给你看那天的DVD，好玩死了，好多人都变化挺大的。我们拍了好多照片，到时给你看。

小慧没有恼，如简开心地回复：

好的，我请你吃饭！

那一刻，不由觉得友情比爱情珍贵。与爱情追求结果不同，友情从不强求，顺其自然，自自然然地维系，轻轻松松地交往。没有压力，没有大喜，没有大悲，有的只是细水长流的动容，淡淡然然的关爱，从细微之处发出光彩的感动。

友情不嫌弃你活到又老又丑，只会陪你慢慢变老；友情如酒，它只会随着时间愈加醇厚，偶尔喝上一杯，如饮醍醐；友情不会没完没了地缠着你，它像阳光，在心情不开朗的时候照耀你、温暖你。比爱情更弥长更感动更窝心更值得珍惜的只有友情。

即使没有爱情，拥有温馨的友情也是一辈子最大的福分。

一个星期没跟子淇联系，如简在疗伤，专心致志。

打开电脑，多渴望看到子淇的信，多希望子淇能说点什么，此刻的失恋的女子多么需要她的鼓励！

邮件里果然有子淇的信，如简迫不及待地打开。

第一封是一个故事：

曾有人做过实验，将一只最凶猛的鲨鱼和一群热带鱼放在同一个池子，然后用强化玻璃隔开，最初，鲨鱼每天不断冲撞那块看不到的玻璃，奈何这只是徒劳，它始终不能过到对面去，而实验人员每天都放一些鲫鱼在池子里，所以鲨鱼也没缺少猎物，只是它仍想到对面去，想尝试那美丽的滋味，每天仍是不断地冲撞那块玻璃，它试了每个角落，每次都是用尽全力，但每次也总是弄得伤痕累累。有好几次都浑身破裂出血。持续了好一些日子，每当玻璃一出现裂痕，实验人员马上加上一块更厚的玻璃。

后来，鲨鱼不再冲撞那块玻璃了，对那些斑斓的热带鱼也不再在意，好像他们只是墙上会动的壁画，它开始等着每天固定会出现的鲫鱼，然后用他敏捷的本能进行狩猎，好像回到海中不可一世的凶狠霸气，但这一切只不过是假象罢了，实验到了最后的阶段，实验人员将玻璃取走，但鲨鱼却没有反应，每天仍是在固定的区域游着。它不但对那些热带鱼视若无睹，甚至于当那些鲫鱼逃到那边去，他就立刻放弃，放弃追逐，说什么也不愿再过去。实验结束了，实验人员讥笑它是海里最懦弱的鱼。可是失恋过的人都知道为什么，它怕痛。

鱼的实验也能跟"失恋"扯上关系?! 讨厌这两个字,这让人痛不欲生的两个字,再不想看到!

子淇是了解我的啊,她能直接戳到我的痛处!如简想想又觉得自己好可笑。

第二封是四个问题:

问题一:如果你家附近有一家餐厅,东西又贵又难吃,桌上还爬着蟑螂,你会因为它很近很方便,就一而再、再而三地光临吗?

回答:你一定会说,这是什么烂问题,谁那么笨,花钱买罪受?

可同样的情况换个场合,自己或许就做类似的蠢事。

不少男女都曾经抱怨过他们的情人或配偶品性不端,三心二意,不负责任。明知在一起没什么好的结果,怨恨已经比爱还多,但却"不知道为什么"还是要和他搅和下去,分不了手。说穿了,只是为了不甘,为了习惯,这不也和光临餐厅一样?

——做人,为什么要过于执著?!

问题二:如果你不小心丢掉100块钱,只知道它好像丢在某个你走过的地方,你会花200块钱的车费去把那100块找回来吗?

回答:一个超级愚蠢的问题。

可是,相似的事情却在人生中不断发生。做错了一件事,明知自己有问题,却也不肯认错,反而花加倍的时间来找借口,让别人对自己的印象大打折扣。被人骂了一句话,却花了无数时间难过,道理相同。为一件事情发火,不惜损人不利己,不惜血本,不惜时间,只为报复,不也一样无聊?

失去一个人的感情,明知一切已无法挽回,却还是那么伤心,而且一伤心就是好几年,还要借酒浇愁,形销骨立。其实这样一点用也没有,只是损失更多。

——做人,干吗为难自己?!

问题三：你会因为打开报纸发现每天都有车祸，就不敢出门吗？

回答：这是个什么烂问题？当然不会，那叫因噎废食。

然而，有不少人却曾说：现在的离婚率那么高，让我都不敢谈恋爱了。说得还挺理所当然。也有不少女人看到有关的诸多报道，就对自己的另一半忧心忡忡，这不也是类似的反应？所谓乐观，就是得相信：虽然道路多艰险，我还是那个会平安过马路的人，只要我小心一点，不必害怕过马路。

——做人，先要相信自己。

问题四：你相信每个人随便都可以成功立业吗？

回答：当然不会相信。

但据观察，有人总是在听完成功人士绞尽脑汁的建议，比如说，多读书，多练习之后，问了另一个问题？那不是很难？

我们都想在3分钟内学好英文，在5分钟内解决所有难题，难道成功是那么容易的吗？改变当然是难的。成功只因不怕困难，所以才能出类拔萃。

有一次坐在出租车上，听见司机看到自己前后都是高档车，兀自感叹："唉，为什么别人那么有钱，我的钱这么难赚？"

我心血来潮，问他："你认为世上有什么钱是好赚的？"他答不出来，过了半晌才说：好像都是别人的钱比较好赚。

其实任何一个成功者都是艰辛取得。我们实在不该抱怨命运。

——做人，依靠自己！

难为子淇的一片苦心。

明明理不清的因果，偏要理出头绪；爱情明明是个不等式，却偏要求出一个公平的结果。做人多难？！可偏偏要难为自己。

如简知道自己的问题。为爱痴狂的女子，失恋又失心，变得不可理喻。太多的问题值得去反思,可神经错乱了,一切思考都是徒劳。

关上电脑,如简陷落在椅背里,心情在凄凉孤独的状态下沉浮。

忽然想起了那首唐诗,"天涯何处无芳草",原来是说给自己听的,原来那天他就已经在给她暗示了,却笨到没有一丝察觉。

那天的回忆一下子涌出来,想起森林公园里的热吻,想起车站的难舍难分,根本也没有一点儿分手的迹象。再想起后来他说分手的表情,想起自己的号啕大哭,想起他在床上提到樱桃……挤在狭隘悲怆的记忆甬道里,如简呛咳不已。

把那首诗工工整整地抄下来,贴到墙上,警醒自己。

"多情却被无情恼"。多么精辟!原来多情的人竟是我这个墙里人,我还偷笑什么。原来池原早安排好了我的结局,他竟能用这么美的诗句安排我的结局?!

如简边想,边嘲笑自己。此刻除了嘲笑,她还能做什么?

两天了,没有任何消息。明知道不会有任何消息,可内心还在不甘心地等待什么。失恋的女人就是这么可笑。

下午在 QQ 上碰到子淇。这么晚了她竟然还没睡。

问她为什么还不睡。

谁知她说:"CHARLES 今天跟我求婚了!"

真是个天大的好消息!怪不得她会彻夜未眠。

她说她并没有想到 CHARLES 会提出跟她结婚,她只是说学业结束了,她必须要回国。没想到那男人哭了,他舍不得子淇走,他带子淇见了父母,并要求马上结婚。子淇说下个月她会回国,办理结婚相关的手续。

天哪,奇迹发生了,只有子淇能带来奇迹!

如简机械地敲着键盘,心里却在想,我们不愧为姐妹,都在争相体验最极端的感受。不同的是,她在体验爱情的最极致,我在体验爱情的最疼痛。

"你怎么样,最近一直没你消息,你跟池原也快了吧?"子淇不经意地问。

"还那样吧,等你结婚后我再结吧。"如简不想说,这个时候说这个太扫兴了。

"别啊,要不咱们一起结吧,多有趣!"

正在想怎么回答,子淇又发来一句:

"哎,他现在就在我身边呢,他想跟你说话,等着啊。"

一会儿,一句有趣的英文发来:

"Hi, I'm ZiQi's little white face."

一听这话,如简乐了。

子淇接说:"我让他走了,咱们接着说吧。"

"他怎么知道小白脸?你教他的吧?"

"当然了,他这些词学得可快啦。他现在还在说'小白脸',还说'小笼包',他现在最熟的就这两句,可乐了——"

听到了子淇的笑声,那么真切、生动,却又那么遥不可及。仿佛她在另一个爱的世界,而自己却深陷地狱。

"那你们快睡吧,也这么晚了。下个月后你就回来了,我们见面再说——"

下了线,如简仍呆坐在座位上。什么也不想做,就想这样一直待着,一直等到一个月后子淇把幸福真切地带来。

一个月之后,那个伤口应该已经愈合。那时或许就能平静地说出她和池原的事,只要跟子淇见了面,相信自己会忘记所有的伤痛。

失眠的夜里不再想池原,那个叫樱桃的女人竟又跑出来捣乱。

没想到大学时，他们就已经有了肉体关系。没想到曾受的爱情伤痛，樱桃早早体验，并已破茧化蝶，重塑生命。而自己呢，此刻仍在唏嘘不已，痛不欲生。

多么可笑的轮回！

哗，哗，楼上那个声音又来了。这次如简清醒地辨出了这声音，是雨声，是雨啊！跑到露台上听雨，自己也跟着泪如雨下。

爱情就这样走了吗？

第十六章

小慧带来了一个坏消息,没想到魏兰兰和吕涛离婚了。

"怎么觉得他俩结婚就跟昨天似的,怎么说离就离了?"如简苦涩地回忆说,"你还记得吗?他们俩的婚礼我没参加,当时你还生了我一肚子气呢。"

"当时你正跟池原闹分手,怎么能怪你。"小慧小心地看了眼如简,这个话题总怕她旧伤复发。

如简匆忙一笑,掩饰住情绪。

"还觉得没走出来?"小慧小心地问。

"不值得一提。"这个话题如简真的不想提。

"看来还有恨?"小慧试探道。

"也许还有。"说到这儿,如简转了话题,"哎,你知道他俩为什么离了?"

小慧明白,接过话题,"还真不知道,他俩结婚后就去深圳发展了,在北京的同学好像都没有他俩的消息。真没想到当时婚礼办得那么成功,三年后还是离了,太可惜了。"

"也许已有各自的爱人,分开也不是坏事。"如简想起了宋冰,离婚后的她不知多幸福。

人生就是一场旅行。旅程中,总有人离开,总有人到来。

"哎,对了,那个樱桃又找我要你的电话了。"小慧突然说。

"你千万别给。"如简眉头一皱。

"当然。我问她找你什么事,她也不说。"

往事一下子又涌出来。这个女人,好似成了甩不掉的影子,梦魇一般。

【三年前　夏　心软】

　　今天的广告公司的面试并不顺利，还浸泡在失恋中的如简智商一下子跌落谷底，回答问题恍恍惚惚，面试的HR甚至问她是不是生病了。

　　如简尴尬地点点头，她自己明白，心都被挖走了，还有什么勇气面对工作？

　　最后HR送她到电梯口，还语带关切地说："回去等通知吧，如果一周之内没有接到通知，那你也别等了。"

　　如简苦笑一下，她俨然没有指望有回复。

　　从写字楼出来，还在迷茫中，竟然有人喊她的名字，她以为是那个HR又找她，不想她寻声望去，天哪，竟然又是樱桃！

　　再一次看到她浓妆的五官，如简眉头一皱。

　　"如简，真巧啊，怎么会在这里碰到你，你在这里上班吗？"

　　如简矢口否认，可又不想提面试的事，只好说："见一个客户。"

　　"我们能在这里遇上也是缘分，中午一起吃饭吧，我正想约你吃饭呢。"樱桃又露出夸张的笑，"我们好久没见了，我有一肚子话要跟你说呢！"

　　如简本能地拒绝，樱桃却不由分说拉她向外走去。如简由她这么拖着，竟也没有反抗，也许潜意识中还想知道池原的消息？真是无可救药的女人！如简自己骂自己，那声音只有她自己听得见。

餐厅里人很少，简单点了几个菜，刚吃了几口，樱桃却换上了哭丧的表情，"如简，我这几天特别难受，你知道吗，我哥哥离婚了。"

"你哥哥？你什么时候冒出个哥哥？"如简意外道。

"是我亲哥哥，他在老家，我一直没跟你说过他。他前一段离婚了，特别惨。那个女人把我哥骗了。你知道吗，她有多恶毒，她居然跟一个网友好了。她趁我哥出差的时候就跟网友胡搞，他们已经好了大半年了，我哥居然还蒙在鼓里。我哥太善良了，他完全被那个女的骗了，一点儿都没发觉。"樱桃激动万分。

"那后来怎么发现的？"如简像听故事般。

"是那女人怀孕了，她骗了我哥一笔钱之后就说要离婚。我哥心特别软，他一听那女人爱上了别人也就不想要这段婚姻了，马上就签字离婚了。可这太便宜那女人了。要是我的话绝不离，凭什么她想怎样就怎样？我真没见过这么坏的女人。太可怕了！"

"那他们有孩子吗？"

"有啊，小孩儿最惨了。我哥离婚后紧接着就失业了，孩子判给我哥了，那女人根本不管，她居然马上跟那个网友结婚了，真是王八蛋！我哥现在也没钱养这个孩子，所以我把孩子接到北京来了，现在就住我家里。"从来没见过樱桃这般崩溃。

"是吗，樱桃，没想到你跟你哥的感情这么好。"如简有些侧目。

"那当然了，当年我能到北京来，我哥也资助过我，现在他有了难处我当然要管了。我准备把我哥也弄到北京来，孩子就在北京上学，不让他在老家待着了，省得以后那个臭女人找我哥麻烦。反正我哥工作也没了，正好到北京来找工作。"

"可在北京也不好找工作。"如简现实地说。

"是啊，如简，所以我就想跟你说这事。我也没别的朋友，你是我最好的朋友，如简，你一定会帮我的是吧？"

樱桃说出了重点，如简一愣，"我能帮什么呢？"

"帮我哥找工作啊！我哥条件挺好的，你看我这样你就知道我哥长得不差的。他原来在我们老家电视台工作，很有能力的，给你看照片吧，"说着她从包里拿出了两张照片，"你看，怎么样，精神吧。这是我哥在办公室拍的。我哥算是电视台的领导，所以他有自己的办公室。这张是跟刘德华的合影，你看他跟刘德华差不多帅吧。我哥在我们老家是最英俊的，想当年多少女孩子追求他，可他偏挑花了眼选了这么个坏女人。"

如简看着照片里那个黑黑胖胖的男人竟有些想笑，头发抹了厚厚的油，全部梳到脑后，十足一个黑社会老大。

"这是你哥啊，跟你还不太像啊。"如简说得含蓄。

"还是有点像吧，我当然是我们家最漂亮的。我哥是离婚受打击了，一下子憔悴好多，都是被那个女人害的。如简，你看看能不能帮我哥找份工作，你认识那么多人，你肯定会有办法的。"

"我认识的人哪儿有你多啊，你是做媒体的啊。"如简直言道。

"可我认识的那些人都不会真心帮我的，包括池原。我们认识那么多年，这事我找他帮忙，他居然当面就给我拒绝了，真是过分！算了，男人都不可靠。我也不会指望男人。如简，我现在最信任的人就只有你了，你一定要帮我！你看我哥现在太惨了，离婚对他打击那么大，又没了工作，我爸妈身体又不好。我爸每个月的医药费就要上千，家里光靠我一个人哪儿养得起，还有一个没上学的孩子，我那点工资根本不够用啊。如简，你看我多惨，我才多大就得养活全家，我哥要是再没工作，我们家根本撑不下去了……"樱桃说着就快哭出来。

如简看她的样子倒不像是装出来的，没想到池原会那样绝情，也许对他从未有过真正的了解。想到这儿，如简心里一阵绞痛。

"樱桃，我跟你说实话吧，我已经辞职了，现在还在找工作呢！不过我会帮你想着，有合适的机会一定通知你。要不你把你哥的简历发我一份，我帮你留意。"如简还是心软了，毕竟樱桃跟她爱过同一个男人，总有些恻隐之心。

话落，樱桃马上拿出了几张打印纸，"简历我早准备了，打了好几份，你一定帮我联系一下，我哥的工作就靠你了。"

"好吧，我尽力吧。不过现在找工作确实挺难的，可能不会那么快。"

樱桃突然探过身来，脸色一整道："如简，其实你身边有个人可以帮忙的。"

"我身边？谁啊？"如简眉毛一扬。

"就是你原来公司的张总经理啊，只要你开口，他一定会帮忙的。"樱桃面上一喜。

"总经理？我辞职后一直就没跟他联系过，现在再去找他帮忙有点不合适吧。"真没想到樱桃能打总经理的的主意。

"如简，没关系的，我觉得你们总经理人挺好的，上次我去采访他就对他印象非常好，我们聊得也很愉快。我觉得他对我印象应该也不差，你去跟他一说，他肯定不会拒绝的。"樱桃流露出把握十足的样子。

"那不如你直接去找他，反正你们也见过嘛。"为这事去找总经理，她万万也做不出来。

樱桃嘴一撇，"那多不合适啊，毕竟我们只见过一面，可你就不一样了，你们是同事啊，朝夕相处，关系肯定比我好多了。再说上次采访也是你牵的线啊。我觉得他挺欣赏你的，在我面前还夸你能干呢。所以你去找他说说，肯定比我管用啊。如简，你就帮帮我吧，你就打一个电话就可以了，不会太麻烦。而且我哥做什么都可以，哪怕让他做保安也行。我也只是想让他有个过渡，先有个落脚点，等适应了，我会再帮他找别的工作。我哥原来在电视台负责宣传的，正好你们那个公司不是有公关部吗，他认识好多媒体的，再说我的关系也就是我哥的关系，他肯定能干好的。我哥的能力真的挺强的，如筒，你放心，绝不会给你丢脸的。"

看着樱桃急切的样子，如筒不置可否。

"如筒，你想想，你一个电话就可以救一个人，这样的举手之劳你都不肯吗？"樱桃说着竟把眼泪挤出来。

如筒面色发窘道："问题是我一个电话也未必管用啊，毕竟我已经辞职了，为这事再去找总经理肯定不合适，再说我又没有一官半职，总经理怎么会卖我的面子？"

"那不管怎么样，只要你肯打这个电话那我就心满意足了……如筒，帮我一下吧。"

看着樱桃泪流满面的样子，如筒只好硬着头皮说："……那好吧，我试试。"

"如筒，你真是太好了，我就知道你一定会帮我的。过两天我哥就从老家过来，需要面试什么的，你告诉我。我也让我哥准备准备。等他来北京我就让他请你吃饭，再把张总叫上。我哥人真的挺好的，你肯定也会喜欢他的。其实我还想过把我哥介绍给你，也只有你这么好的女孩儿才适合我哥……"

"你又扯哪儿去了，吃饭就免了，等我联系试试吧。"如筒心里打鼓，跟总经理好久都没有联络，一联系就是找人帮忙，似乎也太势利。

"没问题，如筒，你放心吧，只要肯给我哥面试的机会，他绝对没问题的，我有这个信心……如筒，你看你最近都瘦了，我真心疼你啊。你自己可要照顾好自己啊……"

那顿饭后，樱桃的脸笑开了，如筒却犯了难。

难道真要为这事给总经理打电话？晚上做了一番思想斗争，练习了无数遍之后，如简拿出了手机。

就在电话快要接通的那一刻，如简又心虚地挂了电话。也许晚上总经理正在应酬，也许这个时候打并不合适……正胡思乱想着，总经理回了电话。

如简吞吞吐吐地说了一番之后，没想到总经理竟当场答应了，他竟然都没提面试的事，只是说可以干三个月试用，如果合适就转正，不行就辞退。

事情顺利得令人难以想象。如简感激涕零地说了一堆感谢的话。总经理说不用客气，又问了她的新工作情况，甚至还问起了池原。如简撒了谎，告诉他一切都很好。没想到最后总经理说："如果在外面做得太辛苦，随时欢迎你再回到公司来……"

如简感激地挂上电话，胸口却突然地一阵酸涩。眼泪莫名其妙地就跑出来。说不清是为什么，越哭越甚，满腹心酸，满腹委屈，通通哭了出来。总是要在别人面前佯装坚强，总是自欺欺人又绷不住地偷偷掉眼泪，她讨厌这样的自己。

小慧知道这件事后，劈头盖脸地责怪起来：

"如简，你这不是自找麻烦嘛！如果她哥人品很差，那只会让帮你的总经理难做。我看你晕了头了吧。她前一阵找我帮忙来着，我一看她哥那样子，就坚决没接她这事，你倒好，你又不烦她了？"

"哎，她也不容易，樱桃其实挺可怜的。她一个人要养一家子，现在还有几个这样的女孩儿，就冲她这点也得帮她。"如简心软道。

"如简，不是我说你，你怎么总被樱桃的那几句话就给蒙了。你看着吧，这事没那么简单，到时出了事你可别怪我没提醒你。"小慧不悦道。

"能出什么事？大不了干三个月走人了，我也算帮了她。"如简自我安慰道。

"你干吗非要帮她呀，樱桃是你什么人啊？我给她出书这事你不是一直反对吗，怎么现在你倒一副热心肠了。"

　　是啊，如简自己也不明白了，她究竟是我什么人？又为什么要帮她呢？

　　也许是因为受过同一种伤，知道她的苦难，只是这个苦难实在说不出口。同样是画中的女人，可对池原的了解甚至还不如她。

　　这事再不想深究了，仿佛欠樱桃的人不是池原，而是她自己。

第十七章

周末，宋冰约着去健身。

如简踏上跑步机，如释重负般。

许久未锻炼，稍一动便浑身潮热，狼狈不堪。宋冰看着如简上气不接下气的样子，坏笑道："不谈恋爱，不找男人，一运动就呼哧带喘，你这样下去可怎么是好？"

"你就由我自生自灭吧。"如简把毛巾搭在脖子上，从跑步机上跳下来，"哎呀，不行了，歇会儿吧，累死了。"

宋冰慢慢减了速，"你赶紧改变改变，你这样下去，男人都把你当怪物了。"

如简刚想反驳，宋冰却示意她往那边看。

如简一看，即刻收敛了表情。那个人她当然记得。

"他每周来一次，哎，还有个天大的秘密你不知道。"宋冰放低了声音，一副神秘莫测的样子。

"什么秘密？"如简擦着额汗问。

"哎，你还记得他叫什么名字吧？"宋冰再次把眼神瞥向那男人。

如简一愣，"他叫袁桐，怎么了？"

宋冰哼笑一声，重复道："我也记得，那时在宿舍里经常听你和子淇说这个名字。但你绝不会想到，子淇对你撒了谎。"

如简又是一愣，"什么意思？"

"告诉你吧，傻丫头，他根本不叫袁桐，他叫袁生春！"宋冰一字一顿地说。

"不可能，子淇亲口告诉我的，他就叫袁桐，梧桐的桐。"如简有些凌乱了。

"到今天你还这么天真，其实上次见面我就想告诉你了。"

"你怎么知道他叫袁生春？"如简不可思议地看着宋冰。

"你忘了我老公是这儿的教练，他在这儿办的年卡，上面写着他的名字。"宋冰肯定道，面上浮出不屑。

"那也可能他只是随手瞎写了一个名字，你怎么知道袁生春是他真名？"如简仍不相信，她不相信子淇会对她撒谎，而且这种事根本没必要撒谎。

"我的大姐，这边办年卡是要身份证登记的！"宋冰愤愤地看着她，"你到现在还相信她？！"

如简蒙了，脑袋轰的一声。嗓子一紧，再也说不出话。

为什么会这样？这么多年，子淇都在对她撒谎？她为什么要撒这个谎？难道她不担心这个谎言一旦拆穿，她们的关系怎么办！

如简想不明白，"子淇为什么要隐瞒这个？"

宋冰白她一眼，"我早说过子淇跟你不一样，她太有心眼，对人也处处设防。你是她最好的朋友，她连男朋友的名字都瞒着你，还编了一个名字，你说一般人会这么做吗？"

"为什么……"如简瘫坐下来，身体一下子软到无力。

"她防着你，不想你知道她的事。"宋冰分析道。

"不可能，我一直把她看作最好的朋友。"如简说得力不从心。上次JACKIE那件事她已隐瞒了，这次连名字都是编的……为什么？她不敢往下想。

"那是你一直把她当最好的朋友，她对你呢？你想想，连她男朋友的名字都对你撒了谎，那别的事情呢？"

如简心一沉，五官痛苦地纠结在一起。这么多年，她对子淇从没有任何怀疑。因为她也一直确信子淇对她，正如她对子淇。她们之间不分彼此，没有秘密，惺惺相惜，又心照不宣。她们把女人之间的美好演绎得淋漓尽致——在她失恋的那段难以自拔的日子，子淇无微不至；在池原抛弃她之后，子淇更恨不得为她去当复仇女郎；高兴时她们快乐分享，痛苦时她们彼此分担……这一切历历在目，又怎么可能是伪装出来的？她们的情谊是不带任何杂质的，怎么可能编出一个名字来，在她面前叫了那么多年?!

如简崩溃地看着宋冰，她要一个解释，她马上要！

"她为什么要对我撒谎，骗了这么多年，为什么？我不能理解。"如简颓然地问。

宋冰安慰道："你不能理解的事还多着呢。你以为就这一件事瞒着你吗？我看可不止。"

如简听不下去了。她该怎么办？以前的一切的一切她该怎么回忆？

当晚她给子淇发了信，只有一句：

今天碰到袁生春了，在健身房。

发完她已预料到结果，子淇果然没有回复。

【三年前　秋　吞噬】

　　无数个失眠的夜晚过去，子淇回国见到如简的样子吓了一跳，她没想到会这般憔悴，整个人一副病态。

　　如简知道失恋也是一种病。只是，她不想提，不想提那个人。看到子淇脸上容光焕发的表情，更映衬出她的落寞。

　　"新郎怎么样，快给我看看照片。"如简努力装出雀跃。

　　"着什么急啊，当当当，快看——"子淇变戏法似的拿出了一张合影，那样子甜蜜而幸福。

　　"好帅啊，好高啊，好配你啊。"如简啧啧地说。

　　"还不赖吧，我真是转运了。"子淇欣喜地看着照片说，"那次我也不知怎么地，鬼使神差地就想出去旅行，幸好那天我迷路了，好像一切都是安排好的，姻缘天注定啊。我也没想到CHARLES能对我一见钟情，没想到他说第一眼看到我就爱上了我，说我就是他今生要找的人，多浪漫啊！"

　　是啊，子淇的浪漫让人更加心酸。

　　"你可真有运气。"如简看着子淇，忍住酸涩。

　　"运气只给有准备的人。你别忘了我为了这次邂逅付出多少代价，连课我都没上，还自掏旅游费。"

　　"亏你还有脸说。"如简打趣她。

　　"你怎么样啊，楼上那位帅男邻居怎么也没听你提啊。"子淇问。

"没什么好提的,他忙着呢。今天不提我的事,只说你。快说说你那个CHARLES,你们还有什么好玩的事。"如简绕开了子淇的发问。她怕自己控制不住场面。

"好玩事太多了,我现在教他中文呢,他已经会说王八蛋了。"子淇甜蜜地粲笑。

"你别乐我了,你怎么不教他点儿好……"

笑声湮没了如简的苦涩。只有子淇能给她带来这种肆无忌惮的笑。只是她还不知此刻的如简心中长着一颗毒瘤,毒素正在一点一点吞噬身体,几乎只剩下一具空壳了。

晚上睡在一起,子淇盯着她的胸部看,"喂,你好像发育了。"

"讨厌,没个正经,都几岁了还能再发育。"如简面上僵笑。

"你跟池原是不是已经……"子淇坏笑。

"……"如简不想否认,又不想承认,只是她张不开嘴。

子淇心领神会,"怪不得最近一直不跟我提他了,原来你们已经修成正果了。哎,不如我们一起结婚吧,再一起生孩子,多有意思!"

瞪着天花板的那张脸哭了。

"如简,你怎么了?"还是被子淇发现了,一颦一笑都逃不过她的慧眼。

"我怎么突然有点饿了,你呢,你饿不饿?"如简答非所问,躲开子淇的眼神。

子淇侧过身来,认真地问:"如简,你到底怎么了?你跟池原你们……"

"……我们分手了。"如简破涕一笑,笑得好难看。

她以为笑着说就会化解伤痛,可说完她还是脆弱地流泪。

"怎么好好的会分手?你怎么没跟我说啊,什么时候的事?"

"你回来之前吧,我都快忘了,你又来招我。"如简边哭边笑,佯装坚强。

"到底为什么?"子淇沉重地说。

"可能我把他想得太完美了,现在想想,我根本不了解他,他的家庭、他的朋友、他的红颜知已,我全都稀里糊涂……而且他跟樱桃真的有过,子淇,你说得一点儿都没错。"

"这个王八蛋,把他电话给我,我现在就骂死他。"子淇要替她当复仇女郎。

"子淇。"如简却反过来安慰她,"算了,都过去了。我也不想回头。爱情哪能强求的?"

"什么呀,你忘了你还给他出钱办画展,不行,快给我电话,让他把钱吐出来!"子淇火冒三丈。

"算了,别提这事了。"如简哽住,最辛酸的往事绝口不提。

"如简,我知道你受不了的,你别硬挺着,你想哭就大声哭出来——"

子淇抱住她的双肩,细致地抚她的背脊。那一刻再不需伪装了,如简号啕大哭,撕心裂肺。

那段时间,子淇陪着如简一起疗伤,身边有个知情者宽慰总比一个人孤独地死扛强。

有子淇的陪伴,如简以为自己会好得快一些。没想到,一星期过去了,仍是那个样子——无缘无故就想哭,子淇在的时候还能忍住,一个人的时候,根本控制不了,只要想起那天的场景,泪就来得又凶又急。更要命的是,在恨那个人的同时,仍在拼命地想他。他已经都说出那样无情的话了,可心里最隐蔽的位置还是有他。如简恨自己像中了蛊一样分不清黑白是非,可又陷在怪圈中难以自拔。

女人自恋爱后是否都会变成超级傻瓜?一方面对那个无情无义

的男人恨之入骨，一方面又犯贱不止地想复合。

这是怎么了？如简恨自己这般无药可救。他明明就是肉里的一根刺，每天都在隐隐作痛，可仍舍不得拔掉，自虐般生活。

看着那对失而复得的耳环，如简总不相信爱情就会这么过去。丢失的东西还能找回来，爱情就不能了吗？况且这是池原的东西，这个时候她还深信爱情也会有奇迹。

子淇看她每天戴着那对耳环，爱不释手的样子便气不打一处来。

她恨铁不成钢地骂如简："赶紧把它扔掉，省得睹物思人。这种男人有什么好留恋的，为他这样犯得着吗？"那口气一如当年如简数落她，"现在的池原还值得你爱吗？你给他办画展，他为了钱把画卖了；你一心一意对他，他跟樱桃的事一直瞒着你；你都把最宝贵的东西给他了，他珍惜过吗？还不是想甩你就甩了！这样的男人你还想着他干吗？！"

如简说不出话，子淇的话字字珠玑，她心服口服。道理她都明白，可她就是做不出来。她控制不住自己的灵魂，那个灵魂早已出窍。

"当年你骂袁桐不是东西，骂我执迷不悟，醒不过来。现在呢？你还不是一样走我的老路？！"子淇不管不顾地骂出来，现在的如简一如当年的她。

如简不敢与她对视，是啊，她终于还是走了子淇的老路，多可悲的轮回！

见如简一直沉默如铁，子淇换了口气，"其实你跟我当年一样，你放不下的并不是池原，你只是放不下爱情。"

爱上池原，还是爱上爱情？这一刻，如简战栗住了。

也许子淇说得对，如简把自己埋在沉默里。可心里总觉得池原跟袁桐不一样，他没那么坏，他要是坏人，他一开始就会骗我上床,他对我是有感情的,谁都有犯错的时候,再说那时他并不认识我,他跟樱桃都是过去的事了,我怎么还会耿耿于怀?

如简在为池原开脱,也在为自己开脱,她在为爱情找借口。

心里一个声音还在抗争:我想见他,没有理由地想见他!

晚上趁子淇不在,如简控制不住地给池原发了短信:

最近过得好吗?

只能发这一句,酝酿半天也只想出这一句。

一个小时后,终于有了回复。她的心几乎要跳出来,打开手机,竟是这样一句:

我很好,谢谢!

呼之欲出的心跳,霎时停滞。在爱情里,最惧怕的就是客套,这种不带情绪的客套就是疏离。只分开半个月而已,彼此竟像分别千年之久。

又不甘心地又发了一句:

那天森林公园的照片你一直没给我,我想要,哪天你有空我拿U盘拷过来。

池原这样回复:

我发 E-mail 给你吧。

这不是她想听的话。她还是不甘心,还想再说点什么,甚至就要冲动起来给他打电话了。可最后那一刻还是没有勇气,她担心那颗爱人的心碎成千瓣落到地上,再让子淇替她收拾残局,她不忍。

暮雨徐徐落下,一阵风吹来,满室清凉。

我该怎么办?我能怎么办?最爱人的心已经黑得不能见底了,飞蛾还要继续扑火吗?

如简打了个寒战,更无睡意。

第十八章

　　咖啡馆里有轻缓的音乐飘在空气中，午后阳光暖暖地打在沙发上。如简迎着窗外的那缕光竟感觉不到一丝暖意。眼看深秋已过，心也跟着收紧。
　　宋冰的话反复在脑中盘旋，令她不得安生。
　　对面的小慧看出她的不安，刨根究底地问。
　　如简终究是说了出来。原来袁桐的名字叫袁生春，说出的那一刻，她竟觉得有些滑稽。
　　"你相信吗？"如简把问题丢过去，她已失去判断力，只好求助于小慧。
　　没想到小慧说："我当然相信，这事子淇能做得出来。"
　　"你们怎么都这么想。"如简还在据理力争。
　　"如简，你呀，我知道你们俩要好，但那是学生时代，她只是把你当个伴儿而已，有了男朋友谁还会把女朋友放在首位？只是个玩伴，哪是什么两肋插刀的朋友，是你想多了。"小慧喝了口咖啡，不疾不徐道,"子淇这么精明的人,她对谁都会有所保留的,这个我能理解。"

"谁都有隐私,你可以保留隐私,但没必要撒谎啊?"如简最不能接受的是这个。

"也许当时只是随口一说,不想告诉你真实名字,既然开了头,后面就得一直编下去了。"小慧一脸平静。

"她没想过这事有一天会戳穿吗?"如简纠结地问。

"她当然想过,所以她现在不跟你联系了。已经时过境迁了,你明白了吗?"

"这就是她失踪的理由?!"胸腔里有股气冒出来,如简克制住,此时此刻,她仍不肯接受。

"我觉得如果袁桐这件事她能对你撒谎,这在我看来根本不需要扯谎的事,那么肯定还有太多的事她撒了谎。"小慧冷静地分析。

如简茫然地摇了摇头,她想到她们在一起的时光是多么开心,这里面又隐藏了多少虚假的东西?想想不禁汗毛都立了起来。

"你还记得以前咱们三个人聚会,那气氛多热闹……"如简苦涩地回忆道。

小慧点点头,"那时是挺开心的,但那时袁桐已经存在了,而不是袁生春……"

如简落寞地瞥向窗外,表情纠结。

这时小慧说:"其实还有件事我一直没告诉你。"

如简转过头来,直愣愣地听小慧说下去。

"你还记得有一次她想出租房子,我正好有个亲戚来北京想租房,是我表弟,我就跟她说了一下。我表弟当天就去子淇家看了房子。结果子淇就拿出了一份合同,上面写着弄坏她东西每项赔多少钱,而且房租当场涨了两百。我表弟觉得挺过分的,就没同意。事后我表弟跟我说这事我觉得也挺过分的。毕竟我跟子淇关系还不错,那又是我表弟,至少看在我的面子上她也不应该当场涨钱吧。"

"这不像子淇做出的事吧?"如简一脸不可思议。她印象中子淇向来大方,决不是那种斤斤计较的人。

"当时我表弟跟我说的时候我也不相信,可我表弟没必要骗我吧?"小慧无奈地说。

如简泄气般地吐出一口气,这是子淇吗?还有多少事她被蒙在鼓里?

窗外的阳光黯淡下去,如简甚至不敢看小慧的表情,只好再次看向窗外——一个身形酷似子淇的姑娘正看向她,明艳动人地一笑。

【三年前　初冬　聚会】

和子淇、小慧在老地方聚会。

子淇知道如简还在疗伤的阴影中，那晚为了让她笑，子淇大谈CHARLES的趣事。

"你们可不知道，原来CHARLES是个活雷锋。在国内我都没遇到，到国外还真遇到活雷锋了。刚开始我们俩约会的时候还好，等我们俩一好，他就原形毕露了。每天下班就看他拎着个大垃圾袋站在马路边等我。我说你干吗，拎个垃圾袋多难看啊。他说为了环保得把垃圾回收，不能扔在办公室里。我说那也不能拎个垃圾袋约会吧。他就让我陪他先去回收站，扔了垃圾再约会。跑那么老远去扔垃圾，还得搭上过路费。你说这什么人啊，公司本来就有清理垃圾的人，哪用得着他自己每天跑回收站啊，真让我哭笑不得……"

"你老公还真是活雷锋，太乐了。"小慧笑道。

"这还不算，再跟你们说找工作的事。我不是一直在找工作吗，想在加拿大找一个薪水高点的工作。正好有个公司想要我，我就提出条件要高薪，结果CHARLES一听就不干了，他说我不该跟那家公司要那么高的薪水，说够吃够喝就行了，人家公司也不容易。你说说，哪有他这样的？"子淇又气又乐。

"这样的人多好，多善良啊！"如简插话。

"是善良，可善良得过头了吧？"子淇虽说的是气话，可表情洋溢着说不出的甜蜜。

"他还真是活雷锋，这年头像他这样的人可真少见了。"小慧说，"哎，他知道雷锋是谁吗？"

"他哪儿知道，他对中国了解太少了，有时候他就问我是不是中国很乱，是不是到处杀人？我就骂他，不让他看那些乱七八糟的不实报道。所以还非得带他回国来看看。不过他对中国文化还是挺感兴趣的。我正教他学中文呢。有一次我们去一家中国餐馆吃饭，我教他点菜，'红烧茄子'，他跟服务员说了好几遍，人家说听懂了，他就特高兴，跟小孩儿似的。他还特爱吃小笼包，每次我们俩一进中餐馆，他就说'小笼包，小笼包'，发音可准了。乐死我了，有时候他真的挺可爱的……"子淇越说越幸福了。

"其实外国人有时比中国人还单纯。"小慧补充。

"是啊，单纯得可爱。"子淇接着说，"没有中国男人那么多心眼，也很大方。我在加拿大租房子，钱都是他掏的，这才叫男人。"

"不过中国男人也有大方的，像我老公这方面就不错……"小慧也不忘夸一下自己的老公。席间只有如简最落寞，表情总是一阵抑郁，一阵恍惚。

"当然你老公是特例了。我男朋友总对我说：中国男人不好，又脏又臭，还对女人不忠诚，爱搞婚外恋。想想他说得也挺对的。外国男人一般都不会一只脚踩几只船，他们肯定是跟女朋友分手了才会找下一个。这点我觉得就比中国男人强多了，起码有点责任感。我男朋友在这方面经常跟我探讨，他就说我可以在外面跟别人玩，跟别人发生关系也没事，就是不能在外面过夜，太阳落山前一定要回家。他觉得女人不可能只跟一个男人，男人也不可能只跟一个女人，如果偶尔发生了性关系，那也是正常，但绝不能过夜。过夜就意味你想跟他发展了，有感情依赖了。他可以容忍肉体出轨，但精神上一定不能。他说如果发现我精神出轨了，我们的关系也就结束了。我觉得他说得挺对的,也很客观。我觉得我们沟通得很好,不像我以前的男朋友,哪能谈这些,什么跟别人发生关系也可以、天黑前必须回家,这都是不可能的事。根本也不可能探讨这些方面。CHARLES 就不是那种小气的男人,我在外面跟什么人吃饭、玩啊,他从不过问,就说太阳落山前要回来,他会在家等着我。"

"真有趣,CHARLES 也太开明了吧,我老公是做不到。估计中国男人没几个做得到。那你们会谈论以前的情史吗?什么以前的男女朋友之类,他会问吗?"小慧刨根问底道。

"他很少问,有时我会主动说。他也不关心这个。我倒有时候问他以前交过几个女朋友,他就说无数,八国联军。光亚洲女朋友就交过三个。但他说都过去了,年轻时爱挑战,喜欢新鲜事物,喜欢美女,不定性。但现在他只想要一个能过日子的老婆。所以情史对我们俩来说都没什么意义了。其实我们刚开始接触时,我不想跟他确定男女朋友关系,我那时还想着要回国,感觉我们俩也不会有什么结果,但他非常坚持,对我特别认真。他说他就觉得我是他老婆,他一见我就是这种感觉。最逗的是,有一次他住我那儿,我正好有一件给我爸买的睡衣就拿出来给他穿,我还逗他说是我前男友的睡衣。他说没事,他照样穿,他真不在乎这些。他说只要能跟我在一起,其他什么都无所谓。"

"真不可思议,东西方文化差别太大了。那你没问他,他到底喜欢你什么?"小慧问。如简一直在走神。

"我也问过,他说就是合适,他说我在他眼中也不是很完美,优点、缺点都有,但他就是觉得合适。就像买房子,哪座房子都有它的优缺点,你绝不会百分百满意,但你需要这座房子,你可能就会挑一座比较方便、适合你住的房子。他说我就是他想要的那座房子。"

"他竟把你比喻成房子?头一次听说。"如简打起精神说了一句。

"是啊,从来没人这么打比方,但我觉得很实在。他就是个很现实的人,也算是活明白了。我也愿意做他的房子,这种感觉很踏实,很可靠。"

"那你们吵架吗?他脾气好吗?"小慧好奇地问。

"当然吵,哪有不吵架的情侣?他脾气是挺好的,但我们有时也会为一点儿小事就吵。比如吃饭,我们很少能吃到一块儿。咱们中国人吃饭就喜欢一起吃,他们不行,自己吃自己的,绝不能吃别人盘子里的。所以他从不吃我盘子里的菜,我们都各点各的。可我就不喜欢,我就愿意吃他盘子里的,两人一块儿吃多好啊。他就生气了,说这样不好,这是他们的习惯。所以现在我就不吃他的了,他也不吃我的,我尊重他的习惯。所以我们俩需要磨合的地方挺多的,主要就是东西方文化差异,价值观不一样。只能慢慢地适应对方,不过还好我这人不是很挑剔,我觉得有些东西可这样可那样都行,我还是比较随和的。其实喜欢对方就会愿意迁就对方,感情是基础啊。"子淇说得传神,让人动容。

"还真是,我跟我老公也老吵,但他道歉快,第二天就没事了。我们俩没有隔夜仇……"小慧也是一派兴味地说。

"是,我跟CHARLES也是这样。前一段我们俩收拾屋子,他就嫌我东西多让我扔掉。他的观念就是没用的东西都不要留着。比如我的一些衣服只要我不穿了,他就让我扔了。可我觉得以后还能穿呢,许多衣服过一段又流行了,所以我就不想扔。我俩就为这个开始吵架。可第二天他就跟我道歉了,说我愿意留着就留着吧。他就是这样,脾气来得快,好得也快。有时男人就像小孩儿,情绪一不好就跟你闹,可闹完了又好了,总是这样。其实男人也有生理期,一个月也总得闹上几天……"

"还真是的,我们家那位也这样……"

听着小慧和子淇你一言我一语地讨论自己的男人，如简的脸色黯淡得快失去颜色。

"总之找老公就得找大方的男人，小气的、小心眼的趁早拉倒。如简，你以后就不能找池原这样的，不像男人。"子淇掷地有声。

"就是，如简，好男人太多了，回头让子淇也给你介绍一个老外。"小慧迎合道。

如简不置可否，强颜一笑。

"哎，子淇，快多说说你们俩的趣事。你们俩在一起一定还有好多好玩事吧。"小慧转向子淇雀跃道。

"我们俩在一起的乐事太多了。我不是经常爱说'讨厌'吗，成口头语了，他也学会了，跟我顶嘴就说'讨厌'，还不会声调，就会说'掏厌''掏厌'，乐死了。我现在教他一些简单的词。比如，我让他睡觉前洗澡，他们老外都习惯早上洗澡，我就对他说：'不洗澡睡觉，脚会臭臭。'他就跟着我说'臭臭'。他要是干什么事不对，我就骂他'笨笨'。'笨笨'他也学会了。有一天他问我爱他有多深，我就说'一点点'。他就特奇怪地问我：'你们中国人怎么说什么词都爱 double？'笑死我了……"

小慧笑得前仰后合的，如简也跟着笑起来，恋爱的美好真的能感动所有的人。即使像如简这样倒霉的失恋鬼，也仍被恋爱的美好打动。

"不过他现在只会个别的词，句子还听不懂。有一次我们俩参加一个中国朋友的聚会，一到那儿才发现除了 CHARLES 之外全是中国人，我们就开始大说特说中文。结果 CHARLES 就疯了，他一句都听不懂，冲着我大喊：'ZIQI, SHUT UP——'我们全都乐疯了……"

笑声一浪一浪袭过来，女孩儿都爱分享恋爱的喜悦。正因为有这样的美好存在，女孩儿们才会不惜代价地渴望爱。

活在爱里的人，注定要飞蛾扑火。

那天的聚会，小慧还提到了樱桃的书，说下个月就可以见书。

"你给樱桃出书？她还能写书？"子淇诧异道。

"她自费出书，我何乐不为？反正这书也不上市，我都没看，交给别的编辑了，我才懒得管樱桃的事。"小慧嘴角一拉。

"其实樱桃这人也挺可怜的，她一个人在北京，家里的人全都得靠她，挺不容易的。"如简替她打圆场。

"谁在北京都不容易，如简，我看你比她可怜。"子淇有些生气道。

"是啊，如简，那个樱桃一点儿不用你替她操心。"小慧忽然问，"对了，她哥那事怎么样了？"

"不知道，我也没问，应该没事吧，如果有事樱桃肯定会来找我的。"如简都快忘了这事，这些日子浑浑噩噩，也不知是怎么过来的。

"如简，你可真行啊，樱桃她哥的事你居然也管，我真服了you……"子淇杏眼睁圆，不可思议的样子。

那一餐的尾声，如简还是把子淇苦心营造的快乐气氛搅乱了。提到樱桃，她就控制不住地想到那个人，情绪低落到极点，没了任何食欲。

那一餐分分秒秒都在伴装坚强，却又伪装得不彻底。听到子淇准备在国外大办婚礼里，终于还是绷不住地落泪。

大学时的好友都纷纷结婚，自己却与婚姻隔着深渊万丈。子淇看见如简的眼泪知道她又是旧伤复发，忙又一通安慰。

一场聚会弄得不欢而散，越是怀念恋爱的美好，越是悲伤眼前的悲伤。

如简知道，没有池原的日子，她就是一具行尸走肉，只有空空的躯壳，没有灵魂。

第十九章

中午跟童童吃完饭,刚坐回座位上,手机提示音跳出来。如简匆忙一看,是新邮件提醒,来自子淇。

如简心一跳,赶紧打开邮件。

力勇你怎么忘了?我不是还托他给你介绍过男朋友。

只这一句话,再无其他。

经她提醒,如简确实想起来了。两年前确实子淇给她介绍过男朋友,当时的介绍人就是这个叫力勇的男人。

为了让她心尽快摆脱池原,子淇发动了身边的追求者为如简安排相亲。但那次相亲变成了子淇和力勇的恳谈会。两个当事人只象征性地寒暄两句,便迅速进入听众和看客的角色。相亲结果可想而知。

信里她并没有提到袁生春,看来她在回避。

如简盯着邮件发愣,没有点回复键,袁桐事件已让她无话可说。

一早，公司派如简去工商局为一家公司的新产品注册商标。本来这是童童的客户，无奈她生病，如简只好替她前来。

刚走进工商局，忽然从背后传来一个男声。那声音带点外地口音，显得如此陌生。如简回身一看，一个瘦小的戴黑边眼镜的男人正盯着她看。

"你是？"如简看着他，完全叫不出名字。但他叫的是"沈如简"，应该又不会认错。

男人操着男方口音道："你不记得我了？"说着他把眼镜摘了下来。

如简这才恍然道："你是陈新？"

这个陈新是如简的学长，比她高一届；当然他还有个更著名的身份——李婉的前男友。

大学毕业后的某一天，当李婉宣布她新交的男朋友是陈新时，所有人都吃了一惊。貌美的校花找了其貌不扬的学究陈新，谁都不能置信。

当时李婉要出国，而英语成绩最好的陈新成为她的得力助手，帮她写推荐信、写论文、找学校、写申请……所有这些琐碎的事全都由陈新一人扛了。明眼人都看得出来，这个男友的身份是有目的的。陈新却不这么想，能当一天校花的男朋友，抛头颅、洒热血都肯，更别提这些举手之劳了。一年后，陈新顺利帮李婉联系到了学校，而他俩的恋人关系也随着李婉的出国戛然而止了。

也是一个挺辛酸的爱情故事。如简从回忆里跳脱出来，看着陈新。

"戴了眼镜你就认不出了。"陈新笑笑，"你怎么跑到工商局来了？"

如简忙说了事由，陈新忙为她找熟人帮忙，这样能办得快些。

果然在陈新同事的帮助下，事情顺利办完，比预计的早一个钟头。陈新提议道："正好也快到饭点了，我请你吃个饭，难得我们能碰上。"

如简摇头道："不用客气了，都是老同学，你先忙你的吧。回头我们再约。"

陈新执意要请，如简只好说："要请也得我请，今天全靠你帮忙。"

二人去了附近一家中餐厅。

陈新点了一桌子菜，弄得如简有些不好意思。

二人边吃边聊。陈新显然要比大学时期能聊，性格似乎开朗不少。

饭菜过一半，才渐入正题，如简知道他一定会问。

果然，陈新把筷子一放，用餐巾纸抹了抹嘴角，这才说："你跟李婉还联系吗？她最近怎么样？"

这才是这顿饭的核心所在。

如简顿了顿说："她在澳洲应该还不错，好像是在一个政府部门做，以前回国时还见见面，今年好像也没什么消息了。"

说来也奇怪，如简加她微信一直没加上，不知什么原因。出了国的人似乎都有意神秘起来。

"她结婚了吗？"陈新不甘心地问。看得出他对李婉仍有执念。

"应该还没有吧，如果结了，一定会有人传话的。至少到现在我还没听到消息。"如简看着他深情的样子，又说，"你还忘不掉她吧？"

陈新尴尬地笑笑，"忘不掉又能怎样，她可能早把我忘了。"

"你有没有想过，当初她和你在一起可能就是为了让你帮她出国？"如简直白地说，有意泼他的冷水。

陈新点一下头，"就算这样也无所谓啊，一切我都心甘情愿。"

呵呵，还是那个痴情的男人。

"喜欢一个人就是很奇怪，即使你知道她是利用你，你还是心甘情愿被她利用、被她骗。"陈新总结道。

如简也跟着点一下头，是啊，自己何尝不是这样，年轻时谁不曾痴情过？

"当时你知道吗？我们宿舍流传了一句话，说这话最早就是你说的。原话是：李婉漂亮得太俗，但哥们儿就喜欢俗的。这话真是你说的？"如简笑笑。

陈新憨憨地一笑，"好像不是我说的吧？李婉俗吗？我没觉得啊。"

"那还有一句，说一看李婉就是个狐狸精，谁娶了她得要半条命。这句传说也是你说的？"

这句陈新承认了，"那是酸葡萄心理吧，谁能想到我还能有机会做她男朋友，即使要半条命我也乐意啊。"

"呵呵，你还在想着她，又怎么交新女朋友？"如简刺中他的要害。

"确实她的这个标准太高了，我见哪个女孩也比不上她。"陈新吐露心声。

这点最要命了，一如当初她断言，还能有比池原更好的男人？都是陷落在爱情中不能自拔的人。那种外人不能理解的痴狂，如简她懂。

"不如你再去追她，反正她现在也没结婚，你还有机会。"如简索性鼓励他。

陈新泄气地摇摇头，"她根本不喜欢我，她一心想出国，我只是被她心甘情愿利用的一颗棋子。"

如简露出同情的目光，一时无语。

每个痴情的人都背负着这样一种负累：明知道已不可能挽回，

却还是拼命想各种复合的可能。只要这样想着，仿佛未来就充满希望。这个痴人说梦的过程也是种幸福。一如当年的自己。

"不过，上大学那会儿，李婉还是挺跟你较劲的。"陈新突然口气一转。

如简眉毛一抬，一脸疑问："她跟我较劲？没有吧？"想想她跟李婉的关系向来还不错的。

"她其实一直把你当对手的。她说上大学那会儿你总笑她笔记记不下来，也笑她考试总是最后一名。她是那种小女人心理，还挺记仇的。"陈新说完呵呵轻笑。

如简却惊到了，"没有吧？"这种情绪李婉似乎从未冲她发出来过。

"怎么没有，我们俩谈恋爱那段时间，她总跟我提起这些。说你总批评她，有些看不起她。"陈新正色道。

"天地良心，我怎么会看不起她呢?！她是我们班的班花，全校多少男生追她，我羡慕还来不及呢。"说完如简便觉得有些可怕。女人心，海底针，如果不是陈新今天说出来，她恐怕永远也不知李婉对她竟然这般敌意。

见如简有些恼，陈新缓和道："再漂亮的女人也有妒忌的对象吧。你在班里学习好，可能她也有些不服气吧。"

如简无奈地笑笑："算了，都是过去的事了，也没必要提了。相信现在的李婉应该也不会把我作为妒忌的对象了吧？她在国外顺风顺水，样样都比我强。"

陈新也跟着笑笑，"是啊，上大学那会儿都很幼稚，估计现在也不会有这种想法了。"他似乎觉察到自己有些多嘴。

"时间也差不多了，下午还得赶回公司，今天就到这儿吧，我来买单。"如简手一抬，招来了服务员。这个饭局不得不这样收场。话题再继续下去，不知还能说出什么来。

陈新马上冲到了服务台,"说好是我买单的,哪能让女人买单,你别跟我争了。"

如简看着他瘦瘦的背影,任他去了。

女人之间就是这样神奇,表面的亲昵证明不了任何东西。也许女人都热衷在男人面前说另一个女人的坏话,不见得是多大的情绪,只是一种小女人心理。

如简不想把李婉的话放到心里去,既然只是一种情绪,谁都有情绪差的时候。

走出餐厅,艳阳高照,明灿的阳光温暖了一身。

【两年前　早春　万念俱灰】

那天下班,没有任何思想斗争如简就去了那里。那个爱情失落的地方,曾经让她受伤流血的地方。好了伤疤忘了痛。她倔强地仍要飞蛾扑火。

身体里有个灵魂驱使她走向那里,总要给自己一个交代。

门铃声打在四壁,没有任何回应。不请自来的人,应该想到会有这样的厄运。

可还是不甘心,已经没有退路了,她干脆拾阶而坐,她固执地要与他比耐性。

就这样坐在池原每天踏过的台阶上,即使等到睡着了也不怕,他总不能从我的身上跨越,他总会看到我的。如简想着那个场景,池原轻轻扶她起来,揽入怀中,疼惜地看着,再一同走向回家的路……

整个人陷入一种迷离的梦幻,直到一个声音把她唤醒:

"如简,怎么是你?"

是池原,那张千思萦绕的面孔镀着一层淡淡的月光白。看着这个画面,如简胸口猛得一窒,差点落下泪来。

"我……正好路过这儿,所以顺便来看看你。"如简自己站起来,池原并没有扶她。

"可我待会儿就要出去,晚上有点事。"池原礼貌地看着她,那目光一片涣散。

　　心瞬间凉了半截,她强忍着,"你约的几点,我们就聊一小会儿?"

　　如简两只眼睛依依不舍地望着他,舍不得他就这样放弃她,舍不得他又用更深的热忱去爱另一个女人。

　　"那你等一下,我换件衣服就出来。"

　　池原没有邀她进门,她想象的场景简直就是个笑话。

　　她听到自己的冷笑,连自己都在嘲笑自己。可这样仍是不想走,已经为爱放弃自尊了,还有什么怕失去的?

　　人在没什么可失去的时候,胆量是最大,脸皮是最厚。

　　池原换了一身西装出来,那帅气的样子令人崩溃。

　　"我们去车里聊一会儿吧,顺便我送你回家。"

　　"好吧。"

　　如简像只温顺的小猫,心里有个地方软软的,酸酸的。她挺直了背脊,不让自己落泪。

　　来到了一辆银色的奥迪车前,她看着池原把车牌安上,竟然是军牌。

　　"你刚买的车?"如简坐了进去,有些吃惊。

　　"噢,是朋友借我开的,我这几天办驾照,要去通县,老得用车。我以前那个驾照过期了。我现在没本,开军车最安全。所以这军牌就怕偷,只敢开的时候装上。朋友的车给人丢了不合适。"

　　不禁想起那次跟她父亲借车的场景,也许那辆车太旧了,他不愿意再开。从来不知道池原有这么有钱的朋友,想问还是忍住了。

　　"最近还画画吗?"仿佛那个画画的池原就不会变心,如简屏息凝神地问。

　　"不怎么画了,最近好多事要办,比较忙。"池原不经意地答道,脸上没有任何表情。

"重拾画笔好不好？你答应过要为我再画一幅的。"如简看着池原的侧面，那硬朗的线条，仍然对她有着致命吸引力。

"……那得看时间，最近真的挺忙的。"

一阵静默。连客套话池原都不想说了。

"你还好吧？平时多出去走动，别总在家待着，你可以找你的朋友逛逛街，你不是喜欢看画展吗，可以约你的朋友一起去。"

池原竟然安排起她的业余生活，可没有他的生活安排什么都是无趣。

"我只看你的画展，别人的我也不关心。"想起自己为池原办的那场画展，心由酸到痛，泪已在眼眶里打转，她别过头掩饰。

"如简——别这样。"

她知道池原在看她，可就是不敢与他对视。泪已把脸弄花了，一定丑陋无比。

"如简，忘了我吧。我不能给你幸福的。"

池原突然握住她的一只手。这一握，神魂俱痛。

"我忘不掉你，池原，我真的做不到……"如简恸哭绝望的脸向池原扑过去。已决定飞蛾扑火了，早已不怕粉身碎骨。

"如简，你那么好，我真的配不上你……"

"我不许你这么说，池原，我爱你！"

池原松开了她的肩膀，替她抹去眼泪。他换了一种表情，内敛而深邃。

"如简，不是你不好，是我有问题。"池原的表情渐渐紧绷。

"什么问题？"如简追问。

"其实很早我就发现我们不太合适。一直我想找个机会跟你说清楚，可每次见你，我又不忍心。你太脆弱，太善良，我……实在不忍心开口。"池原的脸色变得暗沉。

"我们有什么不合适？"如简争辩。

"如简,其实……你并不是我喜欢的类型。是,刚开始接触你的时候我很喜欢你,可后来我就不喜欢了。你并不是我喜欢的那一型……"

什么?如简不置信地睨过去,她不相信自己的耳朵。

"那你喜欢什么类型?!"她恼了。

"每个男人都有喜欢的类型,这个不能强求的。"池原避开她的眼神。

"那你到底喜欢什么类型?!"明明知道这样的发问只会令自己更受伤,可还要问,这分明是拿着针刺向自己的胸口。

"我喜欢丰满的屁股大的女人,你……太瘦了……"

"池原!"真想一巴掌扇过去,可她没有力气,她冷冷地问,"这是你的真心话吗?"

"是。"池原的声音忽然之间低下去。

"那你早干吗了?你认识我第一天我屁股就这么小了!"

"我以前光被你的脸蛋吸引了,没注意身材,后来才发现……"

"就因为这个放弃?!"如简怒吼出来。

"是。每个男人喜欢的类型不一样,也可能就有人喜欢像你这种的,而我就喜欢丰满的……而且我们那方面也不是很和谐。我是男人,我……"池原替自己辩解,那样子令如简一阵恶心。

"别说了!住口——"如简尖厉地喊出来,那声音穿过窗玻璃,把路人都吓到。

"如简,你别激动行吗,我送你回去吧,我……"

啪地打开车门,如简摔门而出。

池原没有喊她。站在路口,她听到汽车绝尘而去,留下一个苍白的躯壳。

如简仰天长叹,又哭又笑。

回想池原刚才说话的样子,他那么温和,没有一丝霸道。就像一个功力深厚的习武者,打人时看不到血,只会内伤。没有伤口的伤最致命,因为它无医可寻。

池原,为什么?为什么要说出这么伤害我的话?为什么会变这样?为什么?!

如简发疯般地狂吼,那种痛不欲生、万念俱灰的感觉,多年后都令人心悸。

第二十章

快下班的时候,童童送来一份快递。正坐在办公桌前有些犯困的如简接过快递又有些奇怪,上面竟然没有写地址。刚想问,童童神秘一笑说:"楼下有位英俊帅哥让我送上来的。"

如简接过她的眼神,更加狐疑。这年月,帅哥向来是绕着她走的,还有自动送上门来的?打开快递,是个锦盒,再打开一看,竟是一条项链。没有字条,没有落款。

会是谁送的呢?无缘无故送礼物?正想再去问童童,手机却响了。

"HI,如简,礼物收到没有?我是JACKIE啊。"港式普通话窜了出来。

原来是他,如简还是觉得有些不能相信,好端端地怎么送起礼物来,什么情况?

"你在北京?"如简明知故问,一时又不知说什么好。上次见面那场尴尬现在依然觉得有些别扭。

"是啊，北京有个项目我就过来了，你现在有空吗？我就在你楼下。"JACKIE倒一派落落大方，好似什么也没发生过。

"啊？"如简有些怔愣，看看表，还有十分钟五点，说到了下班的点也还过得去，"那我十分钟后下去。"

握着手机，如简有些断片。好久不见，这个JACKIE又冒了出来，这次还特别送了礼物，怕是有事相求。她一边下楼，一边乱想着。

一见面，倒令如简有些意外，四十好几的JACKIE今天一身深色西装，还特意打了领带。如简笑道："你这是刚参加活动过来？"

JACKIE面上有丝尴尬，连连说："是啊，是啊，我们去吃饭好不好？"

如简点点头，跟着他穿过路口。

两人去了对面那家西餐厅。

坐定后如简才发现，JACKIE的样子好似跟原来有些变化，可一时又说不出哪里变了，总觉得好似年轻了许多。

"你看上去好年轻，容光焕发啊，是否有喜事要说？"如简顿了顿，先开口。

JACKIE嘴角轻微上扬，"是吗，还好吧。"说完羞赧地一笑，"点菜先，早上也没怎么吃东西，现在还真觉得有些饿呢。"

点菜的空当儿如简仔细睨着他，这才发现，原来JACKIE的眉毛比原来又粗又浓了，难道今天的活动还上了妆？想到这里，如简忍住笑，只是说："我还好，中午吃得有点多，还不太饿。"

JACKIE点好菜，打量着如简，心情不错地问："最近怎么样？有男朋友没有？"

没想到他一上来就问这个，如简有点尴尬，忙掩饰说："怎么一见面就谈隐私啊，能不回答吗？"

JACKIE笑笑，"最近还忙吗？工作舒心吗？"

"还好吧，老板人挺好的，对我还行吧。"如简躲开 JACKIE 的眼神。

"对了，告诉你一个好消息，我戒烟了！"JACKIE 开心得像个孩子。

"是吗，贵在坚持啊。"如简也鼓励地笑了笑。

服务生把菜端上来后，JACKIE 突然端起桌上的红酒杯说："对了，还没祝你生日快乐，HAPPY BIRTHDAY TO YOU……那条项链喜不喜欢？"

如简愣了片刻，这才想起今天还真的是自己生日，"你怎么记得我生日？子淇告诉你的？"说完还有些吃惊。

"怎么又提她？不提她了，CHEERS！"JACKIE 跟她碰了碰杯，似乎并不想提起子淇。

"怎么，子淇的名字都不能提了？你们之间又没有过节。"如简观察他的表情，俨然是反感的样子。

"每次我们俩见面你都要提子淇，其实没有必要啦。当初你想撮合我们两个，没有走到一起就是没有缘分啦。她确实不是我喜欢的类型，所以可不可以不再提她？"JACKIE 表情认真道。

如简扬扬眉，小声说道："这事应该过去了吧，怎么你的反应还那么大？"上次见面那个如打了死结般的疑虑又冒了出来。

"如简，其实子淇在我面前并没有说你的好话，她对你是有所保留的，你明白吗？你还提她做什么？"JACKIE 突然语气一转。

话落，如简脑中立刻打出一连串问号，"这话什么意思？"

"子淇在我面前说你比较幼稚，不够成熟，没脑子啊，有些没心没肺啊……虽不是什么过分的话，但你是她最好的朋友，至少她应该欣赏你，而不是在我面前说你的缺点。所以我对她一开始印象就不好。"JACKIE 好似意识到自己音量有些大，便试着压低了声音，"你在我面前却从来没说过她的不是，永远都是赞美她。你们两个反差太大了，我只会选你也不会选她，你明白吧？"

如简听得呼吸有些凌乱。她不知道该怎么接话，从袁桐事件开始，一件接着一件，再到今天JACKIE说的话，她都有些不能消化。

可是，曾经的子淇对她那么无微不至、重情重义，在她最低谷的时候陪她走过来，那种关切难道真的是虚情假意吗？

如简不敢再往下想，只听JACKIE说："算了，今天你过生日，不提这些不开心的事了。对了，我听说最近有个美国大片在放，一起去看电影吧？"

如简已没有半点心情。

往事挥之不去，拂之即来，满脑子都是子淇的身影……

【两年前　春　女人之间】

如简崩溃地把池原的话重复给子淇，声泪俱下。

"让他找个大奶子大屁股的母牛干去吧！"子淇替她骂出来，"没想到看着挺斯文的池原能说出这么令人呕吐的话。这种话连袁桐也说不出来啊！"

池原竟是个连袁桐都不如的男人。想当初，她替子淇骂袁桐，没想到时至今日，子淇竟会反过来替她骂池原，这个轮回真够可笑的。

所有的毫不保留的全身心的爱竟换来这样的话，这样的回报也太过讽刺了！

"如简，你也别往心里去了。也许他是故意这么说，是想让你对他死心。不过，这种没素质的话一般男人真说不出来……他好歹也上过大学，简直是农民，咱知识分子还真不能跟他一般见识。"

咖啡馆静得很，如简不得不让子淇压低声音说话。

"这话真的太恶心了……"如简含混不清地说着，眼睛却看着对面端盘子的小姐。那女人的乳房超大，走起路来胸前像甩着两个皮球。她出神地看着，满脸困惑。

"你说子淇，上帝造人怎么这么不公平，像皮球的这种东西怎么造出来的？有人这么大，有人这么小……"

子淇一时没明白，顺着如简的眼神看过去，她就懂了。

"这种我看是太大,也不好看啊。"

"男人才不会有你这种想法,再大都不会嫌大。如果我长成那样,池原还会抛弃我吗?"

"说什么混话呢?赶快忘记那个牲口吧,一提他我就烦。"子淇眉毛痛苦地拧在一起,似乎比如简更加难受。

已经说不出此时心中是什么滋味了,太多苦药一起吃,根本不知什么是最苦了。

"到底为什么他会变成这样?我真想不通。"如简思索着,鼻子又发酸了。

"一定有别的女人。男人一定是骑驴找马的,即使你再不完美,他也得解决生理需要啊。只有找到了比你更好的,他才会放弃。以前我一直不能理解,袁桐为什么不要我,后来我才知道他找了别人,出国前他才告诉我。"

"可袁桐一看就是那种花的人,池原看着多本分啊。"如简还是想不通。

"我可没觉得,是你自己看不清了。他长得英俊,又是画画的,这种搞艺术的更招女人,他肯定有不少女朋友,不会比袁桐少的。"子淇苦口婆心道。

"那会是谁?其实想想樱桃身材不差,要胸有胸,要屁股有屁股,池原怎么也放弃了?"如简陷在怪圈里出不来。

"她脸蛋不行啊。男人什么都想要。你别忘了,池原比你大九岁,玩你太容易了。"

"我始终不能相信他是个坏人。"如简又想起了池原为她画的那幅画,那样细致的线条,那一笔一画中没有任何情感吗?

"其实这里面一定有蛛丝马迹的,你只是谈恋爱昏了头才会不去注意。你仔细回想一下,你们交往的时候,没有任何破绽吗?"子淇突如其来地抛下这句话。

如简脑中开始搜索，破绽当然会有，只是不愿意相信那就是个破绽。任何破坏爱情的细节都会自动忽略掉，爱入膏肓的女人就是这般无可救药。

想了想，她说："其实那次我去他新家时，在卫生间发现了一瓶女性洗液。"

"真的？你怎么不问他？"子淇把身子探过来。

"我问了，他说是以前房东留下的，他忘了扔了。"

"这种鬼话你也信？"子淇气愤道。

"我当时就信了，我死也不能相信池原能背着我跟别人干那种事……现在想想那瓶洗液还挺新的，根本就是新买的。"如简恍然地说。

"超级傻瓜，你没看看生产日期啊？你真是笨死了。换成我当时就把那东西扔掉，他不是正要扔吗，替他扔啊！"子淇果断地说。

"我哪能做得出，当时我还真的相信他了。"那瓶洗液在如简面前越放越大，快将她压倒了。

"你信吗，你现在去他家，那东西一定还在。一个单身男人谁会家里放这个？所以我说还是有破绽，是你自己不警觉。"子淇怒目圆睁。

"是，一直以来都是我把他想得太好了。"如简落寞地认错。

"如简，你怎么那么单纯啊，还傻乎乎地出钱替他办什么画展，想想这事我都替你不值，告诉你明天就把钱要回来！"子淇愤恨地说。

"算了，根本不可能要回来，你以为我去要他就能给吗？只当买个教训吧。"如简身子缩成一团，愁云惨淡地窝在沙发上。

"算了？对这种人怎么能算了？！如简，告诉你，我当初怀了袁桐的孩子，你以为我那么轻易就放过他？他给我了五万块。"

"是吗？"如简讶异地看向她。

"对不同的人要用不同的方法,明明是小人你还跟他客气什么?!男人是有好多种,可花花公子就只有一种!"子淇像过来人般警醒道。

"根本不可能要回来,他根本没钱。"如果真的那么做了,她自己都觉得掉价。

"他没钱,他身边的女人有钱啊,那奥迪车哪儿来的?如筒,你还替他想——"

"别说了——"如筒不愿意再揭那块伤疤,她还在逃避。

泪在眼眶打转。就是这么无用,除了让自己用哭来发泄之外,她想不出任何解决问题的办法。

"算了,知道你也开不了口,告诉我地址,我去找那混蛋算账!"子淇仗义得像个男人。

"子淇,算了,这种人我不想再跟他有瓜葛,我也不想你为我受伤害,万一他不给,岂不是又要大闹一场?"如筒担心道。

"钱要不回来,至少把他的奥迪车砸了,想出气还不容易吗!"子淇女汉子般。

"算了,我也不想跟他成仇人,不管怎么样,我们也相识一场,毕竟他也为我画了一幅画。"那幅画永远成了如筒的软肋。

"你还舍不得啊。我真服了你!"子淇恨铁不成钢地看着她,一时气结。

"我认命。钱都是身外之物,我只是不能接受池原放弃我去爱别的女人,我对他那么好,他怎么能那么狠心?"

子淇叹了口气,"咳,人都会喜新厌旧,在爱情里尤其明显。这种事只能自己想开了,早点认清这人也好,免得以后更吃亏。他放弃你对你来说就是福了。想想如果你们结婚后再分手,岂不是更糟。"

"付出却不能要求回报,子淇,你说爱情多无情。"如筒有气无力道。

子淇没有回应，她却这样问："如简，你有没有仔细想过，你跟池原在一起的这一年他真的爱你吗？真爱你的人会为你改时间表，会为你付账，会为你煲电话粥，会为你买贵重的礼物，会带你见他的父母和朋友，会把他的全部跟你分享，会记住你所说的每句话，会在意你的细节……你仔细想想，池原真的爱你吗？"

子淇的发问让如简发蒙了。她抹去眼泪让自己镇定下来。

痛定思痛，她艰难地回忆曾经与池原在一起的点滴——他似乎真的没有为我改过时间表；付账倒是会，但经常也由我买单；因为住得近从来也未煲过电话粥；贵重的礼物只有那对耳环，可我知道它并不值钱；见父母就别想了，朋友就只见过樱桃；他的喜怒哀乐似乎很少表露，他的一切更是谜；我的话他也常常忘记；我的细节他在意过吗……完全不能确定，原来真爱经不起推敲。

如简不忍再想下去，自顾沉默。

"难受了？"子淇担心地看着她，"是不是他一条也没做到？"

如简噗地呼出一团气，"错的是我，一厢情愿。他可能根本就没爱过我，没有爱就是最霸道的理由，他可以任意伤害我的感情。"

"是，男人就是这样。他可以说没爱过你，所以你连跟他对骂的资格都没有。女人就是这么贱，总把男人当成太阳，自己则成了向日葵。到头来又能怎么样？其实恋爱骗子是有依据衡量的，只是女人太天真、太虚荣，不愿意把自己编织的梦亲手粉碎。"

子淇转过身，神情也跟着漠然。两人都望向了窗外，发呆一般。

"是啊，当局者迷，就是不甘愿醒来……哎，再也不做向日葵。"如简苦笑一声，她能感觉到子淇的情绪变化，她也曾被男人伤，可如今她坚强无比，"子淇，你怎么那么坚强？那段时间你是怎么过来的？"

"咬着牙就过来了,受了伤就要总结教训,就不能让自己再受伤。我还不是摸爬滚打过来的。其实怎么评鉴一个人,我也很糊涂,如今也没个标准,完全是看自己心里有没有个秤。这个秤和尺寸要一成不变,坚持自己的原则,不要被敌人的假象所迷惑,以不变应万变。所以后来我只喜欢那些喜欢我的男人,再从这些人中筛选。这样自己就会少受伤。对男人太上赶了,只会自己倒霉。哪有什么天长地久的爱情,记住,一定要让这个男人喜欢你多过你喜欢他,爱一个人千万别超过爱自己。这是真理。"

"如果谈场恋爱要受那么多伤害,我宁肯不谈。"如简悲观地说。

"你总不能因噎废食吧。谈恋爱只是调剂你的生活,它一定只是附属品。可你动不动就当成必需品,那一定会出问题。爱情有时像蝴蝶,你越追它越跑。还不如顺其自然。它来了,就接受;它跑了,就让它跑。旧的不去新的不来,没什么大不了的。只是你不能轻易就把钱搭上,把身体搭上。跟男人的关系切记住两点,一是金钱关系,二是肉体关系,这两种关系你得拎得清……"

如简唏嘘地环抱住自己,子淇的声音就像一阵轻轻柔柔的风。

"子淇,我听说忘记一个心爱的人,要用掉跟他相爱时间的三倍。按这样计算,我要用三年时间才能复原。"

"傻瓜,人家说的是相爱时间,是相互之间的爱,你能说你跟池原相爱一年吗?只能说你爱他一年,但他爱你呢?有一个月吗?其实我觉得他从头到尾都是在利用你,由你照顾他的生活,像老妈子似的给他做饭,他就是在利用你的善良。"

"……"如简哑口无言。

总是更爱对方的另一方更受伤。

"如简,别难过了。不出三个月你一定好了!我建议你啊读一些心理学的书籍,挺有帮助的。教会你怎么和男人交往,怎样了解男人的世界。其实我们想象的那个世界和真实的是有差距的。比如,我男朋友跟我说个笑话,但这是事实。他说女人和男人发生关系的时候,很多时候女人都假装有高潮,为什么会这样?因为女人想假装,她们以为男人在乎。其实事实的真相是并不是所有的男人都会在乎,至少我男朋友根本不在乎,哈哈!"

"是吗?"说到这方面如简就是白痴一个。

"生活中很多事情都是这样的。他们在乎是假装的,事实是他们只在乎自己有没有开心。我经常会和他谈这些内心世界的问题,之后,我也觉得很 SHOCK。"

"太不了解男人了。"如简一声叹息。

"这个是有调查的,经过调查抽样证明:男人根本不需要聪明的女人,高学历也没用。只要漂亮、温顺、操持家务和做饭,就这么简单。当然,还要床上功夫好,哈哈……"

一直喜欢听子淇的笑,那笑声发自内心,回荡一室,让人忽略生活的烦恼。

"那,你快看看这个《新女人必读》,我刚翻过,觉得很适合你。"子淇说着丢过来桌上的一本杂志。

新女人必读

一、宽容,允许不同生活理念的存在。新女人要能够包容,懂得尊重别人的选择,也认同别人的生活方式。

二、永远追求美丽。爱美是新女人热爱生活和维护自尊的表达。

三、男人的友情多为锦上添花,女人的友情多为雪中送炭,男人之间多是一起笑的朋友,女人之间多是一起哭的朋友。新女人一定要好好照顾朋友,当她们需要你的时候,永远不要说"不"。

四、聪明的女人,从不放弃幸福。当爱情到来的时候,不要逃避。新女人应该柔情似水地直视。

五、新女人必须自信。每天早上梳洗完毕,对着镜子里那个袅袅婷婷的女人大声朗诵:"我很好!"

六、完整独立的自我。新女人要有完整独立的人格。在经济上,决不依靠任何人;在精神上,决不依赖任何人。

七、"在对的时间,遇见对的人,是一种幸福;在对的时间,遇见错的人,是一场悲伤;在错的时间,遇见对的人,是一声叹息;在错的时间,遇见错的人,是一份无奈。"新女人审视一下自己的爱情吧,就算是王子站在你对面,也不能盲目地爱。

八、永远珍惜自己,并努力让自己完美,新女人始终拥有一个绝对私密的自我空间。

九、没有小女人自怨自怜的啜泣,更不同于女权者自舔创痛的愤慨,对新女人来说这是一个充满了沉思反省的空间。在这里,只有自己最了解自己。

十、新女人会冷静地分析感情、事业的成功与不足,并着手去改进。让生活更真、更善、更美。让自己随着年龄的增长而趋于完美。

十一、新女人绝不会压抑自己,私人时间属于绝对私人的表情和情绪!

十二、事业让新女人一直处于潮流先锋,心态永远年轻。让我们努力工作吧!

字字珠玑,句句良言。恨不得马上学以致用。

友情在今天看来远比爱情更珍贵。现在的如简,不要如昙花般短暂的爱情,只要如月季花般平常的友情,随时你都能看到芬芳清列的花，月月绽放。

如简感激地看着子淇，她已闻到满室的清香……

回忆戛然而止，JACKIE打断了她的思绪，他说："如简，一起去看电影吧？"

如简还在恍惚中，谁知JACKIE突然拉起她的手，不由分说道："走吧，给你过生日，给点面子吧——"

如简愣愣地跟在他身后，像一只受惊吓的小鹿。

二人来到马路边，如简才下意识地松开JACKIE的手，突然觉得很别扭。

JACKIE倒很大方地笑笑，扬手招来一辆车。

上了车JACKIE很大声地跟司机说："去最近的电影院。"

从那一刻起，如简便浑身不自在起来。

其实跟朋友看一场电影也无可厚非，可这一次，看到JACKIE生机勃勃的表情，似乎跟以往都不同，还有那比以往更深邃的眼神，都令她不安，甚至连汗毛都立起来。

JACKIE当然没理会如简的局促不安。

到了电影院，如简便找到借口说："那部美国大片好像已经下线了。"

JACKIE笑笑说："那无所谓啊，看国产的片子也可以啊，现在大陆的片子也很棒的。或者看港片啊，虽然烂些，也很搞笑的。"

如简看着片名，摇摇头，"都不太想看啊。"

"那……"JACKIE明显有些泄气，转而又说，"那我们就在附近逛一逛？"

"……好啊。"如简只好应下来。

二人齐齐走进夜色中，霓虹闪烁，灯红酒绿，此刻的街头人头攒动，情侣熙熙攘攘穿梭而过，令他们稍显尴尬。

"北京的夜生活现在很丰富，跟香港差不多了。"JACKIE 率先说。他看着如简，面上始终带着微笑。

"是啊，说起来香港也好几年没去了。"如简看着前方，故作轻松道。

"是你不去嘛，随时欢迎你来啊。不如这次你同我一起回去，我当导游好不好？"JACKIE 盛情邀约。

"没假期啊。"如简不假思索道。

"周末再请两天假嘛，出来散散心。真的，考虑一下啊。"JACKIE 不肯放弃。

"嗯，我试试，到时你又该忙了。"如简不好再拒绝。

"再忙也要抽出时间陪你啊。"话落，JACKIE 在路灯下站定，眼珠不错地看着如简。

如简也只好停下脚步，"怎么了？走不动了？"愣愣地看着他。

JACKIE 刚要开口，如简的手机响了。她赶紧解围似的从包里抓起手机，"喂——"

没想到打电话的人是陈新，如简表情奇怪地问："有事吗？"

对方笑笑："噢，没什么要紧事，你现在忙吗？"

如简看了一眼 JACKIE，不自然地笑笑："还好，在外面。没事，你说吧。"

陈新加重了语气说："噢，你在外面，那要不改天再说吧。"

听这口气，像是有事，如简便稍往角落里走了一下说："没事，你说吧，我找了个安静的地方。"

"……是这样，这个周末不知你有没有时间？"陈新声音微颤。

"这个周末没定，你找我是……"

"我是想请你看个电影，正好我们发了一张电影卡，我想请你看……"陈新说得极不流畅。

此刻，如简握着手机，头都大了，她无论如何也想不到陈新会约她看电影，这是哪跟哪啊。她本能地拒绝道："咳，咱们老同学了，你请你女朋友看吧，你就别请我了。"

陈新只好寒暄了两句，挂了电话。

重新走到 JACKIE 面前，他马上问："没什么事吧？"

如简调匀呼吸道："没事，是以前的同学，问我个事。"

二人继续往前走，刚走几步，JACKIE 再次停了下来。

"如简，我们认识这么多年，你有没有想过……" JACKIE 吞吞吐吐地说，眼神却能燃出火来。

如简被烫到，环顾左右而言他，"是啊，时间好快，一转眼就老了。"

JACKIE 忽然箍住如简的肩膀，认真地说："如简，其实，我一直很喜欢你的，你从来没感觉到吗？"

如简面上快要烧起来，她一直把 JACKIE 当大哥，从未往那方面考虑过，大脑瞬间空白，一时不知说什么。

"如简，我们交往吧，我等了你这么多年。"说完一把将如简揽入怀中。

如简本能地挣扎一下，刚想说什么，谁知 JACKIE 飞快地吻住了她，令她措手不及。好一会儿，她才能大力推开他，"JACKIE，你冷静一下啊，今天是怎么了？"

"如简，你不喜欢我吗？" JACKIE 有些崩溃。

如简赶紧把脸别过去，"我们一直是好朋友，我一直把你当大哥……"

还未说完，JACKIE 打断道："如简，你也不小了，我觉得我们很合适，我对你是真心的……"

那晚在路灯下纠结了好一会儿，最终不欢而散。

只要一面对 JACKIE，子淇的脸孔就跑出来，紧接着那个画面就跑出来，避无可避。以前如果没有子淇的事，如简也从未想过与

JACKIE 能有发展，现在知道了这件事，似乎更不可能谈其他了。

　　看着 JACKIE 带着惆怅和失望离开，如简倒觉得浑身一身轻了。谈开了，便也没有负担了。如简暗想，也许从明天开始，JACKIE 会和子淇一样，音讯渺茫了。

第二十一章

  周日这天风和日丽,暖阳高照,果然是个好天气。看来宋冰是精心挑选了良辰吉日。
  如简与小慧结伴而行参加宋冰的婚礼。本来宋冰已说好二婚不摆酒了,无奈男方是初婚,总还是想热闹些,宋冰只好妥协。
  不知为何,年纪越大越有些害怕参加婚礼。看别人秀恩爱,晒幸福,心底总是微微犯酸,那滋味既说不出来,又憋在心里不自在,索性还是不参加的好。只是宋冰的婚礼不好推辞,大学同学她只邀请了如简和小慧,更不好临阵脱逃。
  路上,小慧面色狡黠地问:"喂,你有情况隐瞒我吧?"
  如简回眸睨着她:"什么情况?"
  "我老公都看见了,老实交代,那天跟你看电影的人是谁?"
  如简脑袋一蒙,下一秒便清醒过来,原来她说的是JACKIE。接着脑子开始抽紧,不知他看到的是哪一幕?
  "那只是一个普通朋友好不好,再说那天也没看成,那几部电影没一部想看的,最后也没买票。"如简转念一问,"怎么,你们俩也去看电影了?我怎么没看见你们?"

"我老公单位包场去看的,我没去。我还奇怪,这么重大的事你居然还瞒着我。"小慧睁圆眼睛,"说实话,这人你没看上?"

如简心想,应该没有看到路灯下的那一幕吧,便面色一整道:"只是普通朋友,认识多年,我们俩不来电的。当年我曾经还把他介绍给子淇,但没成。"

"我看是人家喜欢你,你看不上人家吧?我老公说那人还成,像是事业有成的,可能年纪稍大点。"

"哎,不提这个了,都认识那么多年了,要成早成了。"如简打断了话题。一想到那晚的画面,便是一身鸡皮疙瘩。

"子淇跟他怎么也没成?是她看不上那人,还是那人看不上子淇?"小慧八卦地问。

"你这个八婆,你不是说不想再提子淇吗?还刨根问底。"如简拉小慧下了车,"咱们是来参加婚礼的,别提那些没用的。"

小慧冲她吐吐舌头,二人进了酒店。

所有的婚礼几乎都大同小异,主持人说的那一套也多半如出一辙。如简和小慧坐在台下窃窃私语。

"没想到宋冰二婚还能找个比她小好几岁的小鲜肉,居然还是个健身教练,叫人情何以堪呀!"小慧看着帅气的新郎,满眼放光。

"宋冰本来就是火辣身材,配个健身教练不是正合适。"如简早已见怪不怪。

"他们这一对可真够让人羡慕的,不知李婉、子淇见了会作何感想?"小慧情不自禁道。

"她俩在国外,只会比宋冰过得更好,才不会羡慕呢。"如简淡声说。

"那可不一定,李婉至今未婚,换男朋友就像换耳环,有何幸福可言？那个子淇更不用说，你以为她会过得好吗？"小慧冷言道。

如简想说什么又咽了回去，这个子淇，她已完全失去判断力了。

"你后来跟子淇联系上了吗？你不是加她微信了？"小慧把视线从新郎身上收回来。

"她没加我，也没再说什么。"如简面无表情道。

"她可真逗，不是她让你加微信的吗？然后又不加你，她到底是怎么回事啊？"小慧不解地问。

如简摇摇头，"不知道，她现在对我来说就是个谜。"

婚礼热闹地进行，只有如简一脸严肃，似乎总也融入不了气氛。小慧刚要张口说话，忽听主持人说："下面我们请出此次婚礼的策划人、美女作家樱桃小姐为新人送上祝福——"

瞬间，如简和小慧的表情都僵住了。

"她怎么来了?！她居然跟宋冰也认识？还是什么婚礼策划人？"小慧惊呆了。

如简也睁圆了惊恐的眼睛，赶紧用手挡住脸，生怕被樱桃看见，嘴上小声嘟囔了一句："真是阴魂不散啊。"

往事又一股脑窜生出来，避之不及。

【两年前　夏　闪婚】

半躺在沙发上看书,翻了几页却又一字也看不进去,如简烦躁地把书一合。刚站起来,门铃声把她拉到门口。她以为是快递,打开门一看却是樱桃的脸。

如简泄气地把她堵在门口。

谁知下一秒,樱桃就冲她扑过来,"亲爱的,我是来给你送请柬的,告诉你吧,我要结婚了!是闪婚!"

最近太多戏剧性的事发生,如简竟不能接受了。她愣了几秒没反应过来。

很自然地樱桃坐到了沙发上,"哎呀,最近我可忙死了,婚礼的大事小事全都得我来操办,我老公太忙了。我也没想到我能那么快结婚,我跟他只认识一个月就结婚了,我们是闪婚。如简,我现在真的幸福死了!结婚真的很好!我现在劝每个单身的人都快点结婚。"

樱桃笑靥如花地坐在对面,鲜明地映衬出如简的落寞。

"恭喜你啊。"如简说完竟然咳嗽起来,嗓子出奇地痒。

"如简,你不会感冒了吧?怎么咳嗽起来了?你去医院看了吗?"

"应该不是什么感冒,可能是咽炎。"如简应付一句。她没想到樱桃居然真的要结婚了。

"我认识一个中医,改天我带你去看看。"樱桃做出关心的样子。

"不用了,小毛病,过两天就好了。"如简脸上浮出白霜。

"如简,我看你情绪不高啊。你可要振作起来啊。我都要结婚了,你肯定也快了。"樱桃喜滋滋地看着她,"如简,你一定对我老公很好奇吧?"

"是个有钱人吧。"如简不能进入状态。在这个时候最见不得别人幸福。

"哈哈,有钱人并不见得就能娶我啊。我和他之间就是感觉对路了,找到感觉就立即去结婚了。"樱桃喜上眉梢,满面春风。

"一见钟情?"如简有一搭无一搭的。

"也可能吧。他对我非常好。我爱他百分之百,他爱我百分之二百,对我千依百顺。他所有哥们儿和家人都说他对我太好了。他说这一生只对三个人没原则的好。一是父母,二是老婆,三是孩子。我提任何要求他都会满足我。他的朋友说即使我要天上的星星他也要去摘的。"

樱桃越说越亢奋,如简越听越心酸,又是一阵咳嗽。

"他是做房地产的,自己开公司,是总裁。北大毕业的,北京人,还有一个弟弟在美国。他父母人也特别好,住在中关村,对我特好。我老公是长得特北方人的那种类型,浓眉大眼的。如果你要问我爱他什么,我觉得他特男人。我就喜欢这类男人。"

"你们怎么认识的?"如简奇怪道。

"我们是无意中认识的。有一次,我和我老公不约而同在一个周末去一家日本料理店吃饭,就这样遇上了。我们一见如故,好像认识好多年的感觉。一个月后我们就去领证结婚了。这中间他还追了我半个月,相当于我和他谈恋爱半个月就结了婚。哈哈!主要是我生日那天是他陪我度过的,第二天早上我们就说好要结婚了,真没想到结婚会这么幸福，以前我还惧怕婚姻呢，现在想想真傻。"

樱桃咯咯地笑，这笑声让人隐隐作痛。同样是被池原抛弃的女人，命运却是如此不同，此刻她怎么能这么幸福？当如简仍在为一个男人不明就里的时候，她却已在幸福的婚姻中了，命运太不公平了。

"不过如简，你要是见了我老公可能会失望的。他长得可没有池原帅。回头我给你寄杂志吧，财经杂志对我老公做了专访，上面有照片的，回头我给你寄过去。"樱桃一边谦虚着，一边骄傲着，她这种神态真让人受不了，"对了，我也告诉你的同学我结婚了。"

"什么同学？"如简不解地问。

"就是你的大学同学陈峰啊。他说他年底又要换工作了。"

"你老公肯定比他强。"差点忘了还有这么个戏剧性人物。

"是近水楼台先得月。其实陈峰也挺好的，就是离我太远了，不然我真会考虑他的。"

这话听起来真没意思，不过这是樱桃的风格。

"对了，我也告诉池原我结婚了。他挺为我高兴的。"

"是吗。"如简不舒服地眼睛一跳，沉吟一下，她试探地问，"你最近跟他联系了？"

"联系啊，我们是好朋友啊为什么不联系，我们之间什么都说的。有时我给他打电话，有时他也给我打电话，就是这样。他现在也挺幸福的，他和以前的女朋友复合了，我也挺为他高兴的，终于有人照顾他了。"樱桃露齿一笑。

"你不是说他又交新女朋友了吗？"如简脑袋发晕。

"我说过吗？什么时候跟你说的？我不记得了。不过前一段池原应该是交了一个新女朋友，好像是个大老板的女儿，年龄很小，好像还没大学毕业。家里很有钱。不过我觉得那女孩儿不适合池原。他们差距太大了。"

樱桃仍是这样说话不靠谱,如简并不信。

"池原的女朋友确实太多了,你想他那么帅,身边总有追求者嘛。不过前几天我跟他吃饭,我发现他接电话用英文,我想可能他还是选择了那个国外的女孩儿。我问他,他没有说话,我觉得他就是默认了。"樱桃继续说。

"你见过那个女孩儿?"如简完全绕进了樱桃的故事里,思路混乱。

"对啊,我以前见过,那个女孩子以前跟池原是同学,但他们谈恋爱后我就没见过了。她长得挺漂亮的,个子很高,长得很秀美,是他喜欢的类型。"

个子高就是他喜欢的类型吗?怎么不说胸大?提到这个话题就头痛。

"他们现在同居在一起,那女孩子也能照顾他的生活。"樱桃补充道。

"你知道他们同居了?"如简的眉心拧在一起,又紧咳了几声。

"是啊,那女孩儿好像现在挺有钱的,开着辆宝马。"

"是宝马,还是奥迪?"如简仍在求证。

"应该是宝马吧,我也记不清了。"

"这些都是你的猜测吧,池原亲口跟你说他们复合了?"总觉得樱桃的话中带着水分。

"如简,你怎么那么天真,这种事男人会亲口承认吗?哪个男人会亲口承认自己花心啊?"樱桃白了她一眼。

"没有证据的事也不能乱说。"如简回敬她。

"告诉你吧,如简,我太了解池原了,你才跟他接触几天?你别忘了我们都认识十年了,他的什么事我不知道!池原的家庭条件不好,他就想找个各方面条件都好的女孩儿。能留北京算什么,能出国的才有本事。其实他跟那个女孩儿一直也没分手,只是那女孩儿一直在国外。不过前一段那女孩儿回国了。我想她应该有绿卡了，也可能他们会在国外定居。以前池原不愿意结婚，我看这次他一定会结的。那个女孩子应该是最适合他的。"

如简完全晕了，不知是在听一个故事，还是在探究曾经深爱过的人。

"你不是一直喜欢池原吗？"如简直白地问。

"喜欢一个人不见得非跟他结婚啊，那个女孩儿比我更适合他。"樱桃大言不惭地说。

"你这么大度？"如简质疑地看着她。

"当然了，我要是不大度，我能跟池原成为十几年的好朋友吗？我从来不会嫉妒池原身边的女孩子。池原喜欢贤妻良母型的美女，而我是事业型的，比较现代。"

"池原会喜欢贤妻良母型的？"如简诧异道。

"当然啦。大多数男人都喜欢贤妻良母型的，幸好我老公不是，他喜欢我有才。我知道池原肯定喜欢这类。"

"这些也都是你听说的？"如简的眉毛纠结在一起，每次面对樱桃时她总会陷入这样的境地。

"他的女朋友我差不多都见过吧，基本都是这个类型。现在这个女孩儿，我觉得挺适合池原的，她肯定什么都听他的，愿意为他做贤妻良母。"

"我怎么听说他喜欢丰满的？"如简故意道。

"男人当然都喜欢丰满的啦，你怎么这么逗啊。"樱桃不经意的一声讪笑，让人不自在，"我现在就希望陈峰能快点找一个女朋友。他说到现在还没有女朋友呢。"

"你还惦记他呢，他可能还忘不掉你吧。"如简故意抛出这一句。

"应该不会吧，我和他没发生什么啊，连手都没拉过，只是在精神上有一些交流。我觉得我还挺有男人缘的吧。我遇到的男人都对我挺不错的，包括陈峰，包括池原，其实对我都挺好的。"

樱桃说话中透出的优越感，令人不自在。

"但对我好的男人我也未必会跟他结婚，这要看缘分。其实池原能找到一个又贤惠又漂亮又对他好的已经不错了。我就劝他别再挑了，快点结婚算了。结婚真的很好，我现在就希望我身边所有没有结婚的都快点结婚！"樱桃满脸放光地说，"对了，如简，你怎么样了？交男朋友了吗？"

如简面色一沉。

樱桃马上接口道："如简，你不如考虑考虑陈峰吧，你看你们又是同学，又知根知底的……"

"我的事就不用你操心了！"如简冷冷地打断她。

"那你应该去相亲啊，你去参加'非诚勿扰'吧，没准也能跟我一样闪婚呢！你总这样不交男朋友会不正常的。你知道吗，女孩子大了如果长期没有性生活，生理都会不健康的。你看你又感冒又咳嗽，都是因为体质下降啊。所以如简，你也赶快结婚吧，结婚对女人来说真的挺幸福的。我真希望我身边凡是认识的朋友都能过得幸福……"

跟樱桃的这场谈话就像吃了苍蝇，想吐又吐不出来，浑身不舒畅。

如果樱桃说的这些全部是真的，那么池原和骗子有什么区别？

接受不了自己爱上骗子的事实，如果是那样，根本无法原谅自己！

"不好意思，我约了人，马上要出门。"如简迅捷地离开，把樱桃甩在后面。离开就是一种最好的妥协。见不得别人幸福，见不得真相败露，不如就选择逃避和离开。

原来失恋的人只适合独处，也许对窗凝神、对月哀叹才更适合治疗情伤。

　　与樱桃见完面，如筒未愈的伤口又开始隐隐作痛。明明都快忘记了，可她又把那个伤疤重新揭开。偏偏又说得有条有理，让人无法忽略！

　　那么，到底事情的真相是什么？如果真的有另一个女人存在，她到底是谁？那瓶洗液的主人究竟是谁？

　　如筒把疑问抛给子淇，想让她给出答案。

　　子淇说这个女人一定存在，樱桃的话再有水分，也有合理的成分。她支招：去池原家突然袭击，捉奸在床。

　　凭良心说，这种事如筒真做不来，不是怕破门而入的尴尬，而是怕自己无胆面对那个触目惊心的场面。如果真的捉奸在床，又如何面对自己整整一年付出的真挚情感？情何以堪？

　　"如果他是个流氓，你还会爱他吗？这是你以前问我的，如筒，你忘了？"子淇提醒道。

　　"我没忘。"如筒的胃一阵抽搐，已经一个多月没好好吃饭了，活该今天会肚子痛。

　　"池原比你想象的坏得多，我觉得你应该去一趟，如果没捉奸在床，至少把钱要回来。"

　　如筒牵牵嘴角，疼到没有力气说话。

　　子淇继续说："你是不撞南墙不回头。我觉得你只有亲眼见到那个场面，你的病才能彻底痊愈。那个时候不用我劝，你自己就好了。"

　　如筒怔愣地看着子淇，如果真的亲眼见证，或许她的心病再也不是病了。

　　那晚又梦到池原，他赤身裸体地扑过来，那张脸满是鲜血。如筒吓得直哭。可池原却在笑。狰狞可怕的脸孔一再放大，最后竟魔术般地变成另一个人……

第二天一早，如简刻意打扮一番去上班，冲淡自己的噩梦阴影。

子淇好奇地盯着她看，"怎么，想开了？有心思打扮了？"

"我要重新活过。"如简目光坚定得像个战士。

子淇拍拍她的头，"这才是我喜欢的如简。"

如简精神饱满地走出去，她想让这种精神打败身体里的懦弱。她心里默念：我要坚强起来，至少我要在子淇面前坚强起来！

等车的空当儿正巧碰到了小慧，她正好要去办事，难得有这样的巧遇。

"天哪，如简，我都认不出你了，怎么这么有精神了，从来没看你穿这么艳的衣服。"小慧上下打量着，充满笑意。

"再不打扮更没人要了，我这不等着艳遇嘛。"如简苦笑着跟她打趣。

"你终于走出来了，这样才对嘛。"小慧搂着她，心里暖暖的。

"我觉着你今天肯定有艳遇，我有这个直觉。哎，你可别到时候把人赶跑啊，先认识一下，留个电话什么的，我觉得天下好男人还是挺多的。"

"放心，我恨不得马上找个男朋友呢，来者不拒。"

在小慧面前如简还是能蒙混过关的，如果换成在子淇面前，那层伤痛裹也裹不住。

"这就好，这才像个样嘛。噢，你病好了吧？"小慧关切地问。

"你是说感冒啊，早好了啊，你怎么知道我感冒了？"

"我听樱桃说你不是感冒，是哮喘？"

"她真这么说？"如简有点不置信。

"是啊，她说你还挺严重的。"

"我看她巴不得我马上死掉吧。"如简不悦道。这个樱桃真是表面一套,背后一套。

"你说这个樱桃,我说什么来着,她就是这种人品,你还不听我的,还替她哥找什么工作。你看你帮了她那么多,她在背后怎么说你。"小慧咬牙切齿道。

"算了,别提她了。"刚好些头又痛了。

"对了,前几天在QQ上跟李婉聊了半天。"小慧换了话题,"她头像放了张三点式照片。这家伙现在居然变得丰满了,你忘了上大学那会儿,她可是飞机场啊。我猜她一定是二次发育了。"小慧说完露出坏坏的笑。

"那还不好,那一直是她盼望的。"如简淡淡回了一句。她好似从未在QQ上看到李婉上线。

"问题是她也失恋了,以前那个特帅的老外把她甩了,她好像还挺伤心的,从来没看过她那么低落。"

如简随口说:"没想到那么漂亮的人也会失恋。"想到这一点,她似乎心理平衡了。校花级的美女都会被人甩,又何况是她这种中等美女。

"哎,没有失恋过的人又有几个?我听说李嘉欣是被人甩着长大的,张曼玉就更别提了。所以你说咱老百姓还有什么好埋怨的。"小慧宽慰道。

如简在心里大大地叹气,都是臭男人惹的祸。

"不过这次李婉好像挺伤心的。我问她什么原因分手的,她就是不说。她说不想提,不让我问。她说分手已有一段时间了,但至今伤口未愈。"

此刻最能理解李婉的恐怕就只有如简了。任何受伤的女孩儿都不愿意提到那个伤口。那种痛,潜伏在身体里,随时随地都能跑出来噬咬你、毁灭你。

"真没想到像李婉这样的大美女也会有这样的遭遇,看来长得漂亮也不是万能的,像我这样姿色平平的倒也会得到幸福。"小慧由衷感叹一句。

"所以你就知足吧。看看咱们宿舍的这几个姑娘就数你幸福了,你就美吧你……"

小慧粲粲地一笑。那笑容真的让人心生妒忌。

小慧是相亲认识的老公,可一样可以幸福得让人嫉妒。印象中小慧也从未抱怨她老公的不是,从他们相遇、相识、相爱,她都是极平和的态度,不急不躁,有条不紊,有张有弛。好像所有的事情都在她的预期之内,她从未为什么事情和情感错乱过、伤心过、无助过。看着平凡的小慧,真不知她的身体里储藏着怎样的能量,能把一切打理得井井有条?

又或许是她找对了人,不用任何计划和手段就可以惺惺相惜、相亲相爱。如果是不对的人遇到一起,就永远不会有相濡以沫。

可这种判断从何而来?面对一个你第一眼就心生好感的人,你从何判断呢?星座?血型?属相?生辰八字?……

一整天如简心事重重,理不清头绪。

她不明白别人的幸福如何收获?自己的不幸又是因何产生?

一直琢磨不清那件事,那个真相一直在心间打鼓。子淇的话也一直反复在耳际萦绕。内心有股力量冒出来,自揭伤疤亦不是件丢人的事,只是看你的承受力。如简不断膨胀自己的坚强,那股力量简直成了一股邪念。

第二十二章

那天如简从宋冰的婚礼上落荒而逃。

她不想面对樱桃,一刻也不想。

小慧也跟着气喘吁吁地跑出来,在如简身后追问:"你那么怕她干吗?婚礼还没完呢。你不怕宋冰不高兴啊。"

"我不想看见她。"那段回忆,如简不想让任何人提醒。

小慧若有所思道:"你俩的关系真够奇怪的,虽然这个樱桃我也不喜欢,但也不至于躲成这样吧?"

如简突然停下脚步,定定地看着小慧,"这个樱桃是池原的前女友。这么说你能理解了吧?"

小慧顿时无语凝噎,好半天她才说:"不会吧?池原什么眼光?能看上她?"

"你以为池原是什么眼光?你以为池原是什么东西?"如简有些疾言厉色,胸腔里似乎还有东西往外冒。

小慧叹了口气,有些哑声说:"如简,两年了,还过不去吗?"

如简怔愣住，是啊，两年了，为何一些东西还仿佛就发生在昨天？为什么还要纠缠过去的伤口不肯愈合呢？

身体里的伤痛和仇恨好似已如藤蔓般疯长，密实的枝叶越长越甚，层层包裹住那颗受伤的心，连呼吸都快要窒息。

仰头望了望一碧如洗的天空，如果说爱是尽量占有和尽量避免失去之间的平衡。那么何时才能掌控好这种平衡？

那个焚心以火的记忆，扑面而来。还有那记耳光，清晰鲜明地打在脸上，没有痛，只有粉身碎骨。

【两年前　初秋　焚心以火】

　　下班，背负着那个邪念，如简再一次去了那个地方。

　　明知是个火坑，还偏要往里跳，完全不能自控。子淇说得对，只有弄清了那个真相，才能对自己有个交代。她必须要自揭伤疤，才能重生。

　　大门紧锁，按了门铃，没有动静。也许根本不在家，这样也好，不必看到那个难堪的场面。如简正要转身离去，门却意外地开了。

　　池原头发凌乱地出现在门口。

　　"是你？"池原眼睛掠过一丝意外，"你怎么来了？进来坐吧。"

　　如简自顾沉默，喉咙被异物堵住，干脆不作声。

　　"今天你没上班啊？"池原客气地问。

　　如简没有答他，默默走了进去。房间里光线不明，两人刻意保持距离，陌生地对望。

　　"最近还好吗？"池原的目光变得柔和，那样子恍若从前。

　　"老样子吧。"如简挤出一句。这时她才环顾四周，似乎并没有多余的人。摆设倒是井井有条，香蕉、荔枝、苹果，样样俱全，整齐得让人错愕。这俨然是个有女主人的家。她依稀看到女主人把水果一样样地搬上桌，再回眸一笑。

　　如简身体一紧，不敢再想下去。

"我一直以为你一个人不会去买水果。"如简声音低沉,整个人陷在一片乌云里。

"噢,我现在挺爱吃水果的。"池原的脸色阴晴不定。

"樱桃找过你吧?"如简故意道。在她心中,池原和樱桃似乎成了一对分不开的组合。

"她是找过我,你知道她找我干吗?她是跟我借钱。她说她哥离婚了缺钱就找我借钱。你说我能借她吗?我自己还缺钱呢!这女人一麻烦起来就让人讨厌。"池原漠然地看着她,那样子并不像是在说樱桃,仿佛是在说如简。

"她那么讨厌,你不是也跟她上床了吗?"如简冷目以对。

"那都是以前的事了,我也不愿意啊,她求我的,我那是可怜她。"池原的五官突然一阵变形。

"她结婚你知道了吗?"如简努力保持平静。

"知道了,她给我打电话了。好事啊,嚷嚷了那么多年,她终于也嫁出去了。"池原像是卸了包袱似的坐到如简身边来,"如简,别说她的事了,我真不想提起她,一提她我就烦,咱们说点愉快的事吧。"

"愉快的事?那就说说你的愉快的事吧。你的女朋友怎么样了?"如简冷冷道。

"什么女朋友?如简,你在说什么?来,吃点儿水果吧——"

池原剥了一颗荔枝用手喂到她嘴里。如简刚要躲他,却被他一把抱住。他抚摸她的脸,又用了这一贯的动作。

也许他从那张脸上看出仍有放不下的眷恋,才会这样肆无忌惮。

如简在他怀里挣扎,推搡他,极力控制自己的心跳。

他一只手箍住如简的肩膀和手臂,一只手从腰间向下滑去……

如简全力推开他,摆脱他的手。曾几何时,她渴望池原这样,渴望他的爱抚，可今天的她完全不能接受，身体异常排斥。

如简在那一刻才恍然明白，爱情真的走了，他的眼神、他的动作都已说明一切，他不再是那个令人朝思暮想的池原。

"为什么还要这样?!"如简愤恨地瞪视着那个愈看愈陌生的男人。

今天的她变成了复仇女郎，只为真相。

"如简，其实我还是喜欢你的，喜欢你人好，喜欢你长得漂亮……"

"你别说了，我不想听!"如简大吼。

池原把她按到他怀中，用力吻过来，手不自觉地往下伸。

如简突然大笑起来，这一笑令池原悚然。

"你还想做什么？你忘了我屁股太小了!"如简声嘶力竭。

池原震慑住。

两人重新保持了距离。静默中，如简整理好衣服冷静下来。

"森林公园的照片你还没给我发，我带 U 盘来了。"不管那些照片是否还有意义，此刻都想把它要回来。那些爱的见证放在别人手上终归不妥。

"照片？噢，那天的照片我不小心给删了……"

删了?!如简瞪目结舌地看着对面的男人，原来这些爱的见证根本不需她操心，早已毁尸灭迹。原来那时的他就已把爱情遗失了。

胸口不断有东西往上蹿，如简努力压住。

"我们可以再照的，随时都可以再照……"池原补充。

如简冷笑地看着他。正在僵持中，池原的手机响了，他转身接起来，低语道："怎么样，你身体没事了吧？"说完看了一眼如简，转身去了另一间屋。

那声音断断续续从房内传出："……下周要来北京啊，好啊，我这儿有地方住……对，好，那来之前再通个话……"

池原打电话的空当,如简去了厕所。那瓶女性洗液仍然还在。如简拿起它,竟已空了半瓶。她顺手丢进了垃圾桶,没有一点儿犹豫。就在转头的刹那,她看到了墙角有一双透明丝袜。心惊一瞬。

从厕所出来,池原正好放下了电话。

"是我妹,她下周想来北京。"

"是吗,你们也好久没见面了吧。"如简始终冷冷的。

"是。"池原说着就要靠过来。

如简突然语速极快地说:"那双丝袜是谁的?"

"哪有什么丝袜?"池原极力否认。

"要我拿来吗?"

"噢,那是房东留下的,我忘了扔了。"

又是房东的?又是忘了扔?他就不能想出别的理由了?这么没有智商的话,他也说得出来?过去的整整一年,怎么就没发现池原说话如此没水平呢?

这时,电话又响起来,池原获救般背过身。这次,池原去了卧室房间接电话,并将房门一并关上。

如简猛地推开卧室房门,瞪视着他。这个电话正是她要等的。池原赶忙做了个手势,并重新将她关在房门外。这次他将门用力反锁上。

在这个突然沉寂下来的空间里,池原的声音从门缝里陆续传来,鲜明刺耳地冲入耳膜。

如简真切地听到——

"怎么了亲爱的?肚子疼啊,是不是吃错什么东西了?……噢,是来例假了,没事,过一会儿就好了。特别疼啊?那怎么办?要不去医院吧?可这也不是病啊,怎么看?你想去三零一医院?不行让你爸那个司机小赵送你去……我现在过不去,正好家里来了客人。你吃止痛药了吗?……没那么快,任何药都得过一阵才有药性,你几点吃的？……这不才过了半个小时，怎么也得再过一会儿……对，现在我真走不开，下午看看，你再忍忍，你看会儿电视，分散一下精力，要不跟你妈聊聊天，这样就不会太疼了……乖，听话，我一会儿再给你打过去啊……"

　　池原的声音从来没像今天这样温柔，传到如筒耳朵里，却像一块块砖头，劈头盖脸地砸过来。如筒用手撑住墙面，即刻就要瘫倒在地。

　　打开卧室房门，池原露出一张陌生的脸。他真的是池原吗？他已变得面目全非，就像梦中那个怪物。

　　如筒以为自己会哭，此刻竟然一滴眼泪也没有。泪在怪物面前凝结。如筒镇静得连自己都诧异。

　　"你女朋友痛经啊？这不是什么病，我有方法治。"她努力调匀呼吸道。

　　"什么方法？"池原急切地，俄而又掩饰住，"……她不是我女朋友，就是一普通朋友。"

　　"你告诉她，把姜切成片，用红糖水煮，喝两大碗，一会儿就好了，比任何药都灵。"如筒的心在泣血，表面却看不到一丝痛。

　　"真的管用吗？你试过吗？"池原追问，那样子令如筒阵阵恶心。

　　"是，没问题，我亲自试过。"如筒一字一顿，面如死灰，"你还愣着干吗？赶紧打电话告诉她啊。去啊，现在就打电话给她！"强忍着内心的剧痛，如筒平静地把话说完。

　　"那我去打了，你稍等啊。"池原把她关在客厅房间里，转身又去了卧室房间，再次将房门重新关牢。

　　如筒深呼一口气，伴着她的苦笑，池原的声音清晰入耳：

　　"亲爱的，我刚才打电话问了一朋友，他说有方法可以治痛经，你把姜切成片，用红糖水煮，喝两大碗就好了……家里没红糖啊？

那先用白糖代替，我现在走不开，只能下午了……你自己煮不了，那你让你妈给你煮，我真的现在过不去。赶快煮啊，喝了就没事了……乖，我一会儿再打给你啊，先挂了……"

卧室的房门重重地打开，池原的目光与她打个正着。他轻松泰然地说："走吧，都十二点多了，一块儿出去吃个午饭吧……"

"你女朋友肚子不疼了？你不用马上赶过去吗？"如简冷笑道。

"她不是我女朋友，真不是……"池原的面孔发窘。那一瞬，竟觉得他如此丑陋。

"不是女朋友，你叫她亲爱的？！"如简厉声喝道。

"我什么时候叫她亲爱的了，你肯定听错了，你干吗偷听我电话……"

话刚落，啪的一记耳光掴在他脸上。还未等她回神，他还了一记。

如简遭雷击般呆住，怔怔了两秒，再次还他一记耳光，却被他狠狠抓住手腕。

用力甩开那只手，天昏地暗，一声骇笑，如简摔门而出。

为了让自己死心，为了找出不爱的真相，她焚心以火，濒临死亡。

何苦要这般自虐？何苦要让自己如此狼狈地收拾残局？何苦？！如果时间可逆一天，宁愿今天不来；如果时间可逆一年，宁愿与这个人从不相识。

可时间不可逆，悲伤不可逆，结局不可逆，虚假的爱情终究憔悴落幕。

池原真的是我遇到的最帅的骗子！樱桃已把剧情早早地告诉我，可不到上映的那一天，我就是不能置信。子淇也将预言反复告诉我，可不到应验的那一天，我仍心存侥幸。倔强的人向来得不到好处，他只会被另一个更倔强的人挤对得体无完肤。如简崩溃般地揪住自己的双臂，如何面对自己？面对过去一年脚踏实地、满怀真诚的爱恋？那些晨昏颠倒、入不敷出的眼泪，那些爱了一年的日月星辰，那些数不清的缠绵悱恻的亲吻，那些把自己打扮美丽等爱归来的分分秒秒……

一切的一切，如何对得起？

一直想要一个才华横溢的男人，才气让人忽略掉了一切细节，这份虚荣却让如简吃尽苦头。

爱，让人成长；受伤，更让人如蜕成长。

泪，昏天黑地地来了，如简庆幸它没有来得过早，庆幸在那个人面前，她完好无损。

那天，就这样在大街上哭得一塌糊涂，哭到全身酸软。

那天，悲伤定格在记忆通道里，久久退不去。

第二十三章

连着加班写文案,如简顶着两个黑眼圈进了办公室。

童童一见她就把她拉住,如简知道这家伙一定是要拿她的熊猫眼做文章,不想她却说:"哎,如简,有个爆炸性新闻你听说了吗?"

"什么新闻?我这不才刚进办公室嘛。"如简一头雾水。

"你可真够闭塞的,告诉你啊,那个亚洲小姐结婚了!"童童睁圆双眼宣布道。

"咳,结就结吧,我当是什么大事。"如简索然地坐到格子间里。

童童赶忙凑过来说:"我还没说完呢,新郎不是王涛,听说他都快哭死了。"说完一脸坏笑。

"你这么关心这事,难道是对王涛有意思?"如简调侃道。

"胡说八道,我怎么可能瞧得上那个穷小子。本姑娘千金之躯,又生得国色天香,一般人入不了本姑娘的法眼。"童童自辩道,转而又露出八婆一样的眼神,"听说那个亚洲小姐真跟对面单位的钻石王老五结婚了,那个什么局级干部。妈呀,那男的比她大二十多岁呢!"

"管她呢,萝卜青菜各有所爱,人家就喜欢年纪大的,你能怎么着?"如简白她一眼。

"我看她就是图那人的钱,听说那人特有钱。有一次我看那男的开车来接她,那车起码得一百多万。"童童咋舌道。

"你这是羡慕嫉妒恨吧?"如简促狭地说。

"这你都看出来了?"童童一笑,两眼弯弯,煞是可爱。

两人刚想再说什么,只听有人大喝一声:"通知一下,各位马上去会议室开会,全体出席。"

如简和童童立即噤若寒蝉。

只要一说要开会,多半是有人要发火了。这个时候,如简也学乖了,一声不吭最好。

下了班便接到宋冰的电话,"如简,明天是周六,我老公要加班,你能陪我去做个产检吗?"

这个当然不在话下,义不容辞。如简欣然允诺。

周六一早,如简就赶到医院,宋冰抚着圆滚的肚子笑道:"这一怀孕还真不适应,像我这么注重身材的人,哪能受得了肚子变成这样。"

"别气我了好不好?"如简哀求道。

"SORRY,我又触到你的痛处了。"宋冰做了一鬼脸。

从医院出来,二人去了附近的咖啡屋小坐。

"喂,孕妇可不能喝咖啡的。"如简提醒道。

"没事,我馋。"宋冰做了个鬼脸,"我老公在的时候坚决不让我喝,反正他现在不在,我偷偷喝。今天他加班,很晚才能回来,不怕。"

如简骇笑地看着她,直摇头。

"对了，上次我跟你说了吗？子淇离婚了……"宋冰突然口气一转。

"你不也是听说吗，谁也没证实。"如简神情怠懒。

"你们到现在也没联系？"宋冰喝了口咖啡，不紧不慢道。

如简沉吟着点点头，自从上一封邮件之后，再无子淇的消息。加了微信也没有反应。

"这个子淇，真行，还铁了心地要玩失踪啊。肯定是觉得离了婚挺丢人的，谁也不想联系了。"宋冰话里含着讥诮。

如简口气模糊道："我倒觉得应该不会离吧，你看她刚结的时候带老公回来，多甜蜜啊。"

"你呀，让我说你什么好？我早说过你和子淇不是一路人。她那么开放，离婚对她来说算什么，我反正一点儿不奇怪。"

"子淇是开放，但这段感情对她来说还是挺重要的，她应该不会轻易离婚的。"虽然经历了那么多模棱两可的事，可没有验证过的事，如简不敢轻易下结论。

"如简，咱们都毕业五年了，子淇早已不是当年那个你的闺蜜了。袁生春的事你还没醒悟啊。我觉得她人品是有问题的。对了，提到这个袁生春我还正要跟你说呢。你知道吗，这个人最近结婚了，那天他带了个金发美女来健身，还跟我老公介绍说这是他老婆。你猜猜他跟谁结婚了？"

如简一头雾水，她还没反应过来，宋冰自顾自地说："估计你也猜不着。听说是个亚洲小姐，参加过亚洲小姐选美，进了前三十名。网上还有她选美视频呢。"

如简眉毛挑起来，总被童童缠着说公司里那个亚洲小姐的八卦，如今听宋冰提起"亚洲小姐"这个词，都会条件反射般竖起耳朵。

"亚洲小姐哪都是，我们公司还有一个呢，只要你脸皮够厚，够自信,谁都可以报名。"如简不以为意道。

"那姑娘才二十出头,这个袁生春得比她大二十多岁呢!"宋冰表情夸张。

"谁知道他用什么手段骗到手的。"如简暗暗替那个姑娘捏把汗,但想想又觉得与自己无关。

"你别说,这个人还真有些手段,那时候把子淇唬得鬼迷心窍的,现在又找了个刚出校门的亚洲小姐……"宋冰不得不佩服道。

"有点钱,再有点手段,骗年轻女孩儿很容易。"不知子淇听到这个消息会有何反应。也许她也会轻轻一笑,笑得与己无关般洒脱。

"我相信物以类聚,这么差劲的人子淇能跟他在一起,你以为她能好到哪去?现在这个亚洲小姐我看多半也是图他的钱,长久不了。"宋冰不客气地说。

如简面色沉下来,对于子淇,她已失去判断。所有关于她的回忆都是情真意切的姐妹之情。而她离开之后,一件件不可思议的事又发生得如此真切,令人措手不及。到底子淇怎么了?哪个才是真实的她?

想起那年为她送行,三个女人抱头痛哭……那感情又怎会掺假呢?

【两年前　秋　送别】

机场，如简和小慧为子淇送行。

小慧的老公开的车，车上的如简一脸苦涩。

多想快些走出这个糟糕的状态，那张臭脸，连镜子都嫌弃。

东风恶，人情薄，一怀愁绪，几年离索。

子淇深深地抱住她，她是了解那份苦难的，直到上飞机前，她都在安慰如简：

"即使没有了爱情也不算失去，谁都是从一无所有开始的。相信爱是一种能力，是一生修炼的功课，无论单身也好，结婚生子也好，我们都在不断地学习中。大胆地去爱一个人，但前提是不要让自己受伤。这种能力是需要很多的深思熟虑的。真心付出不一定能得到等同的回报，伤心总是难免的。其实爱情就像是两人玩游戏，就算分出胜负又怎样？玩就要放平心态地去玩。生活更多的时候是学会'放手'，得来的往往是柳暗花明又一村。我们不必为男人而改变自己，真爱你的人不会让你为他而改变。在我眼里，你永远是那个真诚直率美丽善良的姑娘，数年如一日。"

"如简早好了，你又来招她。"小慧睨着子淇。

如简的鼻子不停地泛酸，那样子并不好看。

小慧拉着她的手说："一个人如果只谈一次恋爱就结婚，多亏啊。我现在就觉得挺亏的。失恋有什么可难过的，这东西本来就是双向选择，早发现一个不爱你的人，总比结婚后发现强，你说是不是？马雅可夫斯基说过，失恋一百次也不要悲伤，因为女人的一半是男人，男人的一半是女人，本来就是相互存在的，仅是缘分未到。而且婚姻并不是像我们想象的那么美妙。就像钱钟书说的，婚姻像围城，外面的人想进来，里面的人想出去。不要悲伤，也不要急促，欲速则不达，要勇敢面对，只要努力了就好，缘分必然会姗姗而来……"

一席话说得人如沐春风。如简仿佛又埋在了那一片芳香里，深深嗅闻。

"下次什么时候见面？"如简紧绷的脸一点点化开。

"放心，明年我还回来，怎么也得把CHARLES带回来请你们吃饭啊。"

"好长的一年，明年的我还活着吗？"如简绝望地说。

"又说傻话。"子淇骂道，"一个臭男人，死了都不足惜，不许再说这样的话！咱知识分子可不能总跟流氓较劲儿，跌了自己的身份，知道吗？"

如简涩涩一笑，竟说不出话来。

"如简，你要时刻记住这一点，不是你不优秀，是放弃你的男人没这个福气！让坏男人都见鬼去吧……如简，马上就过去了，一切都会好的……"小慧补充道。

"你们别搞得那么沉重好不好？对了，转一条短信给你们，特逗——爱情就像便便，来也匆匆，去也匆匆；爱情就像便便，水一冲就再也回不来了；爱情就像便便，来了之后挡也挡不住；爱情就像便便，每次都一样又不太一样；爱情就像便便，有时努力了很久，却只是个屁！"

哈哈——笑声调和了苦涩。如简努力迎合着。

笑着笑着，那张臭脸却还是绷不住地落下泪来。

"傻丫头，不许哭，来送我还不高高兴兴的，可别惹我难过啊……"说着子淇的鼻头也红起来。

"还有一年才能见面，小慧就不说了，子淇，你可要把喜糖从国外寄过来啊，要空运啊！"如筒拉着子淇的手泣不成声。

小慧也绷不住地哭了。

三个女孩儿干脆抱头痛哭。一道哭，一同骂，再一起笑的女人，更能体会友情的可贵。

只有陪着你哭的人才是你真正的朋友。有几个男人不能抑制住自己的感情，为了一个女人而当她的面哭泣？也许会有，可你永远遇不到。

只有女人不挑剔你的脸蛋和身材，只有女人不计较你的过去，只有女人不带目的地请你吃饭，只有女人会为你发自内心地难过，只有女人会跟着你一起痛哭和怒骂，只有女人会陪你不知疲倦地血拼，只有女人会耐心地听你唠叨琐事，只有女人会无条件地帮你，只有女人会在你一无所有时给你最深的拥抱……

再见了拥抱，再见了那一片温馨的芳香！

企求能再哭一场，让热泪洒于身上。

盖过了昨天一切，振作我流浪远方。

就这样别了这块土壤，也留低痛苦的真相。

这世上，若有新的希望，企求能实现在远方。

忘记悲伤，求洗清心中苦恼望他乡，

如画的风光我是一再看，但这一切没有心怎欣赏？

忘记悲伤，谁知他乡中只有更悲伤。

寒风中孤单遍踏此世界，旧有一切，在我心中追赶。

忘记悲伤，忘记悲伤，但愿旧事能够淡忘，未能够淡忘。

忘记悲伤，忘记悲伤，但愿旧事能够淡忘，但事实未能够淡忘……

忧伤的旋律在啜泣声中弥散开,三人相顾沉默着,又各自绽放出会心的微笑。

一切都会好起来,只要你忘记悲伤……

云彩在天空渐渐透明,太阳更亮了,直直地从窗外照进来。

咖啡馆里不知何时响起了曾经那么熟悉的音乐。

忘记悲伤,忘记悲伤,但愿旧事能够淡忘,未能够淡忘。

忘记悲伤,忘记悲伤,但愿旧事能够淡忘,但事实未能够淡忘……

如简把视线聚焦到宋冰脸上,恍若隔世。

"哎,对了,我那天偷拍了一下,你看看这个金发美女,我觉得长得是比子淇强。"宋冰拿出手机,把如简从回忆中拽回来。

如简愣了愣神,收回了思绪。一看手机,她倒是一惊,原来这个亚洲小姐不是别人,正是童童天天八卦的那个亚洲小姐。

世界真小,如简忽觉得好笑。

宋冰不解地问:"你笑什么呀?"

如简哭笑不得地说:"她是我同事。"

"你同事?!"宋冰嘴巴微张,"你身边的奇葩还真多呢!"

接着笑声一串串跑出来,搅乱了一室的曼妙音乐。

第二十四章

没想到与小慧碰面时，也说了同样的话——"如简，听说子淇离婚了。"

"你是听宋冰说的吧？"如简波澜不惊道。

"没有，我是听魏兰兰说的。"

"她跟子淇有联系？"如简奇怪道。如果子淇连她都不肯联系，未必还会跟其他人联系。

"她也是听她朋友说的，她那个朋友在国外也认识子淇。"小慧应道，"应该不会有假吧，我倒觉得有可能。这种事也没什么奇怪的。我觉得会不会是因为她离婚了所以才不想跟咱们联系？因为她这个人太要强，总希望过得比别人好，总想让别人羡慕她。离婚对她来说并不是一件光彩的事。"

小慧说的和宋冰毫无二致。如简叹了口气，跟子淇在一起时，她从未顾及这些，她向来觉得子淇优秀，她甚至觉得子淇就应该让人羡慕。她对子淇从来没有妒忌，她们是闺蜜，是互相欣赏的。

"你呀,太没心眼。我觉得子淇选择跟你在一起,也是觉得你对她不构成威胁,你又没有心机,对你撒个谎你也不知。"小慧总结道,"她为什么不跟李婉在一起,还不是怕被她比下去。"

"她也没那么坏吧。"如简不忍道。不管现在子淇变成什么样子,她们曾经在一起时还是很开心的,这一点,毋庸置疑。

"算了,不提她了。"小慧说着从包里掏出一本书,"这个看了你恐怕会更生气。樱桃寄来了她的新书,她现在的身份是婚礼策办人,还怪我那天在宋冰婚礼上没留住你,她说非常想见你。"

"打住!"如简浑身一凛,"你还敢提樱桃的书?"

小慧翻开书,委屈道:"书上写了你的名字,我哪敢随便扔,至少当你面撕掉这页再做处理啊。"

"赶快处理掉。"如简惊恐地皱起鼻子。

樱桃的书对她来说就是噩梦。

【两年前　冬　如此姐妹】

从机场回来，回程的路轻松许多。

小慧的亲密爱人一路陪着说笑，令悲伤的气氛冲淡不少。

依然有好男人，只要你肯相信爱情的美好，生活就不会绝望。

分别时，小慧才想起什么说："对了，这是樱桃的书。她签了名非让我带给你。"

"差点都忘记有这回事了。"如简匆忙地说，手却并未去接。

"你还要吗？不要我直接扔了。"小慧会意地说，"她这破书不看也罢。"

"算了，既然她都签名了，扔了太不礼貌。也许晚上寂寞时看看书，比对月哀叹来得健康。"

夜里真的开始看樱桃的书——《姐妹》。

她真的写了两个姐妹，姐姐叫简，娇生惯养，刁蛮跋扈；妹妹叫桃，善良淳朴，从小受姐姐的虐待。

看了开头，她突然有些害怕。这分明是用了她的名字。她仿佛看到樱桃正朝她毛骨悚然地笑。

再继续读下去：

姐姐自以为生得好，受父母喜爱，就为所欲为，其实她的品位差极了，她竟然不吃巧克力，有品位的人都吃巧克力。更可笑的是她竟然也不用香水，不上档次。尽管爸妈这样疼她，可她就是上不了台面。有一次我让她参加一个PARTY，她竟然说没衣服。她知道我会把她比下去，所以她只好这么说给自己台阶下。我不知爸妈为什么从小护着她，让她上大学，却根本不关心我，而我只有凭自己的努力自学、找工作。到如今，我在媒体做得如鱼得水，可她仍然无一官半职。上了大学又怎么样？名牌大学又怎么样？工资还没我挣得多。最讽刺的是，她虽生得比我这个妹妹强，可她永远找不到男朋友，根本没有人追求她。我在心里可怜她。所以我还愿意陪她去相亲，遗憾的是，每次相亲，男方都看上我，却看不上她。这可能是对她最大的打击吧。于是她报复我。她故意让我参加她大学同学的聚会，故意让我陷入尴尬，她想让我在她同学面前出丑。还找出她们班最漂亮的校花跟我比美，我不知姐姐的心里为什么这么阴暗？

她的大学同学竟然也开始追求我，天天给我打电话，还给我寄礼物。我不能告诉姐姐，因为她也喜欢那个男生。为了让她心里好受，我只能隐瞒一切真相……

随着我的知名度越来越高，追求者越来越多，姐姐坐不住了，她拼命相亲，她竟然还想夺走我的男朋友。什么都可以让，男朋友是绝不可以让的。她说她就喜欢有艺术气息的男人，而我男朋友是画画的，她故意这么说，她只想表明她喜欢我的男朋友！可惜我这个妹妹对她再好也不能出让自己的男朋友。她为了讨好我男朋友还想帮他找工作，想让我男朋友进她的公司。我拒绝了。我知道她的精神出了问题，爸爸为她操心得头发都白了。我也想帮姐姐，可如果是精神出了问题，谁也帮不了她。她为了找到男朋友不惜和她已婚的上司好了，那个总经理竟然为了她离婚了，也不知姐姐施了什么魔法？能让男人为她离婚。那个总经理我也见过，她故意带出来让我见，可对于这种有钱男人我根本不屑一顾。我要的是真诚的爱情，而不是金钱、地位。我知道姐姐是想让我羡慕她，可我没有领情，我再次让姐姐失望了。我跟姐姐不是一类人，她追求物质，而我看重的是精神！

遗憾的是那个男人还是把我姐姐甩了，他把姐姐的肚子搞大了就把她甩了。家里人也帮不了她，她自己惹的祸只有她自己承担。但我还是陪她去医院堕胎了。我可怜她，毕竟我们是姐妹。

可就在姐姐出院没多久，她又被一个男人强奸了。我真的很同情姐姐的遭遇。这是命运的安排，也是她自己的命运。

……

就在我结婚的那一年，姐姐住进了精神病院，爸爸经常去陪她。没想到以前处处比我强的姐姐竟然是这样的下场。我真不想看到这一幕，这一切都怪她争强好胜，眼里不容人。处处与我这个做妹妹的针锋相对。多少次我都没有与她计较，她过生日时我每年都会送她贵重的礼物，还都是名牌。妹妹做到这份儿上也问心无愧了。

……

最后，姐姐自杀了，死在精神病院。家里人都很难过，姐姐的一生是悲惨的一生。幸福也许只给善良的人，如今我和老公事业有成，名利双收，真想在天堂中的姐姐能看到我幸福的样子……

快速翻完整本书，如简几乎要昏厥过去。她不明白樱桃为什么要写这样一本书？

没想到她一直把我当成对手，每件事都是针锋相对，我无缘无故地竟被她恨得这么深。字里行间都充满着她的愤恨。想当初，她竟能找到我，让我为她寻求出版。她甚至都不避讳我能看到这本书。更何况我还为她哥哥找了工作，前一段她还在感激我啊！既然如此愤恨，为什么还要与我做朋友？为什么？如简气得不能言语。

想来利用、嫉妒、虚伪、欺骗……样样都有。这么久以来，她竟要每次碰面都扮演员，表面亲热一场，暗地里恨不得玉石俱焚、兔死狗烹。可这么久，总也该有演腻的时候吧，连情圣池原都无力应付另一个女人，樱桃却能乐此不疲、永不厌倦地演戏。这力量来自何方？也许培根说得对："嫉妒是不会休息的。"

可为什么要这样？要知道她曾如此同情她，如此了解她曾经的哀伤。她以为同是天涯沦落人，至少也会惺惺相惜，老天真是开了一个超级玩笑。

原来在那个小宇宙里，最值得同情的始终只有一个傻瓜。一声骇人的笑，笑得连自己都毛骨悚然。

手机音乐就在这个时候不知趣地响起来，如简打开，竟然是同事莉莉发来的短信：

如简，好久没联系，你还好吧？本想给你打电话，想想还是发短信吧。我知道你还没有原谅我。我只是想告诉你一件事。前一段我们部门来了一个新同事，这人素质特低，没什么文化，还自称是从电视台出来的，结果连电脑都不会关。可这人跟我们说他是你介绍来的，跟你特熟，说是你给总经理打了个电话，他就进来了。我觉得那人胡说八道，你怎么可能认识这样的人？他这是毁你名誉，幸好那人今天被辞了，听说他偷了另一个同事两千块钱……

实在看不下去了，如简愤怒地删了短信。

拼命要忘记悲伤，可它一再地来。欲哭无泪。

空洞的房间里，如简只听到一种轻微爆裂的声音，那颗易碎的心此刻正一瓣一瓣地往下坠落。

一个月以后，樱桃在 QQ 上拼命点她。

如简没有理会。对于那样的人心，只能做出离开的姿态。

"亲爱的，好久没你消息了，你有男朋友了吗？"

如简继续沉默不语，连一个字也懒得回给她。

"你最近相亲了没有？要不要我给你介绍？结婚真的特别好，我劝你快些结婚吧，我现在真的非常幸福！特别希望身边认识的朋友都能过得幸福。因为人生太短，所以我要快乐地活……"

她是真不明白，还是装傻？背地里诋毁，表面还要装疯卖傻地联系，她怎么不改行去当演员？

"你在不在啊，怎么不说话？告诉你我哥换工作了，你介绍的公司确实不适合他。不过还是要谢谢你。对了，还有一个惊人的消息告诉你，你一定想不到。池原下周就要出国了。原来他女朋友早为他办好了出国手续。我原来还以为他们会在国内定居呢，没想到他们还是选择出国。不过那个女孩儿并不是他以前的女朋友，听说是很早在国外留学的女孩儿，家里是部队高干，有权有势的……"

再也看不下去了，如简直接将她拉黑。就让这个叫樱桃的女人从此消失吧。

那么长时间过去了，她以为已经忘记悲伤了，没想到听到池原的消息仍又冷起满腹痛楚。

苦笑一声，走出去透透气。

一道光划破头顶，接下来便是冬雨，那侵入骨髓的寒意并不让人觉得冷，却只有痛。

爱情是否比喻成闪电更合适？它只有那么长的时间，如果你没有看到，那接下来就是倾盆大雨。你跟着哭也没用，不如淋成落汤鸡，彻底让自己清醒。

究竟问题出在哪里？为什么不能再完美些，让男人挑不出理？

"这世界上真的有好男人，一是你遇不到，二是已成为别人的老公。相信时间，它一定会带来奇迹。你终会遇到自己的幸福。"想起子淇的话，她相信有奇迹的存在。

还有多久奇迹才会出现？

不是你的，终究会离去；是你的，躲也躲不掉，爱情终究会回来！

蝴蝶飞不过沧海，已经够惨了，还忍心自己责怪？

再深的爱与恨，总有过去的时候。相信爱情，不如相信时间。

再不做飞蛾去傻傻地扑火。

再不要你给我一点爱，就无辜地去受伤。

再不为了任何男人，尊严尽失。

再不要爱入膏肓，日日自虐。

即使受过伤也终有破茧成蝶的那一天。即使飞不过沧海，做一只美丽的蝴蝶，也有它的美好。

第二十五章

春日的阳光若即若离,像与人捉迷藏。

童童休假回来,一脸朝气。

她递过来一条色彩艳丽的丝巾,冲如简说:"这是给你带的礼物,喜不喜欢?"

如简莞尔,"你送的当然喜欢。这趟休假看你气色这么好,是有艳遇吧?"

"艳遇个鬼啊,枉费我天天打扮得花枝招展,在丽江那个地方,竟然艳遇都没找上我……"童童即刻脸色暗淡下来,不过下一秒她便又绽放出神采来,"不过我走这一段,咱们公司可又有新闻哦,哈哈,我猜你肯定不知道。"

"我当然不知道,八卦从来不找我的。"如简耸耸双肩。

"哎,最近你见着那个亚洲小姐了吗?"童童牵牵嘴角,似乎很得意的样子。

如简眼睛一转,"最近好像还真没见到,她是不是中午不在员工餐厅吃饭了?"

"告诉你吧,她辞职走人了。"童童肯定道。

"不会吧?她在公司那么受欢迎。会不会是结婚后在家当家庭主妇了?"如简又想到了袁生春,既然这么有钱,应该也不舍得自己心爱的少妻抛头露面吧。

"什么呀,她离婚了!"童童口型夸张。

这可是一记惊雷,如简意外道:"她不是刚结婚吗?现在的人都怎么了,不是闪婚就是闪离。你这消息确切吗?"

童童眼珠一瞪:"王涛亲口跟我说的,那还能有假。她说被那个老男人骗了,说那男的特抠门,有钱也不给她花。说是农村出来的,有好多生活恶习,过不到一块儿。她那个娇小姐哪受得了。而且你别忘了他俩差了二十多岁,明显代沟,根本不可能过下去。"

如简懵在了椅子上,也许子淇听到这个消息会乐得笑出来。

童童接着说:"你知道她辞职后干吗去了?"还不容如简回答,童童抢着说,"她离婚后觉得没脸在这儿待了,出国了。听说去了加拿大……"

如简不禁笑了出来。果然都是同一命运!当年为了避开袁生春,子淇选择出国。这个姑娘跟他离婚后,也走了子淇的老路,居然还都是加拿大。看来加拿大还真是个疗伤的好去处。

"喂,你笑什么?"童童捅捅如简的肩膀。

如简咧嘴笑道:"我笑你怎么这么可爱。"

这背后的故事,童童又怎么可能明白,估计让她天马行空地胡编,她也编派不出来。

童童不明所以地说:"我当然比她可爱啦。"

自从进了这家公司,好似童童就把那个亚洲小姐看作了对手,这其中必有缘由。如简故意问:"这亚洲小姐离婚的事她肯定不想跟外人声张的,这个王涛知道了,为什么告诉你呀?"

"他憋不住呗。"童童不以为然道。

"那他为什么不来告诉我呢?"如简还她一句。

"如简姐,你想说什么呀?"童童的肩膀挨过来。

"我什么也不想说,谢谢你的丝巾,我非常喜欢!"如简笑开了。

越是这样笑,童童越不肯放过,"讨厌,你想说什么呀,快说——"

一年后,如简果然吃到了童童和王涛的喜糖。

再回想她们俩耍贫嘴的日子,总有满满的欢乐溢出来。

小慧和老公马上要自组公司了,发来喜讯。宋冰的肚子长势喜人,而且已经知道是男孩儿,更让她喜不自胜。

都是接连的好消息。

有爱的地方,生活才有意义。

如简微笑如花,伤痛正慢慢远离自己的身体,整个人陷落在一片金棕色的光亮里。

快乐有时就是这么简单。没有爱情的日子也可以拥有快乐。不急不躁,静观其变,没有大喜大悲,却也活得淡定自在。

房间里寂然无声,可是气氛和谐;走在街头没有人牵你的手,可是一样煦暖;夜行的路没有陪伴,可欢笑处处在并不孤单;偶尔跟父母撒娇,做回小孩子,任性无比……这大概就是现在如简想要的生活吧。

爱情像蝴蝶,来得快,去得更快。受过伤,才能领悟——平淡即是福。

和小慧在一家料理店吃饭,人逢喜事精神爽,她脸上漾出的是那种幸福得让人嫉妒的光晕。

一落座聊了半天新公司的前景，小慧就抛出一个爆炸新闻。

"如简，你听说了吧，樱桃离婚了！"

天哪，怎么最近全都是离婚的消息，这年月结婚、离婚好似过家家。

"又是一个闪离的主儿。"如简不足为奇道，"她离婚我一点儿不奇怪。你这消息从哪儿来的？"

"这次我绝不是听说，这事是她亲口跟我说的。"小慧一脸不屑地说，"真没想到她离婚的速度比结婚还快。"

"这事她主动告诉你的？她那么虚荣的一个人会跟你说这个？"如简有些半信半疑。

"她说她都离了一个多月了。"

如简一愣，"不对啊，上个月前她还在QQ上找我，说她特幸福。还劝我要早点结婚。"

"她还真说得出来，那全是骗你的。你还不了解她，她就想让你羡慕她，其实那时她已经离了。真没想到她的虚荣心严重到这种程度。我看她真的是精神病患者，无药可救了。上周她给我打电话，我以为又是跟我秀幸福呢，没想到她找我是要跟我借钱。她说她爸病了，急需要钱。我就奇怪她怎么不找她老公要钱，这时她才说她离婚了，让我帮帮她。她说她现在特惨，离婚一分钱也没要着，又得重新找房子，她爸又病了，说着说着还哭起来了。我还真有点心软了，可你说像她这种人我能帮吗？"

如简几乎听傻了，樱桃的故事比小说还要离奇。

"她到底为什么离婚？你没问她？"如简问了一句。

"这还用问吗？肯定是那男的发现她就是图他的钱。我早说过像樱桃这种女人一开始还能迷惑人，时间长了谁看不出来她是什么人？我估计她也没脸找你借，所以找到我这儿来了。可惜啊，我也帮不了她，我开公司的钱还不够呢，我还帮她？我就奇怪她怎么还好意思找我借。我一直觉得樱桃这个人精神不太正常，心理有问题……"

这顿饭吃得胃口全无，实在无法想象樱桃一边向她炫耀幸福，一边又向小慧借钱哭诉的情形，那是多么戏剧化的场面，真是让人汗颜。

为什么要可怜到伪装幸福？太让人不可思议了。

更不可思议的事紧接着就来。几天之后如简收到了樱桃的一封E-mail，内容如下：

沈如简：

其实我一直是感谢你的，我也很怀念我们曾经一同成长的那些日子。可没想到你在背后竟然造我的谣，你竟然说我离婚了？你究竟安的什么心？你是不是看到我太幸福了，你嫉妒？！难道我过得好，你就要嫉妒吗？真是很可笑！

我现在就把我和老公的合影照片发给你，以照片为证，希望离婚的谣言不要再从你嘴里散布出来！如果你不相信照片里的人是我老公，你尽可以到我公司来问我的同事。告诉你，我现在过得很幸福，我老公天天下班来接我，他非常爱我。请你不要再撒谎了。我不喜欢这么可笑的流言。如果你再跟任何人说起我离婚的事，别怪我不客气。我也奉劝你以后别对任何人说这种不吉利的事。对你自己也没好处！

最后说一句：因为我过得太好了，谢谢你们对我的关心！

只能用哭笑不得来形容了。读完了这封信，如简才领悟，或许小慧说得对，樱桃真的是精神不正常。也或许有的人天生就是演员，根本不需要舞台，随时随地就可以表演。

也许该为她的演技鼓掌，只是早没有了看戏的兴致，那种慑人的表演让人胆战心惊又索然无味。

女人和女人之间的关系真是奇妙,不是爱,也不是恨,一旦列为对手,就一定要拼个输赢。何苦?

樱桃不用问,自从认识的第一天,已把如简列为了对手。从此大幕拉开,施展浑身解数,明争暗斗,好不热闹。

那么子淇呢?难道她也一直把如简视为对手?那份热腾腾的扑面而来、无微不至的姐妹情深也只是一场年度大戏吗?

【一年前　春　时间的灰】

那个带着花香的春日，子淇发来了喜讯，说她要结婚了！

如简为她高兴。这一路走来，如简看着她一步步忘掉那个负心汉，从出国，到偶遇意中人，再到嫁给老外……她的泪水最终换来了幸福。

经历之过程就是收获。子淇终于修成正果。

人的成长最不可思议。时间历练出优雅，生活培养出坚韧，有时不一定是挫折让人一夜长大，付出代价后总有完美蜕变的一天。

如简相信也许自己也会有破茧成蝶的那一天。

子淇说有她和老公的祝福，如简的幸福也会马上降临。

两人仍像以前那样在网上耍贫嘴。时光飞逝，每天跟她耍贫嘴的姑娘就要嫁人了，只有一层层淡淡的灰落在键盘里。如简轻轻地吹口气，吹掉时间的灰。

突然发现好久都没有思念过一个人了。

因为从来没离开过父母的这座城市，所以也不知思念父母的滋味；因为好朋友都纷纷出国，也渐渐习惯了这种恒长的分离；曾经喜欢过一个人，后来发现一切只是自己的独角戏，便再也没有了思念……

思念就这样走了，走得莫名其妙，走得无影无踪。

想起了一首老歌：

思念是一种很玄东西，如影随形，

无声又无息，出没在心底，转眼吞没我在寂寞里，
　　我无力抗拒，特别是夜里，
　　想你到无法呼吸，
　　恨不能立即朝你狂奔去，
　　大声地告诉你，
　　我愿意为你……

唱得再动听，那都只是一首歌而已。不是现实，不是生活，只是一种情感的寄托。

回忆曾经思念的滋味，满满的苦，又带着一丝甜，那感觉真是很微妙。

有时候，人在空虚的时候就是靠思念支撑下去，觉得生活充满意义；有时候，思念给人一种神奇的力量，让你盼下去，等下去，因为相信思念终究会变成现实，每个日月朝思暮想的人终究会见面；有时候，思念会转成眼泪，又或者会是一阵短暂的微笑，傻傻的，自娱自乐的一个人；有时候，思念会变成一种信仰，折磨得你为一句誓言活下去，活下去；有时候，思念会成为一种魔咒，明知一切都是徒劳，大脑还是会拼命地想念，不可控制地做一个白痴；有时候，思念不停地来，随时随地，监视你的日日夜夜……

突然有一天，思念就走了。时间把它带走，爱情把它带走，争吵把它带走，苦难把它带走，现实把它带走，幻灭把它带走，眼泪把它带走，绝望把它带走，伤害把它带走，成长把它带走，坚强把它带走，……甚至任何一个人都可以把它带走。

也许它还有回来的那一天，也许它永不再来。

只希望它来一次，带来一颗心，足矣。

第二十六章

　　小慧一再邀请如简加入她的公司，可如简还是拒绝了。不为别的，只是担心自己的霉运给她带来麻烦。

　　麻烦自己也就算了，再麻烦朋友，于心何忍？

　　现在对她来说平淡就是福，不要大起大落，不要大悲大喜，不管爱情还是事业她都已经不起波澜了。能平静无忧地度过每一天就是幸福的事了。小慧没有怪她，当起老板娘的她更比以前从容豁达。连宋冰都诧异，原来真正的女强人竟是她。

　　那一天，阳光依旧，温煦依然。如简特意选了一个大大的花篮赶在小慧公司正式挂牌前送过去。

　　小慧谢过之后，把她拉到最里间。两姐妹聊开了。

　　"子淇还没有消息？"小慧不经意地问。

　　如简点点头，面无表情。

　　"子淇的事还放不下？"小慧一眼看穿她。

　　如简却淡然一笑，有些无奈，"放不下又怎么样？"

"如果她真的离婚了,她一定不会跟你联系了,她死要面子的。"小慧牵牵嘴角说。

"联系了又这么样?跟我解释袁桐真名叫袁生春?跟我解释这些年在我面前编了许多不得已的谎话?"回忆一幕幕如箭一般飞过她的眼前,事情只有过去才会看得一清二楚。

"有些人性格中天生喜欢撒谎,她可能不是故意的,而是渐渐形成了习惯。有些话可能是脱口而出,后面的话就得滴水不漏地编下去,所以谎话就会一个接一个……到最后她也控制不了局面了,只好人间蒸发。不然她怎么面对你?她自己都不知怎么去解释。"小慧说得风轻云淡,如简心里却如铁般沉重。

毕竟这是一段多年的友情,它并不比爱情的分量轻多少。岂能当成一块裁坏了的布,说扔就扔呢?

"只是有些不愿意去相信。"如简有些吃力地说。

"想开了也没什么,不必把太多人请进生命里。她没有把你真正朋友,你又何必为她纠结呢?"小慧停顿了一下,接着说,"上次她带老公回国那次,你还记得吧?"

如简点点头。小慧接着说:"那次我托她给我加拿大的一个朋友带点东西,是一些首饰,我怕寄丢了,就托她帮我带过去。她当时答应得好好的,结果我朋友说并没有收到。"

"不会吧?这个事你怎么从来没跟我说过?"如简从椅背上直起身来。

"后来我问过她,她说确实寄了。但我朋友说确实没收到,你说我该相信谁?"小慧满面疑惑。

"会不会是寄丢了?"如简试图这样解释。

"当然有可能是寄丢了,但你觉得不会有别的可能吗?"小慧蹙起双眉。如简不敢往下想去。

"我后来跟她要当时邮寄的单子,她说丢了。再后来你跟我说她跟老公去欧洲玩了，直到现在也没联系上……最后这事就不了了之了。"小慧脸上的失望渐渐扩展开来，"我当时也想过可能真是寄丢了，所以当时也没跟你说这件事。但后来发生了那么多事，我觉得子淇干得出来。"

关于子淇的回忆又一下子涌出来，挤在悲怆狭窄的记忆甬道里，叫她呛咳。她一时无语。还能说什么呢？

"还好，一切都过去了。"最后她听到自己弱弱地回了这么一句。

"你能这么想最好。还是那句话：不必把太多人请进生命里，因为他们承受不起你的爱护和尊重。"小慧说得从容而淡定。

如简笃定地点点头，也许有些事只能忽略、遗忘、置之一笑。

那天从小慧那里离开，如简竟然有种从未有过的轻松。就好像看过了故事的大结局，所有跌宕的情节都有了归宿，没有放不下的纠结与人物，整个人松松垮垮，一派自在的。

她无所事事地游荡，逛了一条又一条街。刚淘到了两件战利品，心情尚好。

"沈如简。"一个声音叫住她。是男人的声音。

如简一下惶惑住，分辨不出这声音的方向。

"沈如简——"又是一声，这次音拉得更长。

从人群中穿过去，并没有熟悉的面孔。再转身看到背后，依然一片陌生。忽然从一辆车里伸出一只手，冲她使劲摇摆，继而看到带笑容的面孔。不是熟悉的，却是亲切无比的。

竟然是总经理，如简有些讶异，很久不见了，依然觉得他的面容亲切。

"张总，是你。"如简微笑着打招呼，这微笑中带着羞赧。

"看着背影像你，还真的是你。"这个浓眉大眼的男人总是这样精神饱满地直视着她，直看到人的心底去。

"张总，真不好意思，上次那件事给你添麻烦了。我没想到介绍的那个人素质这么差，实在不好意思。"想起为樱桃哥哥找工作的那件事，更加发窘。

"别这么说，已经过去了，也不能怪你。大家都没想到的。"总经理毫不在意地说。他越不在意，如简越不好意思。阳光直直地打在她脸上，脸颊一阵发烫。

"最近忙吗，找个地方坐一坐？"没想到总经理会这样提议。

"好啊。"如简痛快地应了。

头一次坐进总经理的车，车里放着舒缓的音乐。如简慢慢放松了拘束。那个闹着辞职的小女孩儿，此刻已经长大。她已学会端庄地笑，自在地说话。

总经理睨着她的侧面，夸她成熟了。如简笑着认同。

二人去了一间茶吧，点了一壶乌龙茶。

总经理告诉她，公司的宣传部现在成立了工作室，不光是做报纸，还做杂志，将来还要做书，依然欢迎她回来。

如简笑笑，"私底下我可以撰稿，挣点稿费。"

总经理大笑，他说方洁已经调走了，现在是 X 公司的主管。让她不用顾虑。

"方洁可是女强人。"如简笑称自己这辈子都不做女强人。

总经理突然问："若你时间不忙，还真可以挣点稿费，有没有兴趣写书？"

"可以啊，只要别嫌我写得太差。"如简骇笑。

总经理却认真道："有这样一个题材，一个男人与三个女人的故事，题目叫作《五，五，五……》。"

"好有趣的书名。"如简忽闪着长睫毛，一脸笑靥。

总经理为她讲了这个故事：

大学时，一个男人开始了他的初恋，对方是同系的一个女孩儿，一谈就是五年，后来工作分在了两个城市，恋情无疾而终。第二个五年，是男人事业的打拼期，有个女人出现了，与他同甘共苦。在他们事业有了起色、恋情最甜蜜的时候，男人选择出国留学，他们约定两年后在北京结婚。两年时间如梭而过，完成了学业，男人下了飞机直奔女人的家。没想到人去楼空，连封信都没有留下。邻居说女人结婚了，于两个月前搬了家。找到出国前共同创业的哥们儿，没想到对方避而不见。原来女人结婚的对象就是自己最要好的哥们儿。一瞬间，爱情、友情同时失去。那种情形下，男人重新创立了自己的公司，开始了他的第三个五年。在这个五年中，男人结婚了，妻子就是他的大学同班同学。在最窘迫的状况下，他的这个女同学帮了他，并告诉他帮他的原因就是因为爱他。男人接受了。不光是为了对她感恩，也为了有个自己的家……五年的时间过去了，男人的事业如日中天，婚姻却走了，什么也没留下。妻子想要孩子，男人想要事业，没有任何争执，他们平静地分开……三个五年，三段恋，三个女人，三段情。五，五，五之后，男人希望开始另一种人生，不要五，只要它的倍数，三十，四十，五十……甚至是永远。

　　故事讲完了，他们都不约而同地坠入一种迷离的情境中，恍惚而真实。总经理问她愿不愿意帮他完成这个故事。

　　如简怔怔一笑，"其实我的文笔真的不够好，我怕糟蹋了这个好故事。"

　　总经理说："可以给你时间，但不能长过五年。"

　　两人同时笑出来，笑到眼睛酸涩而不自觉。

　　时间在这一刻停滞。一种奇妙的光线从窗外洒进来，打在对面男人的脸上，烁烁发光。走出茶吧，总经理说要带她去个地方。

　　如简的灵魂亟亟地跑出来，她心跳加速，迫不及待地想知道那会是个什么样的地方。再次坐进那部车里，如简再也听不到那舒缓流淌的音乐，她只听到那扑通扑通鲜明而清晰的心跳。

下了车，她跟着总经理跑起来。

跟时间赛跑的人，是魂不附体的那个脸色绯红的女孩儿。

两人一同走进了一间别墅。

淡蓝色与白色互相辉映的墙壁，五彩璀璨的吊灯，深蓝色与金色混搭的布艺沙发，奶白色透明的茶几，一大束深红的玫瑰在如此完美温馨的客厅争相怒放……如简像走进了梦中的童话，一夜之间成了城堡里的公主。二楼是卧房。如简跟着他屏气凝神地走进去。

阳光穿透暖色条纹的纱窗帘，变幻出暖暖的浅橙色。一张银色的嵌有鹅黄色小碎花的大床，让你恨不得有马上一跃而起跳上去的冲动。淡紫色的水晶吊灯迎面垂下，一串色彩散落双肩。雪白的墙上不偏不倚，正好有幅大小适中的油画。——如简猛得看下去，瞬间惊呆了，即刻眼眶撑裂，泪盈于睫。胸腔里酸酸涩涩的东西不断向上涌着，她的心跳连同呼吸一并停止。

时间再一次停滞，因为那幅画——那是一个忧郁的女孩儿，她轻轻坐在窗前，头发随意垂下，不施粉黛，整个人笼在一种淡淡薄荷色的光线里，惆怅地望向远方。一身素裙，手上戴着一只古香古色的银镯子，衬得那束光更加沉郁凝重。最特别的是她的眼神，不光是忧郁和惆怅，还有一丝不安，一丝渴望，一丝爱恋，一丝想念，一丝期盼，还有一丝隐隐的心痛……

泪水猝不及防，滚滚而落。

这是一幅有生命的画，没想到它真的还活着。如简无法将自己的双眼移开，那个等爱的女人再一次看到了日月星辰。时空错乱，日月星辰同时出现在一片天空。这真的就是奇迹吗？

倏然转身，她看到对面的男人笑起来，眉梢有阳光在跳舞……